U0939181

国学一本通

徐　潜◎主编

浮生六记

清·沈　复◎著　马一夫◎译评

吉林文史出版社

图书在版编目（CIP）数据

浮生六记/（清）沈复著；马一夫译评. –长春：吉林文史出版社，2009.4（2022.1重印）
（国学一本通/徐潜主编）
ISBN 978-7-80702-934-2
Ⅰ.浮… Ⅱ.①沈…②马… Ⅲ.①古典散文–作品集–中国–清代②浮生六记–注释③浮生六记–译文 Ⅳ.I264.9
中国版本图书馆CIP数据核字（2009）第038159号

出版人/徐 潜

出版发行/吉林文史出版社（长春市人民大街4646号） www.jlws.com.cn
主编/徐 潜
著/沈 复
译评/马一夫
项目负责/王尔立
责任编辑/王尔立 樊庆辉
责任校对/李洁华
装帧设计/李岩冰 刘纯青 赵 恒
印刷/北京一鑫印务有限责任公司
版次/2009年4月第1版 2022年1月第4次印刷
开本/720mm × 1000mm 1/16
字数/280千字
印张/14
书号/ISBN 978-7-80702-934-2
定价/55.00元

前言

明清以降，文坛各体竞秀，笔记体小说和随笔于其间奇峰突起，佳作联袂而出，一时蔚为大观。沈复所著《浮生六记》，是一部水平极高影响颇大的自传体随笔，在清代笔记体文学中占有相当重要的位置，百十年来，一直是文人雅士喜爱的闲情妙书。

沈复，字三白，苏州人，生于乾隆二十八年（1763），卒年无考。沈复生于“衣冠之家”，钟情闺房之乐，留恋山水之趣，广交名人雅士，出入青楼酒肆，放浪形骸，无功业见之史籍。以传统标准量之，沈复无疑是极不成功的败家之子，几近一无是处。然而，“祸福相依”，沈门之不幸，却玉成了文坛之一大幸。中年以后，尤其是其爱妻陈芸死后，沈复将半生游历和家庭生活的情景付诸笔端，给我们留下了一部不可多得的妙书《浮生六记》。

《浮生六记》成书并流行于世，大约是在十九世纪二三十年代。一直被某些人视为“香艳小说”。其实，这是一个美丽的误会。《浮生六记》确有其香艳的一面，若仅以表现夫妻情趣相投、恩爱意浓、夫唱妇随生活的第一记《闺房记乐》而言，自可视为香艳之经典情话之楷模；设若综观全书，视其为香艳之作则大谬不然了。

《浮生六记》的取名，得自于李白的诗句：“浮生若梦，为欢几何”，其中寄寓了作者对人生的体悟和感慨。从内容来看，全书按不同的专题较为完整地记录了作者一生的经历，字里行间保持了作者的真性情真面目，准确地说，《浮生六记》实在是一部相当完满、别具风采的自传文。古往今来，中国不乏著名的自传文字，但像沈复《浮生六记》这样的自传却并不多见。

此书自刊布流转以来，一直为文人雅士所钟爱，好评如潮，经久不衰。在当代，亦不乏知音。据传在香港，《浮生六记》曾一度被学校指定为学生课外必读书目。作家贾平凹对此书情有独钟，并写进了著名小说《废都》之中。但是，《浮生六记》并非十全十美，白璧无瑕，阅读者且不可不加分析甄别地全盘肯定，悉数尽收。

浮生六记

国学一本通

目录

◇目 录◇

闺房记乐

余生乾隆癸未冬十一月二十有二日，正值太平盛世，且在衣冠之家，居苏州沧浪亭畔，天之厚我可谓至矣。东坡云："事如春梦了无痕。"苟不记之笔墨，未免有辜彼苍之厚。因思《关雎》冠三百篇之首，故列夫妇于首卷，余以次递及焉。所愧少年失学，稍识之无，不过记其实情实事而已，若必考订其文法，是责明于垢鉴矣。

译文

我出生于乾隆癸未年（1763）冬天十一月二十二日，正值太平盛世，我的家庭又是官宦门第，居住在苏州沧浪亭旁边，老天对我的厚爱，可以说达到了极致。苏东坡说："事如春梦了无痕。"如果不用笔墨把它记录下来，未免辜负了苍天对我的厚爱。由于考虑到《关雎》排列在《诗经》三百首的第一篇，所以我也将描写夫妇的篇章排在了第一卷，其余的内容我将依次慢慢道来。惭愧的是我少年失学，没有多少真才实学，不过是将实情实事记录下来罢了。如果一定要考究文章的文字章法，那就等于责怪一块污垢的镜子为什么不明亮，有点强人所难了。

余幼聘金沙于氏，八龄而夭；娶陈氏。陈名芸，字淑珍，舅氏心余先生女也。生而颖慧，学语时，口授《琵琶行》即能成诵。四龄失怙，母金氏，弟克昌，家徒壁立。芸既长，娴女红，三口仰其十指供给，克昌从师修脯无缺。一日，于书簏中得《琵琶行》，挨字而认，始识字。刺绣之暇，渐通吟咏，有"秋侵人影瘦，霜染菊花肥"之句。

余年十三，随母归宁。两小无嫌，得见所作，虽叹其才思隽秀，窃恐其福泽不深，然心注不能释，告母曰："若为儿择妇，非淑姊不娶。"母亦爱其柔和，即脱金约指缔姻焉。此乾隆乙未七月十六日也。

译文

我幼年时与金沙（今江苏南通）于家的女子定了亲，不幸于氏八岁时夭折了；后来娶了姓陈的女子为妻。陈氏名字叫芸，字淑珍，是舅父陈心余先生的女儿。陈芸生下来就十分聪明，学说话时，教她白居易的《琵琶行》，很快就全背会了。四岁的时候父亲去世了，陈芸与母亲金氏、弟弟克昌相依为命，家境贫寒，生活十分艰难。陈芸长大后，擅长刺绣，一家三口的生活全靠她的一双手来维持，克昌的学习费用也从来没有短缺过。有一天，在放书的竹簏中找到一本《琵琶行》，对照记忆一字一句地认，这才开始识字。利用刺绣空闲坚持不懈，渐渐学会了吟诗作文，有"秋侵人影瘦，霜染菊花肥"这样的好诗句。

我十三岁时，随母亲到舅母家探亲。与陈芸两小无猜，亲密无间，看见了陈芸的诗句。虽然赞叹她的才思隽秀，暗暗担心她的福分不深，但是，心中对她的钟爱不能消除，于是向母亲说："如果要给儿子挑选媳妇，非淑珍姐姐坚决不娶。"母亲也爱陈芸温柔和顺，当即就脱下金戒指为我们定了亲。这一天是乾隆乙未年（1775）七月十六日。

是年冬，值其堂姊出阁，余又随母往。芸与余同齿而长余十月，自幼姊弟相呼，故仍呼之曰淑姊。时但见满室鲜衣，芸独通体素淡，仅新其鞋而已。见其绣制精巧，询为己作，始知其慧心不仅在笔墨也。其形削肩长项，瘦不露骨，眉弯目秀，顾盼神飞，惟两齿微露，似非佳相。一种缠绵之态，令人之意也消。

索观诗稿，有仅一联，或三四句，多未成篇者。询其故，笑曰："无师之作，愿得知己堪师者敲成之耳。"余戏题其签曰"锦囊佳句"，不知夭寿之机此已伏矣。是夜送亲城外，返已漏三下，腹饥索饵，婢妪以枣脯进，余嫌其甜。芸暗牵余袖，随至其室，见藏有暖粥并小菜焉。余欣然举箸，忽闻芸堂兄玉衡呼曰："淑妹速来！"芸急闭门曰："已疲乏，将卧矣。"玉衡挤身而入，见余将吃粥，乃笑睨芸曰："顷我索粥，汝曰'尽矣'。乃藏此专待汝婿耶？"芸大窘避去，上下哗笑之。余亦负气，挈老仆先归。自吃粥被嘲，再往，芸即避匿，余知其恐贻人笑也。

译文

这一年冬天，正值陈芸的堂姐出嫁，我又随母亲前往舅母家。陈芸与我同岁比我大十个月，从小姐弟相称，所以仍然称她为淑姐。当时只见满屋的人都穿着鲜艳的衣服，唯独陈芸一身素淡的平常衣裤，仅穿了一双新鞋而已。只见鞋绣制得精美巧妙，询问后得知是陈芸自已做的，这才晓得她的聪明才智并不是仅仅表现在笔墨上。陈芸的肩膀削滑圆润，脖项修长，瘦不露骨，眉弯目秀，顾盼之间神采飞动；唯有两颗牙齿微微露出，似乎不是很好的相貌。陈芸身上有一种缠绵的姿态，令人销魂失魄。

要来她的诗稿观看，见有的仅有一联，有的只是三四句，很多是没有成篇的半成品。问她是什么原因，陈芸笑着说："没有老师指点的作品，希望得到知己而且堪为老师的人把它修改完成。"我开玩笑在她的诗稿上写下了"锦囊佳句"题签（用唐代诗人李贺的典故），却不知不能长寿的危机已经隐藏在这里了。这天夜里，把迎亲

的客人送到城外，返回家中已是三更天气。肚子饿了找东西吃，女仆递给我枣脯，我嫌枣脯太甜。陈芸偷偷拉了一下我的袖子，我就跟着她来到她的卧室，见藏有热粥还有小菜。我高兴地举起筷子，正要吃粥，忽然听见陈芸的堂哥玉衡叫道："淑妹快来！"陈芸迅速闭上房门说："我已经累得不行了，马上就要睡觉。"玉衡侧着身子硬挤了进来，看见我正准备吃粥，就斜着眼睛笑着对陈芸说："刚才我向你要粥吃，你说'已吃光了'。藏在这里是专门等你的女婿呀？"陈芸非常难为情，迅速躲开了，众人见状便哗然大笑。我也感到很生气，就和老仆人一起先回家了。

自吃粥被别人嘲笑以后，我再去她家，陈芸总是立即躲避开来，我知道她是怕又引起别人的笑话。

至乾隆庚子正月廿二日花烛之夕，见瘦怯身材依然如昔，头巾既揭，相视嫣然。合卺后，并肩夜膳，余暗于案下握其腕，暖尖滑腻，胸中不觉怦怦作跳。让之食，适逢斋期，已数年矣。暗计吃斋之初，正余出痘之期，因笑谓曰："今我光鲜无恙，姊可从此开戒否？"芸笑之以目，点之以首。

廿四日为余姊于归，廿三国忌不能作乐，故廿二之夜即为余姊款嫁，芸出堂陪宴。余在洞房与伴娘对酌，拇战辄北，大醉而卧，醒则芸正晓妆未竟也。

是日亲朋络绎，上灯后始作乐。廿四子正，余作新舅送嫁，丑末归来，业已灯残人静。悄然入室，伴妪盹于床下，芸卸妆尚未卧，高烧银烛，低垂粉颈，不知观何书而出神若此。因抚其肩曰："姊连日辛苦，何犹孜孜不倦耶？"芸忙回首起立曰："顷正欲卧，开橱得此书，不觉阅之忘倦。《西厢》之名闻之熟矣，今始得见，真不愧才子之名，但未免形容尖薄耳。"余笑曰："惟其才子，笔墨方能尖薄。"

伴妪在旁促卧，令其闭门先去。遂与比肩调笑，恍同密友重逢，戏探其怀，亦怦怦作跳，因俯其耳曰："姊何心春乃尔耶？"芸回眸微笑，便觉一缕情丝摇人魂魄；拥之入帐，不知东方之既白。

译文

到乾隆庚子年(1780)正月二十二日结婚的那天傍晚，看见陈芸的身材依然与往日一样瘦弱单薄；揭去盖头，二人相视，见她脸色鲜艳美好。成婚仪式结束后，与陈芸并排坐着吃晚饭，我在桌子底下偷偷握住她的手腕，只觉得温暖滑润，胸中不由自主地怦怦乱跳。让她吃腥荤东西，陈芸说正是她的斋戒日，已坚持好几年了。暗暗计算陈芸开始吃斋的时间，正是我出水痘的时候，因此对她说："我现在浑身光滑鲜嫩，姐姐是否可以从此开戒呢？"陈芸满目含笑，点点头答应了。

二十四日是我姐姐出嫁的日子，因为二十三日是国忌日，不能奏乐欢庆，所以二十二日晚上就为姐姐的出嫁设宴款待亲朋。陈芸到大堂去陪宴，我留在洞房与伴娘对酌饮酒，猜拳行令总是输，结果喝得酩酊大醉，早早就睡了。当我醒来时，已是第二天早晨，陈芸早已起床，正在梳妆。

二十三日亲戚朋友络绎不绝，到上灯后才开始奏乐欢庆。二十四日子时（夜里十二点），我以新娘舅的身份送姐姐出嫁，丑时末（相当于凌晨三点）回到家的时候，已经是灯残人静万籁俱寂。悄悄进到卧室，见伴娘在床下打盹，陈芸卸了妆但还没有睡觉，点着明亮的银烛，低垂着颈项，不知是什么书，竟让她看得如此出神。于是抚摸着她的肩膀说："姐姐连日辛苦，为什么还孜孜不倦读书呢？"陈芸连忙回过头站起来说："刚才正准备睡觉，打开橱柜找到了这本书，读着读着居然不知不觉忘了疲倦。《西厢记》的名字听着很熟悉，今天才见到，真不愧'才子书'的名声，但是描写得未免太轻薄露骨了。"我笑着说："正因为是'才子书'，笔墨才能做到轻薄露骨。"

伴娘在旁边催我们睡觉，就让她关上门自己先睡去。于是和陈芸并肩坐在一起戏耍调笑，恍惚间就像密友重逢。玩笑着把手伸进她的怀中，也觉得她的心在怦怦地跳。因此俯在她的耳朵上说："姐姐为什么心怦怦跳成这个样子呢？"陈芸只是回眸微笑，并不答话，我便觉得一缕情思飘摇进入了魂魄；拥抱陈芸进入帐中，不知不觉中东方已白。

芸作新妇，初甚缄默，终日无怒容，与之言，微笑而已。事上以敬，处下以和，井井然未尝稍失。每见朝暾上窗，即披衣急起，如有人呼促者然。余笑曰："今非吃粥比矣，何尚畏人嘲耶？"芸曰："曩之藏粥待君，传为话柄。今非畏嘲，恐堂上道新娘懒惰耳。"余虽恋其卧而德其正，因亦随之早起。自此耳鬓相磨，亲同形影，爱恋之情有不可以言语形容者。

而欢娱易过，转睫弥月。时吾父稼夫公在会稽幕府，专役相迓，受业于武林赵省斋先生门下。先生循循善诱，余今日之尚能握管，先生力也。归来完姻时，原订随时到馆，闻信之余，心甚怅然，恐芸之对人堕泪。而芸反强颜劝勉，代整行装，是晚但觉神色稍异而已。临行，向余小语曰："无人调护，自去经心！"

及登舟解缆，正当桃李争妍之候，而余则恍同林鸟失群，天地异色。到馆后，吾父即渡江东去。

居三月，如十年之隔。芸虽时有书来，必两问一答，多半勉励词，余皆浮套语，心殊怏怏。每当风生竹院，月上蕉窗，对景怀人，梦魂颠倒。先生知其情，即致书吾父，出十题而遣余暂归，喜同戍人得赦。

译文

陈芸作新媳妇时，最初特别沉默，很少说话，从来不生气。和她说话，她只是微笑罢了。她以恭敬的态度侍奉长辈，与下人相处也十分和气，做事井井有条，从未有一点点闪失。经常是看见晨曦映照到窗子上，便披上衣服急忙起床，就像有人呼唤催促一样。我笑她说："现在不像偷着吃粥那时候，何必还怕别人嘲笑呢？"陈芸说："昔日藏粥等着你吃，一时传为话柄。现在并不是害怕被人嘲笑，而是担心公婆说新娘子懒惰啊。"我非常想留她和我同床而眠，但更敬佩她行为的端正，因此也就随着她早早起床了。自此以后，我与陈芸耳鬓相磨，亲密得如同形影相随，爱恋之情是不可以用言语来形容的。

然而，欢乐的日子总是过得很快，转眼间一个月过去了。当时，我父亲沈稼夫在会稽府（今浙江绍兴）任幕僚，派专人把我接到会稽，拜武林（杭州的别称）人士赵省斋先生为师，学习读书。先生循循善诱，我现在还能提笔写字作文，全是赵先生的功劳。回家完婚的时候，原来说定了老师也搬到家里来教我。听到要我去会稽读书的消息后，心中十分惆怅，担心陈芸会在别人面前流泪。不料陈芸反而强装笑颜来劝慰我、勉励我，替我收拾衣物整理行装。当天晚上，觉得陈芸的神色与往日相比，只是稍微有一点不同罢了。就要分别了，陈芸小声对我说：“无人在身边照顾你，你要自己小心！”

登上了船，解开了缆，告别了陈芸起程，正是桃李争艳的阳春季节，而我却恍惚像离群的林鸟，天地间的美景在我眼里竟是另一派凋零的景色。等我到了书馆，我父亲很快就渡江东去了。

孤身一人在会稽住了三个月，就像十年一样长久。虽然陈芸时常有书信来，但总是我去两封她回一封，信上写的多半是一些勉励之词，剩下的便是一些客套。使我心中总是怏怏不乐。每当清风摇动院里的翠竹，月光下芭蕉的影子映上窗户，对景怀人，我总是情不自禁，梦魂颠倒。先生知道我的情况后，立即给我父亲写了信。先生给我出了十道题，让我暂时回家去自学。我高兴得如同囚徒获得了赦免。

登舟后，反觉一刻如年。及抵家，吾母处问安毕。入房，芸起相迎，握手未通片语，而两人魂魄恍恍然化烟成雾，觉耳中惺然一响，不知更有此身矣。

时当六月，内室炎蒸，幸居沧浪亭爱莲居西间壁。板桥内一轩临流，名曰“我取”，取“清斯濯缨，浊斯濯足”意也；檐前老树一株，浓阴覆窗，人面俱绿，隔岸游人往来不绝，此吾父稼夫公垂帘宴客处也，禀命吾母，携芸消夏于此，因暑罢绣，终日伴余课书论古，品月评花而已。芸不善饮，强之可三杯，教以射覆为令。自以为人间之乐，无过于此矣。

一日，芸问曰："各种古文，宗何为是？"余曰："《国策》、《南华》取其灵快，匡衡、刘向取其雅健，史迁、班固取其博大，昌黎取其浑，柳州取其峭，庐陵取其宕，三苏取其辩。他若贾、董策对，庾、徐骈体，陆贽奏议，取资者不能尽举，在人之慧心领会耳。"

芸曰："古文全在识高气雄，女子学之恐难入彀；惟诗之一道，妾稍有领悟耳。"余曰："唐以诗取士，而诗之宗匠必推李、杜。卿爱宗何人？"芸发议曰："杜诗锤炼精纯，李诗潇洒落拓；与其学杜之森严，不如学李之活泼。"余曰："工部为诗家之大成，学者多宗之，卿独取李，何也？"芸曰："格律谨严，词旨老当，诚杜所独擅；但李诗宛如姑射仙子，有一种落花流水之趣，令人可爱。非杜亚于李，不过妾之私心宗杜心浅，爱李心深。"

余笑曰："初不料陈淑珍乃李青莲知己。"芸笑曰："妾尚有启蒙师白乐天先生，时感于怀，未尝稍释。"余曰："何谓也？"芸曰："彼非作《琵琶行》者耶？"余笑曰："异哉！李太白是知己，白乐天是启蒙师，余适字三白，为卿婿，卿与'白'字何其有缘耶？"芸笑曰："白字有缘，将来恐白字连篇耳。"(吴音呼别字为白字)相与大笑。

余曰："卿既知诗，亦当知赋之弃取。"芸曰："《楚辞》为赋之祖，妾学浅费解，就汉、晋人中调高语炼，似觉相如为最。"余戏曰："当日文君之从长卿，或不在琴而在此乎？"复相与大笑而罢。

译文

登上回家的船，反而觉得一刻竟像一年那样长。总算回到了家，母亲那里问安后，进到自己的房间。陈芸站起来相迎，手握手未说一句话，两个人的魂魄恍恍然化成烟雾，觉得耳中清晰地响了一声，已经感觉不到还有身体的存在了。

正当酷暑六月，卧室热得像蒸笼一样。幸好在沧浪亭爱莲居西边隔壁，板桥里边靠河流有一间小房子，名曰“我取”，取“清斯濯缨，浊斯濯足”的意思；房檐前有一株老树，浓荫覆盖了窗户，使人的脸面都像树叶般绿了。河对岸的游人往来不绝。这是我父亲稼夫先生垂帘宴请宾客的地方。得到母亲的同意，我带着陈芸到这里来消夏。由于暑热，陈芸停止了刺绣，整天陪着我完成学业、谈古论今，无非是品评风花雪月罢了。陈芸不善于喝酒，强迫着可以喝几杯，教她学会了投壶射覆的酒令。自以为人间的欢乐没有能超过我们现在这样的了。

有一天，陈芸问我：“各种古文，应该学习它们的什么才对呢？”我说：“《战国策》、《南华经》取其灵快，匡衡、刘向的文章取其雅健，司马迁、班固的史书取其博大，韩愈取其浑厚，柳宗元取其峻峭，欧阳修取其跌宕，三苏（苏洵、苏轼、苏辙）取其雄辩，其他的如贾谊、董仲舒的策对，庾信、徐陵的骈体、陆贽的奏议，应该吸取学习的东西很多，不能一一列举，全在于用心去心领神会。”

陈芸说：“古代散文的境界全在于见识高远、气势雄伟，女子学散文恐难以达到如此境界。只有诗歌这种题材，我还能稍微领悟到它的意境。”我说：“唐代以诗歌来选拔人才，唐诗的宗师巨匠当然首推李白、杜甫，不知你喜爱尊崇谁呢？”陈芸议论道：“杜甫的诗锤炼精纯，李白的诗潇洒落拓；与其学杜甫的森严，不如学李白的活泼。”我说：“杜工部是诗歌的集大成者，学诗的人很多都以他为宗师。唯独你取法李白，为什么呢？”陈芸答道：“格律谨严，词意的深刻精当，确实是杜甫最擅长的；但是李白就好像《逍遥游》中的姑射仙子，有一种落花流水的情趣，令人可爱。并不是杜甫就不如李白，不过是我从心底里觉得尊崇杜甫的意思要浅些，喜爱李白的心思要更深一些。”

我笑着说：“未曾料到陈淑珍原来是李青莲的知己啊！”陈芸也笑着说：“我还有启蒙老师叫白乐天，时常在心里想着他，从来没有一刻忘记他。”我问：“为什么这样说？”陈芸说：“白乐天不就是《琵琶行》的作者吗？”我不禁大笑起来：“太奇怪了！李太白是知己，白乐天是启蒙老师，我的字正巧是三白，却作了你的夫婿。你与‘白’字怎么就这么有缘分呢？”陈芸也笑着说：“与‘白’字有缘？将来恐怕是‘白字’连篇呀。”（江浙方言把“别字”称作“白字”）说着说着，我二人竟笑作一团。笑过之后，我问陈芸：“你已经懂得了诗歌，也应当知道辞赋的取舍吧？”陈芸说：“《楚辞》为赋的祖宗，我学识浅薄很难理解。在汉、晋两代写赋的人中间，论格调高雅、语言精炼，似乎觉得以司马相如为最好。”我开玩笑说：“当日卓文君跟着司马相如私奔，恐怕不是因为琴声所动，而是被赋勾引了吧？”我们又相对大笑了好一阵才停下。

是年七夕，芸设香烛瓜果，同拜天孙于我取轩中。余镌“愿生生世世为夫妇”图章二方，余执朱文，芸执白文，以为往来书信之用。是夜月色颇佳，俯视河中，波光如练，轻罗小扇，并坐水窗，仰见飞云过天，变态万状。芸曰：“宇宙之大，同此一月，不知今日世间，亦有如我两人之情兴否？”余曰：“纳凉玩月，到处有之，若品论云霞，或求之幽闺绣阁，慧心默证者固亦不少，若夫妇同观，所品论者，恐不在此云霞耳。”未几，烛烬月沉，撤果归卧。

七月望，俗谓之鬼节。芸备小酌，拟邀月畅饮，夜忽阴云如晦。芸愀然曰：“妾能与君白头偕老，月轮当出。”余亦索然。

但见隔岸萤光明灭万点，梳织于柳堤蓼渚间。余与芸联句以遣闷怀，而两韵之后，逾联逾纵，想入非夷，随口乱道。芸已漱涎涕泪，笑倒余怀，不能成声矣。觉其鬓边茉莉浓香扑鼻，因拍其背，以他词解之曰：“想古人以茉莉形色如珠，故供助妆压鬓，不知此花必沾油头粉面之气，其香更可爱，所供佛手当退三舍矣。”

芸乃止笑曰：“佛手乃香中君子，只在有意无意间；茉莉是香中小人，故须借人之势，其香也如胁肩谄笑。”余曰：“卿何远君子而近小人？”芸曰：“我笑君子爱小人耳。”正话间，漏已三滴，渐见风扫云开，一轮涌出。乃大喜，倚窗对酌。酒未三杯，忽闻桥下哄然一声，如有人堕，就窗细瞩，波明如镜，不见一物，惟闻河滩有只鸭急奔声。余知沧浪亭畔素有溺鬼，恐芸胆怯，未敢即言。芸曰：“噫！此声也，胡为乎来哉？”不禁毛骨皆栗，急闭窗，携酒归房。一灯如豆，罗帐低垂，弓影杯蛇，惊神未定。剔灯入帐，芸已寒热大作，余亦继之，困顿两旬。真所谓乐极灾生，亦是白头不终之兆。

译文

这一年七月七日，陈芸设香案灯烛瓜果，二人在我取轩中共同祭拜天孙（相传织女是天帝的孙女）。我刻了“愿生生世世为夫妻”的图章二枚，我拿着朱文（阳文）图章，陈芸拿着白文（阴文）图章，作为我们互相写信时的印信。这天夜里，月色很好，俯视河中，波光像白绸一般。轻轻摇动小小的扇子，我们并肩坐在临水的窗户前，抬头看见云彩飞过天空，姿态变化万千。陈芸说：“宇宙之大，同是这一轮明月，不知道今天的世界上，还有没有像我们二人这样的情形兴趣呢？”我说：“纳凉赏月的人，到处都有。若要说品评谈论云霞，到闺房绣楼去寻找，用心感悟、默默思考的人肯定也有不少；假如有夫妻同时观月，他们议论的也不是我们面对的这片云霞啊。”还没等到蜡烛燃尽、月亮落下，就收拾了瓜果回房睡了。

七月十五日，民间称之为“鬼节”。陈芸准备了一些酒菜，打算对着明月开怀畅饮，谁知夜晚忽然阴云密布。陈芸神色沉重严肃地说：“我若能与夫君白头偕老，月亮一定会出来。”我也觉得情绪十分低落。

只见隔河两岸萤火虫的光亮，明明灭灭、星星点点，在柳间堤上、水边陆地连成一片。我与陈芸联对诗句，用以排遣胸中的愁闷。对过两韵以后，觉得越对越有兴致，诗兴越来越放纵，竟然想入非非，随口乱说。陈芸已是满嘴涎水、满脸流泪，笑倒在我的怀中，气喘吁吁说不出话来。闻到她耳鬓茉莉花浓香扑鼻，于是就拍着她的脊背，用别的话语来缓解她的笑症：“想古人因为茉莉花的形状颜色像珍珠，所以用它插在耳鬓协助化妆，却不知道此花必须沾上油头粉面之气，它的香味才更可爱。一般人供养的佛手，应该退避三舍了。”

陈芸这才止住笑说：“佛手是香料中的君子，香味只在有意无意之间；茉莉是香花中的小人，所以需要借助人的势力，她的香味也就像耸起肩膀装出来的谄媚的笑脸一样。”我问：“那么，你为何远君子而近小人呢？”陈芸说：“我笑那些君子却偏爱小人啊！”正在说话的时候，不知不觉已经到了三更。渐渐看到风将云彩扫开，一轮明月涌了出来，我们于是十分喜欢。靠着窗子推杯换盏，还没喝了三杯，忽然听桥下哄然一声，就像有人掉下去一样。到窗口仔细观看，河水明亮平静得像镜子一样，没有看到任何东西，只听得河滩上有一只鸭子急忙奔跑的声音。我知道沧浪亭旁历来就有溺死鬼的传说，害怕陈芸胆小受惊，当时没敢明说。陈芸说：“噫！这声音是为什么来的呢？”不禁毛骨悚然，急忙关了窗户，拿着酒回到了房中。一盏豆大的灯光，照着低垂的罗帐，影影绰绰，杯弓蛇影，令人惊魂依然不能安定。拨亮灯光进入帐内，陈芸已经忽寒忽热，病倒了。我也跟着得了病，病了两旬才好。真所谓乐极灾生，也是不能白头到老的预兆。

中秋日，余病初愈，以芸半年新妇，未尝一至间壁之沧浪亭，先令老仆约守者勿放闲人，于将晚时，偕芸及余幼妹，一妪一婢扶焉，老仆前导，过石桥，进门折东，曲径而入。叠石成山，林木葱翠。亭在土山之巅，循级至亭心，周望极目可数里，炊烟四起，晚霞灿然。隔岸名“近山林”，为大宪行台宴集之地，时正谊书院犹未启也。携一毯设亭中，席地环坐，守者烹茶以进。少焉，一轮明月已上林梢。渐觉风生袖底，月到波心，俗虑尘怀，爽然顿释。芸曰：“今日之游乐矣！若驾一叶扁舟，往来亭下，不更快哉！”时已上灯，忆及七月十五夜之惊，相扶下亭而归。

吴俗，妇女是晚不拘大家小户皆出，结队而游，名曰“走月亮”。沧浪亭幽雅清旷，反无一人至者。

译文

中秋日，我大病初愈。由于陈芸作新娘已有半年，还一次也没有到过隔壁的沧浪亭，就先派老仆人与沧浪亭的看守者约好不要放闲杂人进去。在傍晚时分，我陪着陈芸以及我的小妹妹，由一个老妈子、一个丫环扶着，在老仆人引导下前去沧浪亭。过石桥，进园门折向东，沿弯曲的小路而入。两旁尽是垒石而成的假山，葱茏苍翠的林木，亭子在土山顶上。顺着台阶到达厅中，向四周望去，目光可达数里之外，远处炊烟四起，晚霞灿烂。对岸有一地方名叫“近山林”，是达官显贵宴客集会的地方，此时像书院还未开学一样的安静。把带来的一块毯子铺在亭子中间，我们几个围成一圈席地而坐。看守人送来了煮好的茶。一会儿，一轮明月升上了树梢，逐渐觉得凉风从袖底升起，月亮照到水波中央，使一切庸俗的虚妄和尘世的情怀，顿时摆脱得干净彻底。陈芸说：“今日的游玩真是太快乐了！如果驾一条小船，在亭下往来，岂不是更快乐！”这时已经上灯，想起七月十五日夜里的惊吓，便互相扶持着走下亭子回家了。

江浙一带有个风俗：这天晚上，不论大家小户的妇女，都成群结队出门游玩，名曰“走月亮”。沧浪亭幽雅清静，反而没有一个人到来。

吾父稼夫公喜认义子，以故余异姓弟兄有二十六人，吾母亦有义女九人。九人中王二姑、俞六姑与芸最和好。王痴憨善饮，俞豪爽善谈。每集，必逐余居外，而得三女同榻。此俞六姑一人计也。余笑曰："俟妹于归后，我当邀妹丈来，一住必十日。"俞曰："我亦来此，与嫂同榻，不大妙耶？"芸与王微笑而已。

时为吾弟启堂娶妇，迁居饮马桥之仓米巷，屋虽宏畅，非复沧浪亭之幽雅矣。吾母诞辰演剧，芸初以为奇观。吾父素无忌讳，点演《惨别》等剧，老伶刻画，见者情动。余窥帘见芸忽起去，良久不出，入内探之。俞与王亦继至。见芸一人支颐独坐镜奁之侧，余曰："何不快乃尔？"芸曰："观剧原以陶情，今日之戏，徒令人肠断耳。"俞与王皆笑之。余曰："此深于情者也。"俞曰："嫂将竟日独坐于此耶？"芸曰："俟有可观者再往耳。"王闻言先出，请吾母点《刺梁》、《后索》等剧，劝芸出观，始称快。

译文

我父亲稼夫老先生喜欢认干儿子，所以我的异姓弟兄有二十六人，我母亲也有干女儿九人。九人中王二姑、俞六姑与陈芸最要好。王二姑性格憨厚很能喝酒，俞六姑性格豪爽特别会说话。每次聚集，总是把我赶到外面去住，从而得以三人同床而睡。这都是俞六姑一个人的计谋。我笑着说："等到妹妹出嫁以后，我一定邀请妹夫来住，而且一住就是十天。"俞六姑说："我也到这里来，与嫂子同床，岂不是太妙了！"陈芸与王二姑只是微笑而已。

为了给我弟弟启堂娶媳妇，我们迁居至饮马桥的仓米巷。新居的房屋虽然高大宽敞，但没有了沧浪亭的幽静雅致。我母亲诞辰那天，在家里演戏，陈芸开始时好奇地看戏。我父亲历来不讲究忌讳，点了《惨别》一出戏来演，老演员对剧情的刻画，让看戏的人个个动情。我从帘缝中看见陈芸忽然起身而去，很长时间不见出来，便到里边去探问。俞六姑和王二姑也相继跟了进来。见陈芸一个人用手扶着脸独自坐在梳妆台旁边。我问："为什么这样不高兴？"陈芸说："看戏原来是为了陶冶情性，今天的戏却让人白白地悲痛断肠！"俞六姑和王二姑都嘲笑陈芸。我说："这才是深深懂得感情的人啊！"俞六姑说："嫂子准备整天独自坐在这里吗？"陈芸说："等到有可以看的剧目再出去吧。"王二姑听陈芸这么说便先出去了，请我母亲点了《刺梁》（《渔家乐》之一出）、《后索》（《后寻亲记》之一出）等剧，劝陈芸出去观看，这才高兴起来。

芸初缄默，喜听余议论。余调其言，如蟋蟀之用纤草，渐能发议。其每日饭必用茶泡，喜食芥卤乳腐，吴俗呼为"臭乳腐"；又喜食虾卤瓜。此二物余生平所最恶者，因戏之曰："狗无胃而食粪，以其不知臭秽；蜣螂团粪而化蝉，以其欲修高举也。卿其狗耶？蝉耶？"芸曰："腐取其价廉而可粥可饭，幼时食惯。今至君家，已如蜣螂化蝉，犹喜食之者，不忘本也。至卤瓜之味，到此初尝耳。"余曰："然则我家系狗窦耶？"

芸窘而强解曰："夫粪，人家皆有之，要在食与不食之别耳。然君喜食蒜，妾亦强啖之。腐不敢强，瓜可掩鼻略尝，入咽当知其美，此犹无盐貌丑而德美也。"余笑曰："卿陷我作狗耶？"芸曰："妾作狗久矣，屈君试尝之。"以箸强塞余口，余掩鼻咀嚼之，似觉脆美，开鼻再嚼，竟成异味。从此亦喜食。芸以麻油加白糖少许拌卤腐，亦鲜美。以卤瓜捣烂拌卤腐，名之曰双鲜酱，有异味。余曰："始恶而终好之，理之不可解也。"芸曰："情之所钟，虽丑不嫌。"

译文

陈芸结婚初期很少说话，喜欢听我发议论。我调教她说话，就像用细草调教蟋蟀一样，她慢慢地也能发议论了。陈芸每天吃饭

都必须用茶泡，喜欢吃芥末卤制的豆腐乳，江浙民间称之为“臭腐乳”；又喜欢吃虾酱卤冬瓜。这两样东西是我平生最厌恶的，因此与她开玩笑：“狗无胃而吃粪，因为它不知道臭和肮脏；蜣螂团粪蛋而化成蝉，因为想把自己高高举起。你到底是狗呢，还是蝉呢？”陈芸说：“腐乳取它的价格便宜，可以就粥也可以下饭，小时侯吃惯了。现今到了夫君家，已经像蜣螂化成了蝉，仍然喜欢吃腐乳，是为了不忘本。至于卤瓜的味道，是到了这里才尝到的。”我说：“如此说，我家成狗窝了。”

陈芸很不好意思，但强做辩解：“凡是人家都有粪，主要的区别是吃还是不吃。可是你爱吃蒜，我也跟着你勉强吃蒜。腐乳不敢强迫你吃，卤瓜却可以掩着鼻子稍稍尝一点，咽下去就会知道它的美味，就像齐宣王的王后无盐一样，相貌丑但品德美好。”我笑着说：“你想陷害我做狗吗？”陈芸说：“我做狗已经很久了，委屈你试着尝尝这个。”说着，用筷子将卤瓜强塞进我的口中。我掩住鼻子试着咀嚼，似乎觉得清脆香美；放开鼻子再嚼，竟然成了很特别的美味。从此，我也喜欢吃卤瓜。陈芸用麻油加少量白糖拌腐乳，也很鲜美。用捣烂的卤瓜拌腐乳，取名叫“双鲜酱”，更有一种特别的味道。我说：“开始厌恶而最终喜好，按道理实在不好解释啊！”陈芸说：“情所独钟，虽然丑但不嫌弃。”

迁仓米巷，余颜其卧楼曰“宾香阁”，盖以芸名而取如宾意也。院窄墙高，一无可取。后有厢楼，通藏书处，开窗对陆氏废园，但有荒凉之象。沧浪风景，时切芸怀。有老妪居金母桥之东，埂巷之北。绕屋皆菜圃，编篱为门。门外有池约亩许，花光树影，错杂篱边。其地即元末张士诚王府废基也。屋西数武，瓦砾堆成土山，登其巅可远眺，地旷人稀，颇饶野趣。妪偶言及，芸神往不置，谓余曰：“自别沧浪，梦魂常绕，今不得已而思其次，其老妪之居乎？”余曰：“连朝秋暑灼人，正思得一清凉地以消长昼。卿若愿往，我先观其家可居，即襆被而往，作一月盘桓，何如？”芸曰：“恐堂上不许。”余曰：“我自请之。”

越日至其地，屋仅二间，前后隔而为四，纸窗竹榻，颇有幽趣。老妪知余意，欣然出其卧室为赁，四壁糊以白纸，顿觉改观。于是禀知吾母，挈芸居焉。

邻仅老夫妇二人，灌园为业，知余夫妇避暑于此，先来通殷勤，并钓池鱼、摘园蔬为馈。偿其价，不受，芸作鞋报之，始谢而受。时方七月，绿树阴浓，水面风来，蝉鸣聒耳。邻老又为制鱼竿，与芸垂钓于柳阴深处。日落时，登土山观晚霞夕照，随意联吟，有“兽云吞落日，弓月弹流星”之句。少焉，月印池中，虫声四起，设竹榻于篱下。老妪报酒温饭熟，遂就月光对酌，微醺而饭。浴罢，则凉鞋蕉扇，或坐或卧，听邻老谈因果报应事。三鼓归卧，周体清凉，几不知身居城市矣。篱边倩邻老购菊，遍植之。九月花开，又与芸居十日。吾母亦欣然来观，持螯对菊，赏玩竟日。芸喜曰：“他年当与君卜筑于此，买绕屋菜园十亩，课仆妪，植瓜蔬，以供薪水。君画我绣，以为诗酒之需。布衣菜饭，可乐终身，不必作远游计也。”余深然之。今即得有境地，而知己沦亡，可胜浩叹！

译文

迁居到仓米巷，我给卧楼题写了"宾香阁"的匾额，根据陈芸的名字而取相敬如宾的意思。院子窄而院墙高，毫无可取之处。后院有厢楼，通向藏书处，打开窗户正对着陆游的废园，满眼都是荒凉的景象。沧浪亭的风景，时刻挂记在陈芸心上。有老妇人住在金母桥之东，埂巷之北。房屋四周都是菜地，用树枝编成篱笆作门。门外有池塘约一亩多，花与树的光影，杂陈于篱笆旁边。这里曾经是元代张士诚称王时王府废弃了的地盘。屋子西边数丈远的地方，瓦砾堆成了一个小土山，登上山顶可以远眺，地旷人稀，颇有乡村野趣。老妇人偶然说起，陈芸就心所向往不能释然，对我说："自从离别沧浪亭，做梦都离不开它，现在没办法只能退而求其次，老妇人的住处怎么样？"我说："连日秋天的热气烤人，正想找一清凉地方度过漫长的日子。你如果愿意去，让我先去看看，他们家真的适合居住，我们立即包裹被褥过去，在那里逗留一个月怎么样？"陈芸说："恐怕母亲不允许。"我说："我自然会请示的。"

第三天到了那个地方，见屋子只有两间，前后隔开成了四间，纸窗户竹子床，颇有清幽情趣。老妇人知道我的意思，欣然腾出她的卧室租赁给我，四面墙壁糊上白纸，顿时觉得面貌大变。于是征得母亲的同意，带着陈芸住了过来。

邻居只有老夫妇二人，以种菜为生，知道我们夫妇来避暑，先来通报问候，并钓了池中的鱼，摘了园中的菜送给我们。给他们菜钱，他们坚决不要。陈芸做了鞋作为回报，推辞了半天才收下。当时正值七月，绿树浓荫，水面上的风吹过来，蝉的叫声聒耳。邻居老人又为我们做了鱼竿，我与陈芸到柳荫深处去钓鱼。日落时，登上土山，观看晚霞夕照，随心所欲吟诗联句，有"兽云吞落日，弓月弹流星"的佳句。不一会儿，月亮的影子印在池中，虫子的叫声此起彼伏，我们把竹床摆在了篱笆下。老妇人过来告知酒饭已经准备好了，于是就着月光对饮，有点醉了才吃饭。洗过澡，则穿着凉鞋、摇着芭焦扇，听老人讲因果报应的故事。三更天才回房睡觉。浑身清凉，几乎忘记了是身居城市。篱笆周围，请邻居老人买来菊花，栽得满满的。九月菊花盛开，我又与陈芸住了十天。我母亲也高兴地前来观赏菊花，持着蟹腿对着菊花饮酒作乐，玩了一整天。陈芸高兴地说："来年我们应当在这里选址修盖房子。绕房买十亩菜园，训练仆人丫鬟，种植瓜果蔬菜，供我们吃喝之用；你画画，我刺绣，卖了当做诗饮酒的费用。布衣麻鞋，粗茶淡饭，可以快乐地过一辈子，没必要作远游的打算了。"我对她的想法十分赞同。今天即使得到有境界的地方，但知己却早已亡故，怎么能承受得了深深的慨叹啊！

离余家半里许，醋库巷有洞庭君祠，俗呼水仙庙。回廊曲折，小有园亭。每逢神诞，众姓各认一落，密悬一式之玻璃灯，中设宝座，旁列瓶几，插花陈设，以较胜负。日惟演戏，夜则参差高下插烛于瓶花间，名曰“花照”。花光灯影，宝鼎香浮，若龙宫夜宴。司事者或笙箫歌唱，或煮茗清谈，观者如蚁集，檐下皆设栏为限。

余为众友邀去，插花布置，因得躬逢其盛。归家向芸艳称之。芸曰：“惜妾非男子，不能往。”余曰：“冠我冠，衣我衣，亦化女为男之法也。”于是易髻为辫，添扫蛾眉，加余冠，微露两鬓，尚可掩饰，服余衣长一寸又半，于腰间折而缝之，外加马褂。芸曰：“脚下将奈何？”余曰：“坊间有蝴蝶履，大小由之，购亦极易，且早晚可代撒鞋之用，不亦善乎？”芸欣然。及晚餐后，装束既毕，效男子拱手阔步者良久。忽变卦曰：“妾不去矣。为人识出既不便，堂上闻之又不可。”余怂恿曰：“庙中司事者谁不知我，即识出亦不过付之一笑耳。吾母现在九妹丈家，密去密来，焉得知之。”芸揽镜自照，狂笑不已。余强挽之，悄然径去。遍游庙中，无识出为女子者。或问何人，以表弟对，拱手而已。最后至一处，有少妇幼女坐于所设宝座后，乃杨姓司事者之眷属也。芸忽趋彼通款曲，身一侧，而不觉一按少妇之肩，旁有婢媪怒而起曰：“何物狂生，不法乃尔！”余欲为措词掩饰。芸见势恶，即脱帽翘足示之曰：“我亦女子耳。”相与愕然，转怒为欢。留茶点，唤肩舆送归。

译文

离我家大约半里远近，醋库巷有洞庭神君（即太湖神）的祠堂——俗称水仙庙，回廊曲折，有小小的院子和亭子。每逢太湖神的生日，众人按姓氏各选一个角落，密密地挂上清一色的玻璃灯，中心设宝座，旁边陈列几案，插上鲜花，比较胜负。白天只是演戏，夜晚则高低参差插放蜡烛于花瓶之间，名曰“花照”。灯影下花光闪耀，宝鼎中香烟浮动，好像是龙宫里夜晚开宴席。组织者有的奏乐歌唱，有的煮好茶水高谈阔论；观看的人像蚂蚁一样挤成一团，房檐下都设了栏杆作为界限。

我被众朋友邀请，前去为他们插花布置花照，因此亲身经见了庙会的盛况。回家后向陈芸盛赞其精彩，陈芸听了说：“可惜我不是男人，不能到那里去。”我说：“带我的帽子，穿我的衣服，我们也效仿女扮男装的方法。”于是，给陈芸把发髻改成辫子，画粗了眉毛，戴上我的帽子，两鬓露出少许头发，还可以掩盖过去；穿我的衣裳长了有一寸半，就在腰间折起缝住，外加马褂也可以掩饰。陈芸说：“脚下该怎么办呢？”我说：“市场上有一种蝴蝶鞋，大小任你调整，购买极其方便，而且早晚可以代替拖鞋用，不是很好吗？”陈芸很高兴。到了晚饭后，改装打扮完了，陈芸学着男人的样子，拱着手，迈着大步，练了很久。突然间，她又变卦了：“我不去了。万一被人认出就不好了，再说母亲知道了也不会许可。”我怂恿她：“庙中办事的人谁不认识我，即使认出来也不过一笑了之。母亲现在九妹夫家，秘密地去，悄悄地回来，怎么能知道呢？”陈芸拿过镜子照自己，不禁狂笑不止。我强拉着她，悄悄地直奔庙会去了。游遍了庙中，没有人认出她是女子。有人问是何人，回答是表弟，拱拱手就过去了。最后到了一个地方，有一群小媳妇、少女坐在设花灯房子的后庭里，都是姓杨的司事的家属。陈芸匆忙跑向那里去问候致意，身子一侧，无意间按了一少妇的肩膀。旁边的老女仆愤怒地站起来说：“狂妄小子你什么东西，不规矩成这个样子！”我正准备好言为陈芸掩饰，陈芸见来势汹汹，马上脱下帽子抬起脚给他们看，说：“我也是女子呀！”大家看了都很惊讶，于是转怒为笑。留下来吃了茶点，然后叫了一顶轿子把陈芸送回家。

乾隆甲寅七月，余自粤东归。有同伴携妾回者，曰徐秀峰，余之表妹婿也。艳称新人之美，邀芸往观。芸他日谓秀峰曰："美则美矣，韵犹未也。"秀峰曰："然则若郎纳妾，必美而韵者乎？"

芸曰："然。"从此痴心物色，而短于资。

时有浙妓温冷香者，寓于吴，有《咏柳絮》四律，沸传吴下，好事者多和之。余友吴江张闲憨素赏冷香，携柳絮诗索和。芸微其人而置之。余技痒而和其韵，中有"触我春愁偏婉转，撩他离绪更缠绵"之句，芸甚击节。

译文

乾隆甲寅年（1794）七月，我从广东回到苏州。有一个同伴带了小老婆回来，同伴叫徐秀峰，是我的表妹夫。徐秀峰极力赞美新人的漂亮，邀请陈芸去看。陈芸看后，有一天对徐秀峰说："漂亮倒是真漂亮，却没有韵味。"秀峰说："照这样说，假如你丈夫纳妾，必定要选漂亮而有风韵的女子了？"

陈芸说："对！"从此痴心物色，却因为家境贫寒而难成好事。

当时浙江妓女温冷香，住在苏州，有《咏柳絮》诗四首，在苏州传得沸沸扬扬，许多爱凑热闹的人都作诗与她唱和。我的朋友吴江人张闲憨，一直很欣赏温冷香，拿了《咏柳絮》要我们和诗。陈芸看不起温冷香而置之不理；我诗性大发便按其韵而作，其中有"触我春愁偏婉转，撩他离绪更缠绵"的诗句，陈芸非常赞赏。

明年，乙卯秋八月五日，吾母将挈芸游虎丘。闲憨忽至，曰："余亦有虎丘之游，今日特邀君作探花使者。"

因请吾母先行，期于虎丘半塘相晤。拉余至冷香寓，见冷香已半老，有女名憨园，瓜期未破，亭亭玉立，真"一泓秋水照人寒"者也。款接间，颇知文墨。有妹文园，尚雏。余此时初无痴想，且念一杯之叙，非寒士所能酬，而既入个中，私心忐忑，强为酬答。因私谓闲憨曰："余贫士也，子以尤物玩我乎？"

闲憨笑曰："非也。今日有友人邀憨园答我，席主为尊客拉去，我代客转邀客，毋烦他虑也。"

余始释然。至半塘，两舟相遇，令憨园过舟叩见吾母。芸、憨相见，欢同旧识，携手登山，备览名胜。芸独爱千顷云高旷，坐赏良久。返至野芳滨，畅饮甚欢，并舟而泊。及解缆，芸谓余曰："子陪张君，留憨陪妾可乎？"余诺之。

返棹至都亭桥，始过船分袂，归家已三鼓。芸曰："今日得见美丽韵者矣。顷已约憨园明日过我，当为子图之。"

余骇曰："此非金屋不能贮，穷措大岂敢生此妄想哉！况我两人伉俪正笃，何必外求？"芸笑曰："我自爱之，子姑待之。"

明午，憨果至。芸殷勤款接，筵中以猜枚赢吟输饮为令，终席无一罗致语。及憨园归，芸曰："顷又与密约，十八日来此结为姊妹。子宜备牲牢以待。"笑指臂上翡翠钏曰："若见此钏属于憨，事必谐矣。顷已吐意，未深结其心也。"余姑听之。

十八日大雨，憨竟冒雨至。入室良久，始挽手出，见余有羞色，盖翡翠钏已在憨臂矣。焚香结盟后，拟再续前饮。适憨有石湖之游，即别去。芸欣然告余曰："丽人已得，君何以谢媒耶？"

余询其详，芸曰："向之秘言，恐憨意另有所属也。顷探之无他，语之曰：'妹知今日之意否？'憨曰：'蒙夫人抬举，真蓬蒿倚玉树也。但吾母望我奢，恐难自主耳。愿彼此缓图之。'脱钏上臂时，又语之曰：'玉取其坚，且有团圞不断之意，妹试笼之以为先兆。'憨曰：'聚合之权，总在夫人也。'即此观之，憨心已得，所难者必冷香耳，当再图之。"

余笑曰："卿将效笠翁之《怜香伴》耶？"

芸曰："然。"自此无日不谈憨园矣。

后憨为有力者夺去，不果。芸竟以之死。

译文

第二年乙卯年（1795）秋天八月初五，我母亲正要带陈芸去游虎丘。张闲憨忽然而至，对我说："我也要到虎丘游玩。今天特意来请你作探花使者。"

因此请我母亲先走，约好在虎丘半塘相会。我被拉到温冷香的住所，见温冷香已过中年。有女儿叫憨园，还是处女，亭亭玉立，确实有"一泓秋水照人寒"的风韵。殷勤接待之间，看出憨园颇有文化修养。还有个妹妹叫文园，尚在幼年。此时，我起初并没有什么痴心妄想，而且考虑到即使是饮酒叙话，也不是贫寒之人能够应酬起的。但是既然进入了这种情境，尽管心底不踏实，也得勉强应酬。因此偷偷对闲憨说："我是贫穷书生，你用美女戏弄我吗？"

闲憨说："不是的。今天有朋友邀请憨园答谢我，请客的人被尊贵的人拉去了，我代替客人转过来邀请客人。你不必有其他的忧虑。"

我这才放下心来，与他们上船出游。行至半塘，与母亲的船相遇，让憨园过船叩见我母亲。陈芸与憨园相见，喜欢得像老朋友，二人手拉手登山，看遍了各处名胜。陈芸特别喜爱千顷云的高旷，坐下来观赏了很长时间。返航至野芳滨，开怀畅饮，十分欢乐。两只船并排停泊。即将解缆起航，陈芸对我说："你去陪张先生，把憨园留下陪我可以吗？"我答应了。

返航到都亭桥，一过桥两只船就分开了。陈芸回到家已是半夜时分。陈芸说：“今天终于见到了漂亮又有风韵的女子。刚才已与憨园约定，明天过这里来看望我，将设法使你得到她。”

我吃惊地说：“这样的女人没有金屋不能存留她，我一个穷书生岂敢有这样的妄想！何况我们夫妻感情深厚，何必向外求别人呢？”

陈芸说：“我自己喜欢她。你且等着吧。”

第二天中午，憨园果然来了。陈芸殷勤款待，宴席上以猜枚为酒令，赢者吟诗输者喝酒，到宴席终了，没有一句调情撮合的话。憨园回去以后，陈芸说：“刚才又与她秘密约定，十八日来这里与我结为姊妹，你应该预备好祭祀用品等着。”陈芸笑容满面，指着胳膊上的翡翠手镯说：“如果见此镯属于憨园，事情必定办妥了。憨园刚才已经吐露了愿意的意思，只是还没有深深拴住她的心。”

我听了并没当一回儿事。

十八日下着大雨，憨园居然冒雨来了。进入内室很长时间，才与陈芸手挽手出来，见了我表情有些羞涩，原来翡翠镯子已经戴到了憨园的胳膊上。

焚香结拜以后，打算再接着前次饮酒，正遇上憨园已有游石湖的约定，便告别而去。

陈芸兴奋地对我说：“美人已经得到，你怎么酬谢媒人呢？”

我问她详细过程，陈芸说：“以前听人暗地里说，恐怕憨园心里已另有别人。刚才探听清楚并无他人，就对她说：‘妹妹知不知道今天的意图？’憨园说：‘承蒙夫人抬举，真好像蓬蒿靠上了玉树。但是，我母亲对我的奢望很多，我恐怕难以自作主张。希望我们两方面慢慢想办法。’我脱下镯子给她戴到胳膊上时，又对她说：‘玉取其坚固的品质，又有团圆不断的意思。妹妹先试着戴上，把它当作一个好的兆头。’憨园说：‘聚合的权力，全在夫人。’就此情况来看，憨园的心已经获得。此事难以成功的障碍是温冷香，应当再想办法对付她。”

我笑着说：“你将效仿李渔的《怜香伴》为丈夫娶妾吗？”

陈芸说：“是啊。”自此，没有一天不谈论憨园的。

后来，憨园被有权有势的人夺去，陈芸的努力没有结果。陈芸竟然因此一病不起，郁郁而死。

评点

林语堂在为西风社出版的英汉对照本《浮生六记》的序言中说："芸，我想，是中国文学上一个最可爱的女人。""她是我们有时在朋友家中遇见的有风韵的丽人，因与其夫伉俪情笃令人尽绝倾羡之念，我们只觉得世上有这样的女人是一件可喜的事，只顾认她是朋友之妻，可以出入其家，可以不请自来和她夫妇吃午饭，或者当她与她丈夫促膝畅谈书画文学腐乳卤瓜之时，你们打瞌睡，她可以来放一条毛毯把你的腿盖上。也许古今各代都有这种女人，不过在芸身上，我们似乎看见这样贤达的美德特别齐全，一生中不可多得。你想谁不愿意和她夫妇，背着翁姑，偷看太湖，看她观玩洋洋万顷的湖水，而叹天地宽，或者同到万年桥去赏月？而且假使她生在英国，谁不愿意陪她参观伦敦博物院，看她狂喜坠泪玩摩中世纪的彩金钞本？"

如果我们尚不知道所谓的芸到底是什么人，那么，有可能把她想象成一位俄罗斯或者大不列颠的贵族少妇，一个善于交际的大家闺秀或者沙龙主人。其实，她只是沈复笔下一个生长在大清帝国治下，粗通文墨的中国女子。林语堂显然是按照他的现代观念对陈芸进行了时髦的包装，与真实的陈芸已经有了相当大的距离。但是，沈复笔下的陈芸的确是一位性格鲜明、思想高超、行为独特、很有审美能力和幽雅情趣的人物。应该说，沈复对爱妻的描写刻画是相当出色的，陈芸的形象是相当成功的。虽然说陈芸"是中国文学上一个最可爱的女人"有溢美过誉之嫌，但是，陈芸这样的形象在中国传统文学中的确是很罕见的，即使在新世纪到来以后的今天，中国广大的女性尤其是农村妇女的身上，依然缺少陈芸性格中的诸如浪漫、痴情、机敏、放达等很多因素，而这些特点，正是今天的不少读者欣赏并喜欢《浮生六记》的主要原因。

当然，陈芸的身上，与中国传统女子一样，不可避免地存在着难以超越的缺陷甚至是致命的弊端。陈芸的浪漫放达是有限的，她必须小心地在封建大家庭里左右周旋，看公婆的脸色行事；她有时竟显得相当愚昧，不仅为丈夫积极物色意中人，从中牵线搭桥为沈三白纳妾操心受累，并且因为她看中的女人被别人抢去气急而亡，等等。或者正因如此，陈芸的形象才显得更为可信，更具真实感。

《闺房记乐》另一个突出的特点是它描写闺房情事的率真大胆。在中国的传统文化中，两性之间的关系尤其是发生在闺阁内的情事，历来以为是万万不能告诉他人，只该秘而不宣的；即使偶尔涉及也是极尽含蓄委婉、点到为止。沈复则不然。他以一种不浓不淡的情致极其香艳的笔墨，大胆书写了与陈芸在闺房里的生活，有的地方甚至接近于露骨，但是，他所写的一切都植根于特别深挚的爱情，用情真用情正，笔韵不温不火，因此不能把“淫”字强加在他头上。相反，他将真情实感倾注在字里行间，一切都在他眼里自然被美化了，一切都显得非常地动人而头头是道了，达到了“乐而不淫”的境界。这样的内容、这样的笔法、这样的艺术效果，中国传统文学中是极少见到的，属于稀有品种，就是将其纳入当今随心所欲一无遮拦的文学潮流之中，也应该是属于那种可遇而不可求的行列，依然具有强大的艺术生命力，依然可以给那些尚不愿意完全丧失艺术良心和美德追求的文人写家，某些有益的启示。

《闺房记乐》中还有一个吸引人的亮点，即闺房以外的闲情，比如藏粥吃粥、居家期间的起居行止、与王二姑俞六姑素云憨园的交往、以及偷游太湖、女扮男装逛灯会的情景，都写得极富情趣别有韵致，沈复与陈芸之间那种“心有灵犀一点通”的融洽默契心领神会，令一切性情中人为之倾倒叫绝。幸福的人从中看到了自己的影子而感到身心愉悦，不幸的人也可以从中寄托自己的情思而获得一时的解脱，在虚幻中享受到短暂的纯粹精神的满足。陈芸的可爱、夫妇间的情笃意浓、日常生活中的志趣协调，都给读者留下了很深的印象，令不少人为之神往。此间，除了沈复、陈芸个性的机智旷达热爱生活富有情趣之外，还有一个非常重要的因素，就是他们都有着相当的文化文学的修养，属于才子才女的范畴。陈芸天生聪慧，听人口授《琵琶行》即可成诵，对照原文又可以识字会意，无师自通便可作诗为文且达到可观的程度；与沈复交流常以诗文为话题，而且颇有水准，见识不凡。作品中有详细描写夫妻二人论文学的片断，陈芸有“杜诗锤炼精纯，李诗潇洒落拓；与其学杜之森严，不如学李之活泼”的议论，不仅符合李杜的基本特征而且恰合陈芸自身的个性特点，是可取的读书态度。“李太白是知己，白乐天是启蒙师，余适字三白为卿婿；卿与白字何其有缘耶？”沈复的一句玩笑话道出了陈芸之所以为陈芸的真谛：性情、学养、伴侣三种因素的合力作用造就了一个封建时代难得的非凡女子的形象。性情往往与生俱来，很难强求也很难更改，通过学习加以调适图谋改变的可能不是没有，但毕竟太小。而学养、伴侣则完全是后天才具有的可以自主掌握的因素，通过自己的努力是可以有所成就有所实现的，尤其是那些富有才情的男女，现实的努力就显得更加重要更具有成功的可能。因此，一切希图在人生道路上潇洒走一回的男男女女们，在效仿沈复、陈芸的时候，切记不可简单地照搬她们的生活方式故作放达，而应该先学其文心之术、结交之道，提升自己的修养境界，然后才可以以真性情纯心灵臻于真正的潇洒。非此别无他途，切切。

闲情记趣

余忆童稚时，能张目对日，明察秋毫，见藐小微物，必细察其纹理，故时有物外之趣。

夏蚊成雷，私拟作群鹤舞空。心之所向，则或千或百，果然鹤也。昂首观之，项为之强。又留蚊于素帐中，徐喷以烟，使其冲烟飞鸣，作青云白鹤观，果如鹤唳云端，怡然称快。于土墙凹凸处、花台小草丛杂处，常蹲其身，使与台齐；定神细视，以丛草为林，以虫蚁为兽，以土砾凸者为丘，凹者为壑，神游其中，怡然自得。一日，见二虫斗草间，观之正浓，忽有庞然大物拔山倒树而来，盖一癞蛤蟆也，舌一吐而二虫尽为所吞。余年幼，方出神，不觉呀然惊恐。神定，捉蛤蟆，鞭数十，驱之别院。年长思之，二虫之斗，盖图奸不从也。古语云："奸近杀"。虫亦然耶？

贪此生涯，卵为蚯蚓所哈（吴俗称阳曰卵），肿不能便。捉鸭开口哈之，婢妪偶释手，鸭颠其颈作吞噬状，惊而大哭，传为语柄。此皆幼时闲情也。

译文

回忆我幼年的时候，能睁着眼睛看太阳，眼睛明亮得能看见很细微的东西，看见很微小的东西，必定仔细观察它的纹理，所以常常发现事物之外的乐趣。

夏天的蚊子叫声如雷，我心里把它们比做群鹤在空中飞舞。心里这样向往着，于是或者千只或者百只，果然就是鹤了。仰脸观望，脖子常常因此而酸痛僵直。又经常把蚊子留在蚊帐里，慢慢地向蚊子喷烟，让它在烟雾中飞舞鸣叫，当做青云飞白鹤来看，果然觉得像白鹤在云端飞鸣，感到怡然痛快。在土墙的凹凸处，花坛旁小草丛生的杂乱处，我常蹲下身来，使视线与台沿平齐，凝神仔细观察。把杂草当做树林，把虫子蚂蚁当做野兽，把突起的土块当做山丘，凹陷的地方当做沟壑，神游其中，怡然自得。一天，看见两个虫子在草丛间打斗，我观看得兴致正浓，忽然有庞然大物拔山倒树而来，原来是一只癞蛤蟆。只见它舌头一吐，两只虫子全被它吞掉了。我年纪幼小，又正在出神观看，不禁吓了一跳，大叫起来。神情安定后，捉住癞蛤蟆，用鞭子抽了几十下，把它赶到别的院子里去了。年龄大了回想当时的情景，二虫的争斗，原来是一个要交配，一个不愿意。古语说："奸近杀。"虫子也是如此吗？

由于贪图这样玩乐，一次卵（江浙俗语把阳具叫做卵）被蚯蚓咬了，肿得不能小便。捉来鸭子扒开口哈肿，女佣人偶尔松手，鸭子便抖动脖子，做出吞咽的姿态，吓得我放声大哭，传出去成为人们闲谈的话柄。这都是我幼年的闲情。

及长，爱花成癖，喜剪盆树。识张兰坡，始精剪枝养节之法，继悟接花叠石之法。

花以兰为最，取其幽香韵致也，而瓣品之稍堪入谱者不可多得。兰坡临终时，赠余荷瓣素心春兰一盆，皆肩平心阔，茎细瓣净，可以入谱者，余珍如拱璧。值余幕游于外，芸能亲为灌溉，花叶颇茂。不二年，一旦忽萎死。起根视之，皆白如玉，且兰芽勃然。初不可解，以为无福消受，浩叹而已。事后始悉有人欲分不允，故用滚汤灌杀也。从此誓不植兰。

次取杜鹃，虽无香而色可久玩，且易剪裁。以芸惜枝怜叶，不忍畅剪，故难成树。其他盆玩皆然。

译文

等到长大了，我又爱花成癖，喜欢修剪盆景花树。认识了张兰坡，才开始精通了剪枝养节的法度，接着又悟出了嫁接花卉、垒叠石子的方法。

百花中兰花居于首位，因其香味幽雅、韵致高贵而取胜；然而，花形品位勉强可以载入花谱的，不可多得。张兰坡临终时，赠给我荷瓣素心春兰一盆，每一朵花都是肩平心阔，茎细瓣净，是可以写入花谱的。我对它就像对宝玉一样的珍贵。当我供职幕僚、游历在外时，陈芸能够亲自为它浇水，花叶十分繁茂。不到两年，忽然有一天枯萎而死。拔起根来看，都白得像玉一样，而且生出许多旺盛的兰芽。最初不知如何解释，以为没有福气享受，叹息不已。事后才知道，有人想分几枝去种，但没有得到允许，就用滚水把它浇死了。从此，我发誓不再栽兰花。

其次是杜鹃，虽然没有香味，但颜色可以长久欣赏，而且易于修剪。因为陈芸怜惜枝叶，不忍心大刀阔斧修剪，所以很难成为好的花树。其他盆景也是如此。

惟每年篱东菊绽，秋兴成癖。喜摘插瓶，不爱盆玩。非盆玩不足观，以家无园圃，不能自植，货于市者，俱丛杂无致，故不取耳。其插花朵，数宜单，不宜双，每瓶取一种，不取二色。瓶口取阔大不取窄小，阔大者舒展不拘。自五、七花至三、四十花，必于瓶口中一丛怒起，以不散漫、不挤轧、不靠瓶口为妙，所谓"起把宜紧"也。或亭亭玉立，或飞舞横斜；花取参差，间以花架，以免飞钹耍盘之病；叶取不乱，梗取不强；用针宜藏，针长宁断之，毋令针针露梗，所谓"瓶口宜清"也。视桌之大小，一桌三瓶至七瓶而止；多则眉目不分，即同市井之菊屏矣。几之高低，自三四寸至二尺五六寸而止，必须参差高下，互相照应，以气势联络为上。若中高两低，后高前低，成排对列，又犯俗所谓"锦灰堆"矣。或密或疏，或进或出，全在会心者得画意乃可。

译文

每年东篱（借指菊花园）菊花绽放，秋天赏花已成癖好。我喜欢摘花插入瓶中，而不爱盆栽。并不是盆栽不足以观赏，是因为我家没有园圃，不能自己种植，从市场买来，都是些杂乱丛生没有韵致的东西，所以不敢要。瓶中插花，花朵的数量以单数为宜，不宜用双数。每瓶选一种颜色，不用两种以上的颜色。瓶口用阔大的，不用窄小的，因为阔大的瓶口，能使花舒展。无论是五朵、七朵，还是三十朵、四十朵花，一定要从瓶口中集成一丛，盛势挺起，以不散漫、不拥挤倾轧、不靠瓶口为妙，即所谓的“起把宜紧”。或者亭亭玉立，或者飞舞横斜，花朵应该高低错落，中间支上花架，以免出现“飞钹耍盘”乱转的毛病。叶子选不乱的，花梗选不僵直的。用来固定的竹针应该藏而不露，竹针长了宁可折断它，不要让每根针都露出花梗外面来。“瓶口宜清”说的就是这个道理。根据桌子的大小，一张桌子摆放三瓶到七瓶为止。多了就眉目不清，与市场上的菊展相同了。几案的高低自三四寸到二尺五六寸为止，必须高低参差，互相照应，以气势能够形成联络为上等。如果中间高两边低，后面高前面低，排成一排，或者对称排列，又犯了俗话说的“锦灰堆”的毛病。或稠密或疏散，或伸进或退出，全在于善于心领神会的人，能看出画的意境来就可以了。

若盆碗盘洗，用漂青、松香、榆皮、面和油，先熬以稻灰，收成胶，以铜片按钉向上，将膏火化，粘铜片于盘碗盆洗中。俟冷，将花用铁丝扎把，插于钉上，宜偏斜取势，不可居中，更宜枝疏叶清，不可拥挤；然后加水，用碗沙少许掩铜片，使观者疑丛花生于碗底方妙。

若以木本花果插瓶，剪裁之法（不能色色自觅，倩人攀折者每不合意），必先执在手中，横斜以观其势，反侧以取其态。相定之后，剪去杂枝，以疏瘦古怪为佳。再思其梗如何入瓶，或折或曲，插入瓶口，方免背叶侧花之患。若一枝到手，先拘定其梗之直者插瓶中，势必枝乱梗强，花侧叶背，既难取态，更无韵致矣。折梗打曲之法：锯其梗之半而嵌以砖石，则直者曲矣。如患梗倒，敲一二钉管之。即枫叶竹枝，乱草荆棘，均堪入选。或绿竹一竿配以枸杞数粒，几茎细草伴以荆棘两枝，苟位置得宜，另有世外之趣。若新栽花木，不妨歪斜取势，听其盆侧，一年后枝叶自能向上。如树树直栽，即难取势矣。

至剪裁叶树，先取根露鸡爪者，左右剪成三节，然后起枝。一枝一节，七枝到顶，或九枝到顶。枝忌对节如肩臂，节忌臃肿如鹤膝。须盘旋出枝，不可光留左右，以避赤胸露背之病。又不可前后直出。有名双起三起者，一根而起两三树也。如根无爪形，便成插树，故不取。然一树剪成，至少得三四十年。余生平仅见吾乡万翁名彩章者，一生剪成数树。又在扬州商家见有虞山游客携送黄杨翠柏各一盆，惜乎明珠暗投，余未见其可也。若留枝盘如宝塔，扎枝曲如蚯蚓者，便成匠气矣。

点缀盆中花石，小景可以入画，大景可以入神。一瓯清茗，神能趋入其中，方可供幽斋之玩。种水仙无灵璧石，余尝以炭之有石意者代之。黄芽菜心其白如玉，取大小五七枝，用沙土植长方盆内，以炭代石，黑白分明，颇有意思。以此类推，幽趣无穷，难以枚举。如石菖蒲结子，用冷米汤同嚼喷炭上，置阴湿地，能长细菖蒲，随意移养盆碗中，茸茸可爱。以老莲子磨薄两头，入蛋壳使鸡翼之，俟雏成取出，用久年燕巢泥加天门冬十分之二，捣烂拌匀，植于小器中，灌以河水，晒以朝阳；花发大如酒杯，叶缩如碗口，亭亭可爱。

译文

如取盆、碗、盘、笔洗插花，用漂青、松香、榆树皮、面，和上油，先用稻草熬制成胶膏；把铜片的按钉向上，将胶膏用火化开，把铜片粘在盘、碗、盆、笔洗中。等胶冷后，将花用铁丝扎成把，插在钉子上，应该偏斜取其气势，不可居中；更应该枝条稀疏、叶片清爽，不可拥挤。然后加水，碗里用少量沙土掩盖铜片，使观看的人误以为花是从碗底长出来的，方才是精妙之作。

如果用木本花果插瓶，剪裁的法则是：（因不能每样东西都自己寻找，请人攀缘采摘的往往不满意）必须拿在手中，平竖横斜观察它的架势，翻来覆去选择它的姿态；选定之后，剪去杂枝。稀疏瘦劲、古拙怪异的枝叶为最好。再考虑花梗如何插入瓶口，有的要折断，有的应该弯曲，插入瓶口才能避免叶子翻背、花朵侧斜的毛病。拿到一枝花，先就认定梗干挺直的插入瓶中，势必枝条零乱、梗干僵直、花侧叶背，既难以营造姿态，更没有韵致。折梗弯曲的方法是：锯开梗干的一半，锯口中嵌进小的砖石，就把直的变成了弯的。如果担心梗干会倒下，钉一两个钉子把它固定。即使是枫树叶、竹枝条、乱草、荆棘，都可以入选。绿竹一竿，配上枸杞数粒，或者几根细草，有两枝荆棘陪伴，假如位置安排得当，也会有另外一种超然世外的情趣。如果新栽花木，不妨采取歪斜的姿势，听任它靠在盆边，一年后枝叶自然能够向上。如果每棵树都直着栽，那就很难营造气势。

至于要剪裁盆景树，先选取根须外露像鸡爪形状的树，分左右剪成三节，然后向上留枝，一节留一枝，七枝到顶，最多九枝到顶。留枝条切记不可对着节像肩臂对着肩臂，剪节切记不能臃肿像鹤的膝盖；必须盘旋留出枝条，不可只留左右两边，以避免赤胸露背的毛病；也不可前后直着留出枝条。那些名叫“双起”、“三起”的，是指从一个根而起了两棵树或者三棵树。如果树根没有鸡爪形状，就成了插树，所以不可取。然而，要剪成一棵好树，至少得三四十年。我平生只见过我的同乡万彩章老先生，一辈子剪成了几棵好树。又在扬州商人家里，见过一个虞山（今常熟）游客送来的黄杨、翠柏各一棵，可惜明珠暗投，我没看出有何可取之处。如果留枝盘旋像宝塔的模样，扎枝弯曲得像蚯蚓的形状，便成了匠人斧凿的小家气派。

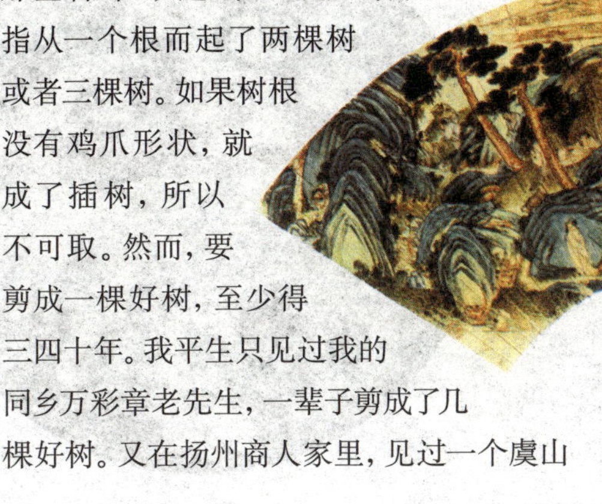

盆中花石的点缀，小盆景可用花石构成画面，大盆景可用它营造神韵。一盆清雅的茶花，能把神韵加入其中，才可以养在雅室供人欣赏。种水仙没有灵璧石，我曾经用与灵璧石相似的炭来代替。黄芽、菜心等品种，白得像玉石，取不同大小的五六枝，用沙土把它们栽在长方形的盆中，用炭代替石子，黑白分明，很有意思。以此类推，幽趣无穷，不胜枚举。石菖蒲结的籽，用冷米汤一起咀嚼，喷在炭上，能长出细细的菖蒲，随意移栽养在盆碗之中，毛茸茸十分可爱。把老莲子磨薄两头，放入鸡蛋壳让鸡孵化，等到鸡雏孵成然后取出。用陈年燕窝的泥土，加入十分之二的天门冬，捣烂拌匀，把莲子种入小的器皿中，浇上河水，早晨晒晒太阳；开出的花大小如酒盅，叶子收缩得像碗口大小，亭亭玉立，小巧可爱。

若夫园亭楼阁，套室回廊，叠石成山，栽花取势，又在大中见小，小中见大，虚中有实，实中有虚，或藏或露，或浅或深，不仅在“周回曲折”四字，又不在地广石多，徒烦工费。或掘地堆土成山，间以块石，杂以花草，篱用梅编，墙以藤引，则无山而成山矣。大中见小者，散漫处植易长之竹，编易茂之梅以屏之。小中见大者，窄院之墙宜凹凸其形，饰以绿色，引以藤蔓，嵌大石，凿字作碑记形，推窗如临石壁，便觉峻峭无穷。虚中有实者，或山穷水尽处，一折而豁然开朗，或轩阁设厨处，一开而可通别院。实中有虚者，开门于不通之院，映以竹石，如有实无也；设矮栏于墙头，如上有月台，而实虚也。贫士屋少人多，当仿吾乡太平船后梢之位置，再加转移其间。台级为床，前后借凑，可作三塌，间以板而裱以纸，则前后上下皆越绝。譬之如行长路，即不觉其窄矣。余夫妇乔寓扬州时，曾仿此法，屋仅两椽，上下卧房、厨灶、客座皆越绝，而绰然有余。芸曾笑曰：“位置虽精，终非富贵家气象也。”是诚然欤！

译文

那些园亭楼阁、套室回廊，用石头垒假山，栽花造气势，要领在于大中见小，小中见大，虚中有实，实中有虚，或藏或露，或浅或深。不仅仅在于“周回曲折”四个字，更不在于地方广阔石头众多，白白地浪费人力财物。或者挖地堆土成山，用块石花草间杂其上，篱笆用梅花编成，墙壁用藤条牵连，那么本来不是山的地方就变成了山。所谓大中见小，即在散漫处种上容易生长的竹子，用容易繁茂的梅花编起来作为屏障。所谓小中见大，就是狭窄院子的墙头，应该造成凹凸起伏的形状，用绿色来装饰，覆盖上藤蔓，镶嵌上大石板，刻字作成碑的形状；推开窗户就像面临石壁，便觉得峻峭无穷。所谓虚中有实，就是在山穷水尽处，一转折便能豁然开朗；或者在房间楼阁摆设橱柜的地方，开一道门可以通往别的院子。所谓实中有虚，即在没有通道的院子开一道门，用竹石掩映，好像另有院落但其实没有；在墙头设置矮栏杆，就像上边有月台，其实也是虚设。贫穷者房少人多，应当仿照我家乡的太平船船梢的方位布置，再加以改变移到自己房间里。变台阶为床，前后借用，可安三张床，之间隔上木板、裱上纸，那么，前后上下都空间相通而又互相隔绝开来。就好像走长路，但不觉得它狭窄。我们夫妇客居扬州时，曾经用过这种办法。屋子仅有两根椽大小，上下卧室、厨灶、客座都安排妥当，显得绰绰有余。陈芸曾笑着说："布置得虽然精致妥当，但终究不是富贵人家的气象。"的确是这样啊！

余扫墓山中，检有峦纹可观之石。归与芸商曰："用油灰叠宣州石于白石盆，取色匀也。本山黄石虽古朴，亦用油灰，则黄白相间，凿痕毕露，将奈何？"

芸曰："择石之顽劣者，捣末于灰痕处，乘湿糁之，干或色同也。"

乃如其言，用宜兴窑长方盆叠起一峰，偏于左而凸于右，背作横方纹，如云林石法，巉岩凹凸，若临江石矶状。虚一角，用河泥种千瓣白萍。石上植茑萝，俗呼云松。经营数日乃成。

至深秋，茑萝蔓延满山，如藤萝之悬石壁，花开正红色。白萍亦透水大放，红白相间。神游其中，如登蓬岛。置之檐下与芸品题：此处宜设水阁，此处宜立茅亭，此处宜凿六字曰"落花流水之间"，此可以居，此可以钓，此可以眺。胸中丘壑，若将移居者然。

一夕，猫奴争食，自檐而堕，连盆与架顷刻碎之。余叹曰："即此小经营，尚干造物忌耶？"两人不禁泪落。

译文

一次，我在山中扫墓时，捡到一块花纹很好看的石头。回家后与陈芸商量：“用油灰把宣州石垒在白石盘中，取其色彩匀称。这块山石虽然古朴，但如果也用油灰，就会黄白相间，斧凿的痕迹显露无遗，怎么办呢？”

陈芸说：“选择顽劣的石头，捣成细末，趁湿将石末揉渗在灰痕上，干了以后颜色或许与石头相同。”

于是按照陈芸的说法，我用宜兴窑出产的长方盆，垒起一座山峰，山势偏向左边倾斜，而右侧凸起，山背做成横方形，模仿云林（元代擅画山石的画家倪瓒）画石的笔法，山势险峻，山石起伏，像临江突出的岩石的形状。空虚的一角，用河泥种上千瓣白萍，石头上种上茑萝（俗称云松）。经营了好几天才做成。

到了深秋，茑萝蔓延开来，覆盖了整个山石，就像藤萝悬在石壁上一样。茑萝开着大红色的花，白萍也透出水面开得正旺，红白相间，神游其间，好像登上了蓬莱岛。放在屋檐下，我与陈芸品头论足议论不休：这里应该建一座水上楼阁；这儿应该修一座茅草亭子；这地方应该凿上六个大字，就写“落花流水之间”；这里可以居住；这里可以钓鱼；这里可以远眺。胸中的丘陵山壑，就像真的能移去居住的一样。

一天傍晚，争抢食物的猫从房檐上掉下来，碰倒了盆景，连盆带架一下子被砸得粉碎。我感叹说：“就这样一点小玩意，还冒犯老天爷的禁忌？”两人不禁流下了眼泪。

静室焚香，闲中雅趣。芸尝以沉速等香，于饭镬蒸透，在炉上设一铜丝架，离火半寸许，徐徐烘之，其香幽韵而无烟。佛手忌醉鼻嗅，嗅则易烂。木瓜忌出汗，汗出，用水洗之。惟香橼无忌。佛手、木瓜亦有供法，不能笔宣。每有人将供妥者随手取嗅，随手置之，即不知供法者也。

余闲居，案头瓶花不绝。芸曰："子之插花能备风晴雨露，可谓精妙入神，而画中有草虫一法，盍仿而效之？"

余曰："虫踯躅不受制，焉能仿效？"

芸曰："有一法，恐作俑罪过耳。"

余曰："试言之。"

芸曰："虫死色不变。觅螳螂、蝉蝶之属，以针刺死，用细丝扣虫项，系花草间，整其足，或抱梗，或踏叶，宛然如生，不亦善乎？"

余喜，如其法行之，见者无不称绝。求之闺中，今恐未必有此会心者矣。

余与芸寄居锡山华氏，时华夫人以两女从芸识字。乡居院旷，夏日逼人。芸教其家，作活花屏法甚妙。每屏一扇，用木梢二枝约长四五寸，作矮条凳式，虚其中，横四挡，宽一尺许，四角凿圆眼，插竹编方眼。屏约高六七尺，用砂盆种扁豆置屏中，盘延屏上，两人可移动。多编数屏，随意遮拦，恍如绿阴满窗，透风蔽日，纡回曲折，随时可更，故曰活花屏。有此一法，即一切藤本香草随地可用。此真乡居之良法也。

译文

在幽静的室内焚燃香料，是闲暇中很有趣味的雅事。陈芸曾经把沉香等香料，在饭锅里蒸熟，在火炉上加上一个铜丝做成的架子，离开火焰半寸左右，徐徐烘烤，散发出的香味幽长雅致，却没有烟。佛手忌讳喝醉酒的人用鼻子去闻，闻过以后就容易烂。木瓜不能用出汗的手去摸，有汗必须用水洗掉。只有香橼没有忌讳。佛手、木瓜也有供养的方法，可惜不能用笔把它们写出来。经常有人将放置妥当的香料随手拿起就闻，随便放在什么地方，一看就是不知道如何供养香料的人。

我闲居之时，案头瓶中插花从来没有断过。陈芸说："你的插花，阴晴风雨，冰雪霜露，各种情景都能形神皆备，可谓精妙传神。可是，画中有画昆虫的技法，你为什么不在插花时效仿呢？"

我说："草虫来回走动不受控制，怎么能仿效呢？"

陈芸说："有一个办法，恐怕要犯作俑的罪过了。"

我说："不妨说说。"

陈芸说："虫子死了颜色不会改变。找来螳螂、蝉、蝴蝶一类的虫子，用针刺死，再用细丝线拴住虫子的头绑在花草之间，然后整理虫子的脚，有的抱住花梗，有的踏在叶子上，就像活的一样，不是也很好吗？"

我听了很高兴，就照着陈芸说的办法去做，结果，见到的人没有一个不称赞叫绝的。寻遍世上的闺阁，恐怕未必还有像陈芸这样有悟性的女人了。

我与陈芸寄居锡山华家时，华夫人让两个女儿跟着陈芸学识字。乡下的家院很开阔，夏天的太阳热气逼人。陈芸就教他们家用活花作屏风的方法，特别美妙。每一扇屏风，用木棍两根，长短大约四五寸，做成矮条凳的式样；中间空开，横上四条挡板，宽大约一尺左右，四边凿开圆眼，插入竹条编成方形网眼。屏风高约六七尺，用瓦盆种上扁豆，放在屏风中间，让豆棵盘旋在屏风上，两个人就可以移动。多编几扇屏风，随着你的心愿任意遮拦，仿佛就像绿荫布满窗户，既透风又能遮蔽太阳。迂回曲折，随时可以改变形状和走向，所以叫它"活画屏"。有了这一种方法，所有的藤类花木、香草等，随时随地都可以采用。这真是乡村居住的好办法。

友人鲁半舫名璋，字春山，善写松柏及梅菊，工隶书，兼工铁笔。余寄居其家之萧爽楼一年有半。楼共五椽，东向，余居其三。晦明风雨，可以远眺。庭中木犀一株，清香撩人。有廊有厢，地极幽静。移居时，有一仆一妪，并挈其小女来。仆能成衣，妪能纺绩。于是芸绣，妪绩，仆则成衣，以供薪水。

余素爱客，小酌必行令。芸善不费之烹庖，瓜蔬鱼虾，一经芸手，便有意外味。同人知余贫，每出杖头钱，作竟日叙。余又好洁，地无纤尘，且无拘束，不嫌放纵。时有杨补凡名昌绪，善人物写真；袁少迂名沛，工山水；王星澜名岩，工花卉翎毛。爱萧爽楼幽雅，皆携画具来。余则从之学画，写草篆，镌图章，加以润笔，交芸备茶酒供客。终日品诗论画而已。更有夏淡安、揖山两昆季，并缪山音、知白两昆季，及蒋韵香、陆橘香、周啸霞、郭小愚、华杏帆、张闲憨诸君子，如梁上之燕，自去自来。芸则拔钗沽酒，不动声色，良辰美景，不放轻过。今则天各一方，风流云散，兼之玉碎香埋，不堪回首矣！

译文

我的朋友鲁半舫名字叫鲁璋，字春山，善于画松柏和梅竹，工于隶书，还善于镌刻印章。我寄居他家的萧爽楼有一年半的时间。萧爽楼共有五间房，坐西向东，我住了其中三间。无论天晴天阴刮风下雨，都可以眺望远处。院中有一株木犀，清香撩人。有走廊，有厢房，地理位置极其幽静。搬到鲁家来的时候，我有一男一女两个仆人，并带来了他们的小女儿。男仆会做衣裳，女仆会纺线织布。于是，陈芸刺绣，女仆纺织，男仆做成衣裳，供给我们的生活开支。

我历来喜欢客人，每逢喝酒必定要行酒令。陈芸特别善于用很少的东西做成美味的菜肴，瓜菜鱼虾，一经陈芸的手，便有了意外的味道。同事们知道我家境贫穷，每次聚会都拿出买酒的份子钱，凑在一起整天地饮酒叙话。我又特别爱干净，地上没有一点尘土；但同时又没有多少讲究，不嫌客人们的行为放纵。当时有杨昌绪，字补凡，擅长人物写生；袁沛，字少迂，工于画山水；王岩，字星阑，善于画花卉羽毛；大家都爱萧爽楼的幽静雅致，常带着画具来萧爽楼作画，我就师从他们学画。写草书篆书，刻图章印信，加上卖书画印章的酬金，交给陈芸置备些茶水、酒菜招待客人。同道相聚，终日只是品评诗歌议论书画而已。还有夏淡安、夏揖山两兄弟，和缪山音、缪知白两兄弟，以及蒋韵香、陆橘香、周啸霞、郭小愚、华杏帆、张闲憨诸位先生，就像房梁上的燕子，不请自来，兴尽自去。陈芸常拔下自己的簪钗买酒待客，却从来不动声色，良辰美景，从不轻易放过。现在这些人都天各一方，像风吹流云四处散去；更有人玉碎香埋，魂归西天，往事不堪回首！

萧爽楼有四忌：谈官宦升迁，公廨时事，八股时文，看牌掷色。有犯必罚酒五斤。有四取：慷慨豪爽，风流蕴藉，落拓不羁，澄静缄默。

长夏无事，考对为会。每会八人，每人各携青蚨二百。先拈阄，得第一者为主考，关防别座；第二者为誊录，亦就座；余作举子，各于誊录处取纸一条，盖用印章。主考出五、七言各一句，刻香为限，行立构思，不准交头私语。对就后投入一匣，方许就座。各人交卷毕，誊录启匣，并录一册，转呈主考，以杜徇私。十六对中取七言三联，五言三联。六联中取第一者即为后任主考，第二者为誊录。每人有两联不取者罚钱二十文，取一联者免罚十文，过限者倍罚。一场，主考得香钱百文。一日可十场，积钱千文，酒资大畅矣。惟芸议为官卷，准坐而构思。

译文

萧爽楼有四种禁忌：谈论官员的提升和降职，官府事务和时事政治，八股文法和流行文体，玩牌掷色子赌博；如有犯忌者，必定罚酒五斤。有四个可取之处：慷慨大方而豪迈爽朗，风流倜傥而含而不露，豪放而无拘无束，澄明娴静而少言寡语。

漫长的夏天无事可做，便以应对考试为聚会的主题。每次考会八个人，每人各携带铜钱二百。先抓阄，抓得第一的人做主考官，在专设的能防止泄密的地方就坐；抓得第二的人，作誊清抄录的工作，也在专门的座位就坐；其余的人作应考的举子，每人到誊录处领取一张纸，盖上专用的印章。主考官出五言、七言的诗题各一个，在点着的香上刻记号限定时间，应考者或站立或走动，构思写作，不准交头接耳互相讨论。答完后，将考卷投入一个方匣子中，才可以坐下。各人都交了考卷，誊录官打开匣子，并把所有考卷抄录在一个册子上，以杜绝徇私情的现象。十六份答案中，评选出七言诗三联，五言诗三联。再从六联中选出第一名，就是下次考试的主考，第二名为誊录。如果一个人有两联不能入选，就罚钱二十文，选取一联的人免罚十文钱，超过了这个界限的人，加倍罚钱。考一场，主考官可得到香火钱一百文。一天可以考十场，能积累上千文钱，喝酒的资本就大大的宽余了。只有陈芸经过讨论定为官考，不占考对的名额，准许坐着构思。

杨补凡为余夫妇写戴花小影，神情确肖。是夜月色颇佳，兰影上粉墙，别有幽致。星澜醉后兴发，曰："补凡能为君写真，我能为花图影。"

余笑曰："花影能如人影否？"

星澜取素纸铺于墙，即就兰影，用墨浓淡图之。日间取视，虽不成画，而花叶萧疏，自有月下之趣。芸甚宝之，各有题咏。

译文

杨补凡给我们夫妻画了一幅戴花的肖像，神色表情惟妙惟肖。这一晚月色很好，兰花的影子印在白墙上，别有一种幽雅的情趣。王星澜酒后兴致大发，说："补凡能为你们画像，我却能为花画影子。"

我笑着说："花的影子也能像人的影子一样吗？"

星澜取来白纸铺在墙上，照着兰花的影子，用墨或浓或淡随意涂抹。第二天白天取来观看，虽然不成其为画，但是花叶萧条稀疏，自有一种月下的情味。陈芸非常珍贵这幅画。朋友们也都题词作诗赞美它。

苏城有南园、北园二处，菜花黄时，苦无酒家小饮。携盒而往，对花冷饮，殊无意味。或议就近觅饮者，或议看花归饮者，终不如对花热饮为快。众议未定。芸笑曰："明日但各出杖头钱，我自担炉火来。"

众笑曰："诺。"

众去，余问曰："卿果自往乎？"

芸曰："非也。妾见市中卖馄饨者，其担锅、灶无不备，盍雇之而往？妾先烹调端整，到彼处再一下锅，茶酒两便。"

余曰："酒菜固便矣。茶乏烹具。"

芸曰："携一砂罐去，以铁叉串罐柄，去其锅，悬于行灶中，加柴火煎茶，不亦便乎？"

余鼓掌称善。街头有鲍姓者，卖馄饨为业。以百钱雇其担，约以明日午后，鲍欣然允议。

明日看花者至，余告以故，众咸叹服。饭后同往，并带席垫，至南园，择柳阴下团坐。先烹茗，饮毕，然后暖酒烹肴。是时风和日丽，遍地黄金，青衫红袖，越阡度陌，蝶蜂乱飞，令人不饮自醉。既而酒肴俱熟，坐地大嚼，担者颇不俗，拉与同饮。游人见之莫不羡为奇想。杯盘狼藉，各已陶然，或坐或卧，或歌或啸。红日将颓，余思粥，担者即为买米煮之，果腹而归。

芸曰："今日之游乐乎？"

众曰："非夫人之力不及此。"大笑而散。

译文

苏州城有南园、北园两处胜景，菜花黄的时候，正是游历的好去处，可惜此处没有酒店供用酒菜。自己用食盒带着酒菜去，对着花冷饮，特别地没有意思。议论过就近寻找酒家去饮酒，也议论过看花归来再饮酒，终究觉得不如对着鲜花饮热酒痛快。众说纷纭，却无定论。陈芸笑着说："明天如果大家各自都出份子钱，我自然会担着炉火来。"

众人笑着答应："好！"

众人走了以后，我问陈芸说："你当真自己担炉火去吗？"

陈芸说："当然不是。我见街上有卖馄饨的，他的担子上锅灶无所不备，何不雇他前去呢？我先将要做的食物原料准备停当，到那里再下锅，茶水、酒菜都齐全了。"

我说："酒菜固然容易做，但没有煮茶的器具。"

陈芸说："带一个瓦罐去，用铁叉穿在罐耳上，拿去锅，把罐悬在炉子上，加上柴火煎茶，不是也很方便吗？"

我鼓掌叫好。街头有姓鲍的人，以卖馄饨为生。用一百文钱雇了他的炉担，时间约定在明天中午以后。姓鲍的人欣然答应了。

第二天，看花的人来了，我把情况告诉了大家，众人都表示佩服。吃过饭，大家一同前往，并带了席子坐垫，来到南园，选择柳树荫下团团坐定。先煎茶，喝过以后，接着热酒炒菜。这时候，风和日丽，遍地都是金黄色的菜花，人们穿着五颜六色的衣衫，穿行在田间的小路上，周围蝴蝶蜜蜂乱飞，令人未饮酒而先自醉了。不一会儿，酒菜都已做熟，众人坐在地上大吃大喝起来。卖馄饨的人颇为不俗，邀请他一起来饮酒。游人见此情景，没有一个不羡慕我们的奇思妙想的。等到杯盘狼藉，每个人都已是畅快淋漓，于是有的席地而坐，有的躺在地上；有的放声高歌，有的仰天长叹。太阳将要落下的时候，我想喝粥，卖馄饨的人立即买来米煮粥，吃饱了以后才回来。

陈芸问："今天的游玩痛快吗？"

众人说："如果没有夫人的全力操办，根本不可能达到这样美好的境界。"众人大笑四散而去。

评点

所谓“闲情”，是针对“志向”“理想”“功名利禄”一类东西而言并且截然相反的生活情趣的概括，其中以人性原始状态的自然呈现为主要内容。本卷的篇幅是全书中最短的，其容量却相当丰富，不仅有个人性格方面的内容，更显示了主人公日常现实生活的质量，值得认真品味。

如果说《闺房记乐》中陈芸是绝对的主角的话，沈复则在《闲情记趣》中占据了相当重要的位置。童稚时期对自然万物的痴迷和耽于幻想，发乎性灵，纯属天然，透着一份天真，十分可爱。成年以后的“爱花成癖，喜剪盆树”，更是出于天性而养以学识，钟于情愫而成以法度，观察之细致、构思之奇巧、经营之用心、点化之精妙，或有直接可以借来一用的方略技法。由花草的经营推及园亭楼阁的布置、房屋床榻的安排，总有一颗艺术化的心灵活泼于其中，升华着平庸的家常里短锅碗瓢盆，提升了主人公现实生活的质量。这里，与“处家人情，非钱不行”的残酷信条可以了无瓜葛，而须臾不可或缺的是追求超越现实的心志和体悟生活快乐的聪敏。只有创造快乐的人，才是真正快乐的；而只知道享受财富的人，不可能领悟到生活的乐趣。穷苦潦倒的沈复，其实十分富有，是精神的富翁情感的富翁。

沈复的富有，还表现在他拥有一位意趣相投的妻子陈芸。沈复喜好花木善于经营，而陈芸更具有想象力更富于创造性。以草虫入插花盆景、教作活花屏、制作梅花盒、创造以帘代栏杆、炮制荷花茶等等，无一不在证明着陈芸是一位罕见的奇女子，设若生当其时，说不定可以成就为一位享有多项专利的发明家。南园宴游，陈芸轻而易举地解决了使一群男人无可奈何的难题，终于使对花畅饮得以圆满实现，其运筹之通圆，操持之周全，真可谓巾帼不让须眉，有伟丈夫的风采。此等女子的确少有，旧时代自不待言，即使在妇女已翻身当家作主人多年以后的今天亦不是十分多见的。自然，现实中不是没有这样的人物，而是受着各种各样的约束，女子们的才智胆识仍然缺少更多更充分的展示的机会，女子们自身也很难做到像陈芸一样任其天性的自然发挥。正因如此，今天的男人们无不羡慕沈复，而女子们更加向往陈芸般的闲适。

但是，要真正做到像沈复、陈芸一样的闲情旷达，其实是很难的。

作品在写到朋友聚会时，有这样一段话：

萧爽楼有四忌：谈官宦升迁，公廨时事，八股时文，看牌掷色；违者必罚酒五斤。有四取：慷慨豪爽，风流蕴藉，落拓不羁，澄静缄默。

“四忌”“四取”的要义在于思想行为的不受约束，品行操守的高雅超凡，言谈举止的不落俗套，以及性情的自然流露，要达到如此境界，必有“跳出三界内，不在五行中”的勇气和决心，要敢于抛弃平常人孜孜以求的功名利禄，要耐得住寂寞，受得了冷落，当然还需要有必需的金钱作后盾，以保证出行饮酒的费用无虞。沈复所说的“处家人情，非钱不行”，的确是实话。有才、有趣、有闲、还得有钱，诸如此类是一般人很难一应俱全的。

苦中作乐也照样需要以一定的经济基础为前提，不同只在于务必节俭而禁绝奢侈、唯有苦心经营而决不能随心所欲。如果能用最少的钱寻求到最大的快乐，那便是真正的潇洒。这也正是陈芸之所以令人心仪神追的根本原因。尽管沈复笔下的情景属于可遇不可求的境界，但丝毫不应该影响我们对生活高质量的追求，至少我们可以在心底里保有一份对潇洒超脱的渴望，存一些对理想的生活方式生存状态的期待。

似乎有必要做一点说明。闲情是人生不可缺少的东西，在中国人中间尤其如此。但是，闲情不可当饭吃当衣穿，更不能替代事业理想的成功，并不是生活的全部。因此，偶一为之会别有情趣另有意外的收获，而以此为务沉湎其中则一定导致家业俱损，不但难以长期潇洒下去，而且终将成为废人一个。沈复的教训不可不时常谨记于心。

坎坷记愁

人生坎坷何为乎来哉？往往皆自作孽耳。余则非也。多情重诺，爽直不羁，转因之为累。况吾父稼夫公慷慨豪侠，急人之难，成人之事，嫁人之女，抚人之儿，指不胜屈，挥金如土，多为他人。

余夫妇居家，偶有需用，不免典质。始则移东补西，继则左支右绌。谚云："处家人情，非钱不行。"先起小人之议，渐招同室之讥。"女子无才便是德"，真千古至言也！余虽居长而行三，故上下呼芸为"三娘"。后忽呼为"三太太"，始而戏呼，继成习惯，甚至尊卑长幼，皆以"三太太"呼之，此家庭之变机欤？

译文

人生的坎坷为什么要来呢？往往都是由于自我作孽啊！我却并非如此。注重感情、讲究信用而一诺千金，豪爽率直而不拘礼数，却反过来因此而受累。何况我父亲沈稼夫老先生，慷慨豪放，侠肝义胆，为他人的困难着急，成全他人的好事，为别人出嫁闺女，为别人抚养儿子，这样的事情，不胜枚举；挥金如土，常常是为了他人的事情。

我们夫妻居家过活，偶然有些开支费用，免不了典当抵押，开始只是挖东墙补西墙，接下来便是这边支出那边就短缺了。谚语说："处家人情，非钱不行。"我们的贫穷拮据，先是引起了小人的非议，渐渐地招致了家里人的讥讽。"女子无才便是德"，真是千古至理名言啊！我虽然是长子但排行第三，所以上上下下都称呼陈芸为"三娘"，后来忽然改称"三太太"。开始只是戏称，慢慢便形成了习惯，甚至不分尊卑老幼，都以"三太太"称呼陈芸。难道这就是家庭变故的契机吗？

乾隆乙巳，随侍吾父于海宁官舍。芸于吾家书中附寄小函，吾父曰："媳妇既能笔墨，汝母家信付彼司之。"后家庭偶有闲言，吾母疑其述事不当，仍不令代笔。

吾父见信非芸手笔，询余曰："汝妇病耶？"

余即作札问之，亦不答。久之，吾父怒曰："想汝妇不屑代笔耳！"

迨余归，探知委曲，欲为婉剖。芸急止之曰："宁受责于翁，勿失欢于姑也。"竟不自白。庚戌之春，予又随侍吾父于邗江幕中。有同事俞孚亭者，挈眷居焉。吾父谓孚亭曰："一生辛苦，常在客中，欲觅一起居服役之人而不可得。儿辈果能仰体亲意，当于家乡觅一人来，庶语音相合。"

孚亭转述于余，密札致芸，倩媒物色，得姚氏女。芸以成否未定，未即禀知吾母。其来也，托言邻女为嬉游者。及吾父命余接取至署，芸又听旁人意见，托言吾父素所合意者。吾母见之曰："此邻女之嬉游者也，何娶之乎？"芸遂并失爱于姑矣。

译文

乾隆乙巳年（1785），我随父亲供职于海宁（嘉兴南部）盐官公署。陈芸在家中来信中给我附了一封短信。父亲看见了，说："媳妇既然能提笔写信，以后你母亲的家信就交给她来写。"后来，家里人偶尔有人说闲话，我母亲怀疑陈芸信中叙述事情不确当，于是不让陈芸代笔写信。

我父亲见家信不是陈芸的手笔，就问我："你媳妇病了吗？"

我立即写信询问陈芸，也不答复。时间长了，我父亲生气地说："想必是你媳妇看不上为母亲代笔啊！"

等到我回家，探问清楚陈芸所受的委屈，准备为陈芸解释辩白。陈芸急忙制止，说："我宁可受公公的指责，千万不要再失去婆婆的欢心。"竟然不为她自己辩白。庚戌年（1790）的春天，我又随父亲在邗江

（扬州的别称）府作幕僚。同事中有一个叫俞孚亭的人，带了家眷来一起居住。我父亲对俞孚亭说：“一生辛苦，常常是客居异乡，想找一个服侍起居的人，却不能得到。儿女们如果能体察到老人的心意，应当在家乡找一个人来，至少语言可以相通。”

俞孚亭把父亲的意思转告给我，我悄悄写信告诉了陈芸，让她请媒婆物色合适人选，相中了一位姓姚的女子。陈芸因为是否能成还没有定下来，当时就没有禀报母亲知道。姚家女来到我家，借口是邻居家的女儿来游玩。等我父亲让我将她迎接到官府住处，陈芸又听从旁人的建议，借口说姚家女是我父亲原来就看中了的女人。后来我母亲见到姚氏，说：“这不是那个来游玩的邻家女吗，怎么就娶了她呢？”于是，陈芸又同时失去了婆婆的喜爱。

壬子春，余馆真州。吾父病于邗江，余往省，亦病焉。余弟启堂时亦随侍。芸来书曰：“启堂弟曾向邻妇借贷，倩芸作保，现追索甚急。”

余询启堂，启堂转以嫂氏为多事。余遂批纸尾曰：“父子皆病，无钱可偿，俟启弟归时，自行打算可也。”

未几病皆愈，余仍往真州。芸复书来，吾父拆视之，中述启弟邻项事，且云：“令堂以老人之病，皆由姚姬而起。翁病稍痊，宜密嘱姚托言思家，妾当令其家父母到扬接取。实彼此卸责之计也。”吾父见书怒甚。询启堂以邻项事，答言不知。遂札饬余曰：“汝妇背夫借债，谗谤小叔，且称姑曰令堂，翁曰老人，悖谬之甚！我已专人持札回苏斥逐。汝若稍有人心，亦当知过！”

余接此札，如闻青天霹雳！即肃书认罪，觅骑遄归，恐芸之短见也。到家述其本末，而家人乃持逐书至，历斥多过，言甚决绝。芸泣曰：“妾固不合妄言，但阿翁当恕妇女无知耳。”

越数日，吾父又有手谕至，曰：“我不为已甚。汝携妇别居，勿使我见，免我生气足矣。”乃寄芸于外家。而芸以母亡弟出，不愿往依族中。幸友人鲁半舫闻而怜之，招余夫妇往居其家萧爽楼。

越两载，吾父渐知始末。适余自岭南归，吾父自至萧爽楼，谓芸曰：“前事我已尽知，汝盍归乎？”

余夫妇欣然，仍归故宅，骨肉重圆。岂料又有憨园之孽障耶！

译文

壬子年（1792）春天，我在真州（今江苏仪征）坐馆。我父亲在扬州生了病，我前去看望，也病倒了。我的弟弟启堂这时也跟随父亲在扬州。陈芸来信说：“启堂弟曾经向邻居家女主人借钱，请陈芸作保人，现在邻居追债追得特别急。”

我询问启堂，启堂反过来认为嫂嫂多事。我于是在回信的结尾附带说：“我们父子都得了病，没有钱偿还。等启堂弟回家时，自行料理算了。”

不几天，父亲和我的病都痊愈了，我仍然前往真州。陈芸回了一封信，我父亲拆开看了，其中讲了启堂借邻居家钱的事，并且说：“令堂认为老人家的病，都是由姚姑娘引起的。公公的病稍微好转一些，应该悄悄嘱咐姚姑娘，借口说想家，我将让她父母到扬州接她回来。这实在是你我卸掉责任的权宜之计。”我父亲见信十分愤怒。询问启堂借邻家钱的事情，启堂回答不知道。于是写信斥责我说：“你的媳妇背着丈夫借债，却谗言诽谤小叔子；并且称呼婆婆为‘令堂’，公公为‘老人’，荒唐实在太过分了！我已经派专人回苏州训斥，并把她逐出家门。你如果还有一点人心，也应当知道自己的罪过！”

我接到这封信，如闻晴天霹雳！马上给父亲认认真真写了一封信认罪，一边找到一匹快马急忙赶回家去，担心陈芸见信后会寻短见。我到家刚讲了事情的始末，父亲派来的家人就拿着驱逐陈芸的信到了。父亲在信中历数陈芸的许多过错，言语特别坚决绝情。陈芸哭着说：“我固然不该瞎说，但是公公应该宽恕妇道人家的无知啊！”

过了几天，我父亲又有亲笔信到，说：“我不做过分的事。你带着媳妇到别处去居住，不要让我再看见，免得我生气就心满意足了。”于是，我让陈芸寄居于她的娘家。但陈芸因为母亲去世、弟弟出走，而不愿意前去依靠家族中的其他人。幸好我的朋友鲁半舫，听说此事后同情怜悯我们，招我们夫妇到他家萧爽楼去住。

过了两年，我父亲慢慢知道了事情的真相。正遇我从岭南归来，我父亲亲自来到萧爽楼，对陈芸说：“以前的事情我全都知道了，你何不回去呢？”

我夫妇听了很高兴，仍然回到过去居住的宅子，骨肉重新团圆。可哪里料到又有温憨园那个祸根子！

芸素有血疾，以其弟克昌出亡不返，母金氏复念子病没，悲伤过甚所致。自识憨园，年余未发，余方幸其得良药。而憨为有力者夺去，以千金作聘，且许养其母，佳人已属沙叱利矣！余知之而未敢言也。及芸往探始知之，归而呜咽，谓余曰：“初不料憨之薄情乃尔也！”

余曰：“卿自情痴耳。此中人何情之有哉！况锦衣玉食者，未必能安于荆钗布裙也，与其后悔，莫若无成。”因抚慰之再三。而芸终以受愚为恨，血疾大发，床席支离，刀圭无效。时发时止，骨瘦形销。不数年而逋负日增，物议日起。老亲又以盟妓一端，憎恶日甚。余则调停中立，已非生人之境矣。

译文

陈芸历来就有血液病，由于她的弟弟出走以后再没有回来，母亲金氏因思念儿子又得病去世了，陈芸悲伤过度，致使得了血病。自从认识了憨园，陈芸一年多没有犯病，我正庆幸她得到了治病的良药。然而，憨园又被有势力的人夺去了，那人用千金做聘礼，并且答应奉养憨园的母亲，佳人已经属于沙叱利（唐代《柳氏传》中夺走柳氏的番将，此处为借指）了。我知道情况后却没有敢对陈芸说。等到陈芸前去探望憨园，才知道此事，归来后泣不成声，对我说：“起初没有料到，憨园居然薄情到如此地步！”

我说：“是你自己太痴情了。妓院中的人哪里还有什么情意！更何况锦衣玉食的人，未必能安于荆钗布裙的生活。与其将来后悔，还不如当初没有办成。”于是，我对陈芸再三抚慰。但陈芸终究觉得受了愚弄而恨恨不已，血病复发，越来越严重，终日卧床不起，百般治疗毫无效果。时好时坏，骨瘦如柴形容憔悴。未过几年，拖欠的债务日益增加，各种非议一天比一天多。老母亲又以与妓女结拜这件事，对陈芸的憎恶愈加厉害。我则夹在中间，两面调解，已经不是活人过日子的情境了。

芸生一女名青君，时年十四，颇知书，且极贤能，质钗典服，幸赖辛劳。子名逢森，时年十二，从师读书。余连年无馆，设一书画铺于家门之内。三日所进，不敷一日所出，焦劳困苦，竭蹶时形。隆冬无裘，挺身而过。青君亦衣单股栗，犹强曰“不寒”。因是芸誓不医药。偶能起床，适余有友人周春煦自福郡王幕中归，倩人绣《心经》一部。芸念绣经可以消灾降福，且利其绣价之丰，竟绣焉。而春煦行色匆匆，不能久待，十日告成。弱者骤劳，致增腰酸头晕之疾。岂知命薄者，佛亦不能发慈悲也！

绣经之后，芸病转增，唤水索汤，上下厌之。

陈芸生有一个女儿，名叫青君，此时已十四岁。青君念了不少书，而且十分贤惠能干，抵押首饰典当衣物，全靠她辛劳。儿子叫逢森，此时十二岁，跟着老师读书。我连年没有职业，在家门里边设了一个书画铺。三天的收入，不够一天的支出，辛劳困苦焦头烂额，经济困难时常表现出来。隆冬没有皮大衣，只能挺着身子挨过去。青君也是衣服单薄，还强说“不冷”。因此陈芸发誓不再求医吃药。陈芸偶尔能起床，正巧我的朋友周春煦从福郡王的幕僚任上归来，请人绣《心经》一部。陈芸心想绣经可以消灾降福，而且被丰厚的绣价所吸引，居然承揽了绣经的活计。而周春煦行色匆匆，不能久等，陈芸仅用十天就绣完了全部经文。本来就是极其虚弱的人，骤然劳累，致使陈芸又增加了腰酸头晕的病症。哪里知道，命薄的人，佛也不能为她大发慈悲！

绣经以后，陈芸的病情反而加重，要水要饭，让上上下下的人都很厌恶。

有西人赁屋于余画铺之左，放利债为业，时倩余作画，因识之。友人某向渠借五十金，乞余作保，余以情有难却，允焉。而某竟挟资远遁。西人惟保是问，时来饶舌，初以笔墨为抵，渐至无物可偿。

岁底吾父家居，西人索债，咆哮于门。吾父闻之，召余诃责曰："我辈衣冠之家，何得负此小人之债！"

正剖诉间，适芸有自幼同盟姊锡山华氏，知其病，遣人问讯。堂上误以为憨园之使，因愈怒曰："汝妇不守闺训，结盟娼妓。汝亦不思习上，滥伍小人。若置汝死地，情有不忍，姑宽三日限，速自为计，迟必首汝逆矣！"

芸闻而泣曰："亲怒如此，皆我罪孽。妾死君行，君必不忍；妾留君去，君必不舍。姑密唤华家人来，我强起问之。"

因令青君扶至房外，呼华使问曰："汝主母特遣来耶？抑便道来耶？"

曰："主母久闻夫人卧病，本欲亲来探望。因从未登门，不敢造次。临行嘱咐：'倘夫人不嫌乡居简亵，不妨到乡调养，践幼时灯下之言。'"

盖芸与同绣日，曾有疾病相扶之誓也。因嘱之曰："烦汝速归，禀知主母，于两日后放舟密来。"

其人既退，谓余曰："华家盟姊，情逾骨肉，君若肯至其家，不妨同行。但儿女携之同往既不便，留之累亲又不可，必于两日内安顿之。"

时余有表兄王荩臣，一子名韫石，愿得青君为媳妇。芸曰："闻王郎懦弱无能，不过守成之子，而王又无成可守；幸诗礼之家，且又独子，许之可也。"

余谓荩臣曰："吾父与君有渭阳之谊，欲媳青君，谅无不允。但待长而嫁，势所不能。余夫妇往锡山后，君即禀知堂上，先为童媳，何如？"

荩臣喜曰："谨如命。"

逢森亦托友人夏揖山转荐学贸易。

译文

有一个西域人在画铺左边租赁了房子，以放高利贷为业；有时请我给他画画，因此互相认识。我的朋友某人向他借五十两银子，求我作保人，我碍于情面推托不掉，就答应了。那个人竟然拿了钱远走他方，从此不见踪影。西域人只有唯保人是问，时常来向我讨债；起初我用字画抵债，渐渐地就没有可以偿还的东西了。

那年年底，我父亲正好在家，西域人又来要债，在门口高声喊叫。我父亲听见了，便把我叫去，训斥说："我们这样的官宦家庭，怎么能欠下那种小人的债！"

正在我解释事情原委的时候，陈芸自幼结拜、嫁到锡山华家的干姊妹，知道陈芸病了，派人来问候。父亲误认为是温憨园派来的人，因此更加愤怒，说："你的媳妇不守妇道规矩，与娼妓结拜。你也不思学好上进，滥交小人。如果置你们于死地，骨肉亲情于心不忍。姑且宽限你三天，快去自己想办法，超过了期限，一定到官府告你忤逆之罪！"

陈芸听了哭着说："父亲如此愤怒，都是我的罪过。我死了你活着，你一定不忍心；我留下你出走，你一定舍不得。姑且叫华家的人进来，我挣扎着起来问问他。"

于是让青君扶着陈芸到了房外，叫来华家派来的人，问道："是你家女主人特意派你来的，还是你顺道来看看？"

来人说："我家女主人早就听说夫人生病卧床不起，本想亲自前来探望；因从未登门，不敢鲁莽行事。我临行时，主人嘱咐说：'如果夫人不嫌乡下居住条件简陋，不妨到乡下去调理养病，以兑现小时候灯下说过的话。'"原来，陈芸与华夫人一起刺绣的时候，曾有过若有灾病互相扶持的盟誓。

陈芸于是嘱咐来人说："麻烦你迅速回去，禀告你家女主人，两天以后派船悄悄地过来接我。"

那个人走后，陈芸对我说："华家姊妹的情义超过了亲生骨肉。你如果愿意到她家去，不妨与我一起前去。但是，携儿带女一起居住在华家，肯定不方便，留下来连累家人又不可以，必须在两天之内把他们妥当安排。"

我的表兄王荩臣，有一个儿子名叫韫石，愿意娶青君做媳妇。陈芸说："听说王公子生性懦弱，没有什么本事，只不过是一个能守成的孩子，但王家又无成可守；幸好是诗书礼义家庭，而且是独子，可以把女儿许给他。"

我对王荩臣说："我父亲与你有甥舅情谊，你想娶青君做儿媳妇，估计不会不同意。但要等到长大后再出嫁，依现在的情势是不可能的。我夫妻到锡山后，你就去禀告我父亲，让青君先做你家的童养媳，你看怎么样？"

王荩臣大喜，说："一定按你说的办。"

逢森也托友人夏揖山帮忙推荐去学经商。

安顿已定，华舟适至。时庚申之腊二十五日也。芸曰："孑然出门，不惟招邻里笑，且西人之项无著，恐亦不放，必于明日五鼓悄然而去。"

余曰："卿病中能冒晓寒耶？"

芸曰："死生有命，无多虑也。"

密禀吾父，亦以为然。是夜先将半肩行李挑下船，令逢森先卧。青君泣于母侧。芸嘱曰："汝母命苦，兼亦情痴，故遭此颠沛。幸汝父待我厚，此去可无他虑。两三年内，必当布置重圆。汝至汝家须尽妇道，勿似汝母。汝之翁姑以得汝为幸，必善视汝。所留箱笼什物，尽付汝带去。汝弟年幼，故未令知，临行时托言就医，数日即归。俟我去远，告知其故，禀闻祖父可也。"

旁有旧妪，即前卷中曾赁其家消暑者，愿送至乡，故是时陪侍在侧，拭泪不已。将交五鼓，暖粥共啜之。芸强颜笑曰："昔一粥而聚，今一粥而散，若作传奇，可名《吃粥记》矣。"逢森闻声亦起，呻曰："母何为？"

芸曰："将出门就医耳。"

逢森曰："起何早？"

曰："路远耳。汝与姊相安在家，毋讨祖母嫌。我与汝父同往，数日即归。"

鸡声三唱，芸含泪扶妪，启后门将出，逢森忽大哭曰："噫，我母不归矣！"青君恐惊人，急掩其口而慰之。当是时，余两人寸肠已断，不能复作一语，但止以"勿哭"而已！青君闭门后，芸出巷十数步，已疲不能行。使妪提灯，余背负之而行。将至舟次，几为逻者所执，幸老妪认芸为病女，余为婿，且得舟子皆华氏工人，闻声接应，相扶下船。

解维后，芸始放声痛哭。是行也，其母子已成永诀矣！

译文

将子女安顿停当，华家的船也正好到了。这一天是庚申年（1800）腊月二十五日。陈芸说："孤孤单单出门，不只是招惹邻居笑话，而且西域人的款项没有着落，恐怕也不会放过。必须在明天五更悄悄地离开。"

我说："你正在生病，怎能受得了清早的严寒呢？"

陈芸说："死生全由命定，不必多忧虑。"

悄悄禀知父亲，也认为这样做较为妥当。这天晚上先将半担行李挑到船上。让逢森先去睡觉；青君在母亲身旁哭泣。陈芸嘱咐青君说："你母亲命苦，加之太痴情，所以才遭遇这样的颠沛流离。幸亏你父亲待我不薄，此次去华家也没有什么可忧虑的。两三年内将设法安排重新团圆。你到了你婆家，必须尽媳妇的义务，千万不要像你母亲这样。你的公婆为能娶你感到高兴，肯定会好好待你。我们留下的箱子、筐笼等东西，全部送给你带到婆家去。你弟弟年龄还小，因此没有让他知道。临行时，我们将借口外出求医治病，用不了几天就回来，等我们走远了，再告诉他真实缘故。然后禀告你祖父知道就行了。"

旁边还有过去相识的老妇人，（就是前面说过我们曾经租赁她家避暑的老妇人，愿意送我们到乡下去，所以这时陪伴在身旁）不停地擦眼泪。快到五更的时候，热了粥我们一起吃。陈芸强装出笑容说："昔日因一碗粥相聚，今天以一碗粥离散；如果写一部戏，名字可以叫做《吃粥记》。"逢森听见说话也起来了，低声含糊地说："母亲做什么去？"

陈芸说："正准备出门求医治病。"

逢森说："为什么起这么早？"

陈芸说："路太远了。你与姐姐在家不要惹事，不要惹祖母讨厌。我和你父亲一起去，几天就回来了。"

鸡叫三遍，陈芸被老妇人扶着，饱含热泪打开后门正要出去，逢森忽然大哭起来，说："哎呀，我母亲不回来了！"青君恐怕惊动了别人，急忙掩住逢森的口，极力安慰他。这个时候，我二人肝肠寸断，不能再说出一句话，只是劝他不要哭了而已。青君关上门后，陈芸出巷子才走十几步，就已经累得走不动了。我让老妇人提着灯笼，背起陈芸向码头走去。快到码头的时候，差一点被巡逻的人抓起来。幸亏老妇人急中生智，说陈芸是她生病的女儿，我是她女婿，同时得到船夫（都是华家的佣人）闻声前来接应，才得以解脱，互相搀扶着下了船。

解缆开船以后，陈芸才放声痛哭。这次出行，陈芸母子竟成永诀！

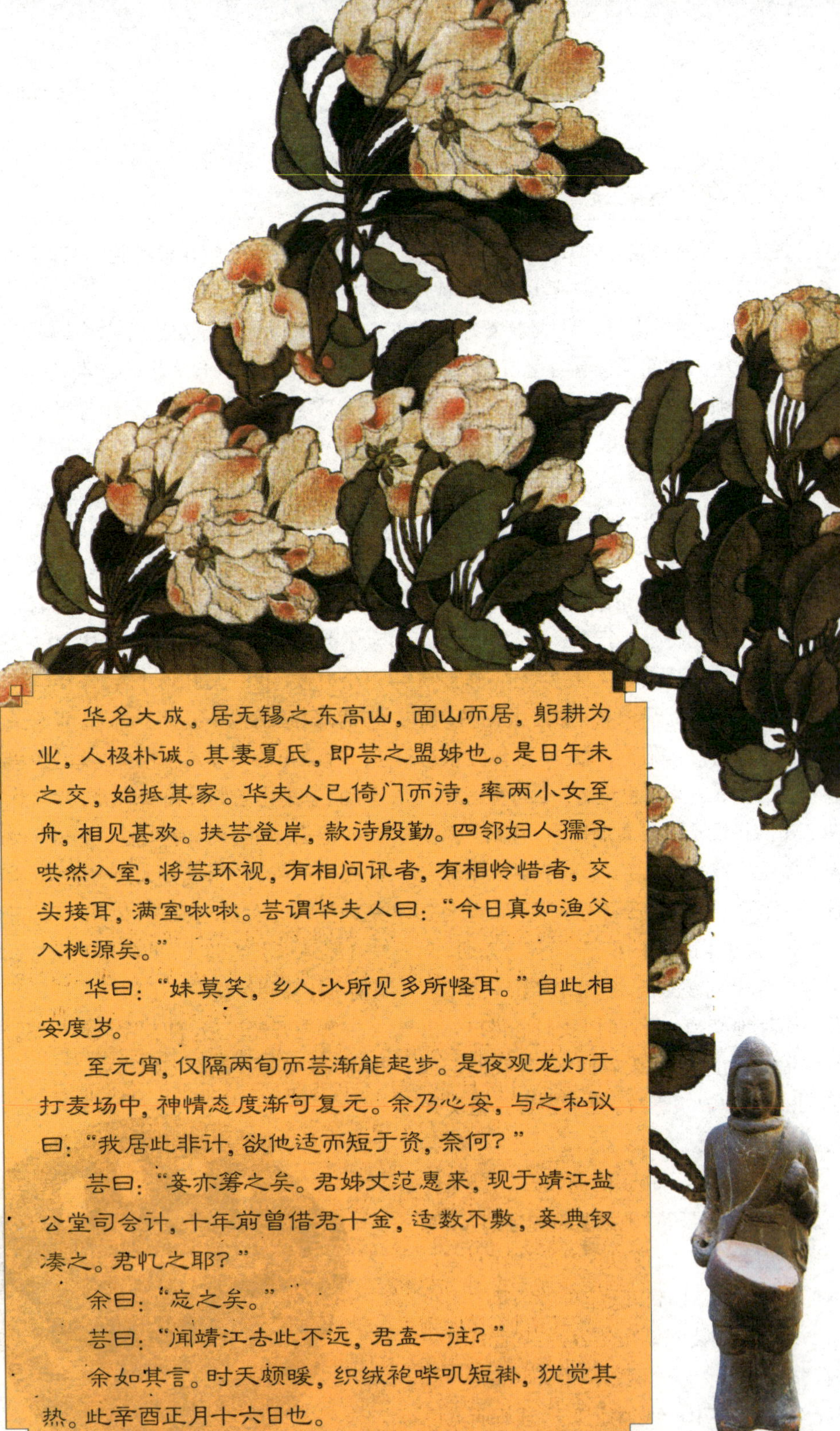

华名大成，居无锡之东高山，面山而居，躬耕为业，人极朴诚。其妻夏氏，即芸之盟姊也。是日午未之交，始抵其家。华夫人已倚门而待，率两小女至舟，相见甚欢。扶芸登岸，款待殷勤。四邻妇人孺子哄然入室，将芸环视，有相问讯者，有相怜惜者，交头接耳，满室啾啾。芸谓华夫人曰："今日真如渔父入桃源矣。"

华曰："妹莫笑，乡人少所见多所怪耳。"自此相安度岁。

至元宵，仅隔两旬而芸渐能起步。是夜观龙灯于打麦场中，神情态度渐可复元。余乃心安，与之私议曰："我居此非计，欲他适而短于资，奈何？"

芸曰："妾亦筹之矣。君姊丈范惠来，现于靖江盐公堂司会计，十年前曾借君十金，适数不敷，妾典钗凑之。君忆之耶？"

余曰："忘之矣。"

芸曰："闻靖江去此不远，君盍一往？"

余如其言。时天颇暖，织绒袍哔叽短褂，犹觉其热。此辛酉正月十六日也。

是夜宿锡山客旅，赁被而卧。晨起趁江阴航船，一路逆风，继以微雨。夜至江阴江口，春寒彻骨，沽酒御寒，囊为之罄。踌躇终夜，拟卸衬衣，质钱而渡。十九日北风更烈，雪势犹浓，不禁惨然泪落，暗计房资渡费，不敢再饮。正心寒股栗间，忽见一老翁草鞋毡笠负黄包，入店，以目视余，似相识者。

余曰："翁非泰州曹姓耶？"

答曰："然。我非公，死填沟壑矣！今小女无恙，时诵公德。不意今日相逢，何逗留于此？"

盖余幕泰州时有曹姓，本微贱，一女有姿色，已许婿家，有势力者放债谋其女，致涉讼。余从中调护，仍归所许。曹即投入公门为隶，叩首作谢，故识之。余告以投亲遇雪之由。

曹曰："明日天晴，我当顺途相送。"出钱沽酒，备极款洽。

二十日晓钟初动，即闻江口唤渡声。余惊起，呼曹同济。

曹曰："勿急。宜饱食登舟。"

乃代偿房饭钱，拉余出沽。余以连日逗留，急欲赶渡，食不下咽，强啖麻饼两枚。及登舟，江风如箭，四肢发战。曹曰："闻江阴有人缢于靖，其妻雇是舟而往，必俟雇者来始渡耳。"

枵腹忍寒，午始解缆。至靖，暮烟四合矣。曹曰："靖有公堂两处，所访者城内耶？城外耶？"

余踉跄随其后，且行且对曰："实不知其内外也。"

曹曰："然则且止宿，明日往访耳。"进旅店，鞋袜已为泥淤湿透，索火烘之。草草饮食，疲极酣睡。晨起，袜烧其半，曹又代偿房饭钱。

访至城中，惠来尚未起。闻余至，披衣出，见余状惊曰："舅何狼狈至此？"

余曰："姑勿问，有银乞借二金，先遣送我者。"

惠来以番饼二圆授余，即以赠曹。曹力却，受一圆而去。余乃历述所遭，并言来意。

惠来曰："郎舅至戚，即无宿逋，亦应竭尽绵力，无如航海盐船新被盗，正当盘账之时，不能挪移丰赠。当勉措番银二十圆以偿旧欠，何如？"

余本无奢望，遂诺之。留住两日，天已晴暖，即作归计。

二十五日仍回华宅。芸曰："君遇雪乎？"余告以所苦。因惨然曰："雪时，妾以君为抵靖，乃尚逗留江口。幸遇曹老，绝处逢生，亦可谓吉人天相矣。"

越数日，得青君信，知逢森已为揖山荐引入店；荩臣请命于吾父，择正月二十四日将伊接去。儿女之事粗能了了，但分离至此，令人终觉惨伤耳。

译文

干姐夫叫华大成，住在无锡东高山，面向大山而居，以务农为业，为人极为朴直诚实。华大成的妻子夏夫人，就是陈芸的结拜姐姐。当天下午一点的时候，才到了华家。华夫人早已在门口等待，领着两个小女儿到船上迎接，姐妹相见特别高兴。华夫人扶着陈芸上了岸，款待十分热情周到。

周围邻居的妇人、小孩一哄涌进房来，围住陈芸观看，有的互相问候，有的表示怜悯，交头接耳，满屋子吵吵嚷嚷的声音。

陈芸对华夫人说："今日好像进了世外桃源了。"

华夫人说："妹妹不要见笑。乡下人见识少而多怪么。"

从此相安无事，度过了年关。到元宵节，仅仅过了两旬，陈芸就逐渐可以起来走动。这天夜里，陈芸到打麦场去看耍龙灯，从神情态度可以看出已渐渐恢复了元气。我的心终于安稳了，于是与陈芸私下里商量说："我住在这里终究不是长久之计。想到别的地方去谋生，但缺少资金。有什么办法呢？"

陈芸说："我也在盘算这事。你的姐夫范惠来，现在靖江盐运司做会计，十年前曾经借过你十两银子，当时正好数量不足，我当了钗子凑够了数目。你还记得吗？"

我说："忘记了。"

陈芸说："听说靖江离此处不远，你何不去一趟呢？"

我就照陈芸说的起程去靖江。这时天气很暖和，穿着织绒袍子和哔叽短褂，还觉得热。这一天是辛酉年（1801）正月十六日。

当天晚上，我住进锡山的旅店，赁了一床被子就睡了。早晨起来，搭乘江阴的航船，一路都是逆风，后来又下起了小雨。夜晚到达江阴的江口，春寒彻骨，买来酒抵御寒冷，口袋里已无分文。整个晚上思来想去，打算脱下衬衣换成钱搭船渡江。十九日，北风更加猛烈，雪越下越大，凄惨之情油然而生，不禁潸然泪下。暗暗计算客房和渡船的费用，不敢再喝酒。正在我心寒腿颤的时候，忽然看见一个老翁，穿着草鞋戴着毡帽，背着黄包袱，进了客店。老翁看着我，好像是认识我。

我说："老人家是不是泰州姓曹的呀？"

老人笑着说："是呀。不是有您搭救，我早就死了填进沟壑了。现在小女平安无事，时常念叨您的恩德。没想到今天在这里相逢。您为什么逗留在这里呢？"

原来，我在泰州作幕僚时，有一个姓曹的人，出身低微，有一个女儿长得漂亮，已经定了亲。一个有权有势的人用放债的手段企图霸占他的女儿，引起了官司。我从中调停保护，他女儿仍然嫁给了原来许配的人家。姓曹的人也就进了公门做了衙役，磕头感谢我，因此认识了。我告诉他投亲遇上下雪的原委。

曹老翁说："明天天晴了，我一定顺路送您。"并拿出钱买来酒，二人相处十分亲切融洽。二十日，晨钟刚刚敲响，就听见渡口传来呼唤上船的叫声。我急忙起床，叫老曹一起渡江。老曹说："不用着急。应吃饱了再上船为好。"说着替我开付了房费饭钱，拉着我出去喝酒。我因为连日滞留，急着上船赶路，吃不下东西，勉强吃了两个麻饼。等到上了船，江上的风像箭一样，吹得我四肢颤抖。

老曹说："听说江阴有人在靖江上吊死了，那人的妻子雇了这条船到靖江去。必须等雇主来了才能开船。"

我空着肚子忍受着寒冷，一直等到

中午船才终于开了。到达靖江，已是暮色笼罩，天已黑了。

老曹说：“靖江有两处公堂。您要去的公堂是在城里呢，还是在城外？”

我踉踉跄跄地跟在他的后边，边走边对他说：“我实在不知道是在城里，还是在城外。”

老曹说：“这样的话，暂且在这里住下，明天再去打听。”

进了旅店，鞋袜早已被淤泥浸得透湿，急忙向店家要来火烘烤。疲劳至极，马马虎虎吃了饭，倒头就睡。早晨起来，见袜子烧了半截。老曹又替我付了房费饭钱。

打听到城中，范惠来还没有起床。听到我来了，披上衣服出来，看见我的状况吃惊地问：“郎舅怎么狼狈成这样子？”

我说：“你暂且不要问为什么。有银子的话求你借我二两，先打发了送我来的人。”

惠来给了我两块银洋，我立即送给老曹。老曹极力拒绝，最后收了一块走了。我这才仔细说了一路上的遭遇，并说明了来找他的意图。

惠来说：“郎舅是最近的亲戚，即使是没有过去的欠账，也应该竭尽绵薄之力相助。不承想，航海盐船最近被海盗劫持，现在正是盘查账目的时候，不能挪借款项厚赠于你。我将努力筹措银圆二十块，偿还旧日的欠账。你看怎么样？”

我本来没有过高的期望，便答应了。留在靖江住了两天，天晴了也暖和了，就立即踏上了归程。

二十五日，仍然回到华家。陈芸问：“你遇到雪了吗？”我把所经受的苦难告诉了她。陈芸听了很伤心地说：“下雪的时候，我以为你已经到了靖江，不想你仍然逗留在江口。幸亏遇到曹老翁，绝处逢生，也可以说是吉人自有天相啊！”

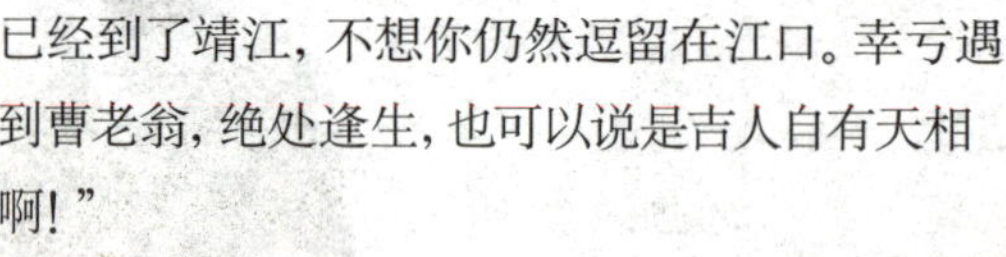

过了几天，接到青君的来信，得知逢森已经被夏揖山引荐进了商店；王荩臣请示了我的父亲，择定正月二十四日将青君接去。儿女的事情总算马马虎虎处理了，但这种四散分离的景况，终究让人觉得凄惨伤感啊。

二月初，日暖风和。以靖江之项，薄备行装，访故人胡肯堂于邗江盐署。有贡局众司事公延入局，代司笔墨，身心稍定。

至明年壬戌八月，接芸书曰："病体全瘳。惟寄食于非亲非友之家，终觉非久长之策。愿亦来邗，一睹平山之胜。"

余乃赁屋于邗江先春门外，临河两椽。自至华氏接芸同行。华夫人赠一小奚奴曰阿双，帮司炊爨，并订他年结邻之约。

时已十月，平山凄冷，期以春游。满望散心调摄，徐图骨肉重圆。不满月，而贡局司事忽裁十有五人，余系友中之友，遂亦散闲。芸始犹百计代余筹画，强颜慰藉，未尝稍涉怨尤。

至癸亥仲春，血疾大发。余欲再至靖江，作"将伯"之呼，芸曰："求亲不如求友。"

余曰："此言虽是。奈友虽关切，现皆闲处，自顾不遑。"

芸曰："幸天时已暖，前途可无阻雪之虑，愿君速去速回，勿以病人为念。君或体有不安，妾罪更重矣。"

时已薪水不继，余佯为雇骡以安其心，实则囊饼徒步，且食且行。向东南，两渡叉河，约八九十里，四望无村落。至更许，但见黄沙漠漠，明星闪闪，得一土地祠，高约五尺许，环以短墙，植以双柏。因向神叩首，祝曰："苏州沈某投亲失路至此，欲假神祠一宿，幸神怜佑。"于是移小石香炉于旁，以身探之，仅容半体。以风帽反戴掩面，坐半身于中，出膝于外，闭目静听，微风萧萧而已。足疲神倦，昏然睡去。

及醒，东方已白。短墙外忽有步语声，急出探视，盖土人赶集经此也。问以途，曰："南行十里即泰兴县城。穿城向东南，十里一土墩，过八墩，即靖江，皆康庄也。"

余乃反身，移炉于原位，叩首作谢而行。过泰兴，即有小车可附。申刻抵靖，投刺焉。良久，司阍者曰："范爷因公往常州去矣。"察其辞色，似有推托。

余诘之曰："何日可归？"

曰："不知也。"

余曰："虽一年亦将待之。"

阍者会余意，私问曰："公与范爷嫡郎舅耶？"

余曰："苟非嫡者，不待其归矣。"

阍者曰："公姑待之。"

越三日，乃以回靖告，共挪二十五金。

译文

二月初，日暖风和，我用从靖江要到的钱准备了简单的行装，到邗江盐政署寻访老朋友胡肯堂。由盐政局几位主管公开招聘进了局里代理文书，身心终于稍稍安定下来。

到第二年壬戌年（1802）八月，接到陈芸的信，信中说："病体已经痊愈。只是寄居在非亲非友的人家里，终觉得不是长久的办法。愿意也到扬州来，一睹平山的名胜美景。"

我于是在邗江先春门外租了两间临近河边的房子。亲自到华家接陈芸一起上路。华夫人送给我们一个小丫环叫阿双，帮助陈芸做饭料理家务，并且约定来年继续作邻居。

此时已是十月，平山荒凉冷清，只能期待着明年春天去游玩。满怀希望可以散心调养将息，慢慢图谋骨肉团圆。谁料不满一个月，贡局的职员忽然裁减十五人，我是朋友的朋友推荐的，自然也被裁减，从此失业赋闲。陈芸起初还千方百计为我出谋划策，装出笑脸安慰我，不曾流露一点抱怨的意思。

到了癸亥年（1803）仲春，陈芸血病又严重复发。走投无路之际，我准备再次到靖江去找范惠来，作求助的呼告。

陈芸说："求亲戚不如求朋友。"

我说："这话虽然对。无奈朋友们虽有关切之心，但现在都闲居无事，自顾不暇，哪有力量帮助我们。"

陈芸说："幸好天时已经暖和，路上再不会有被雪阻隔的忧虑了。希望你快去快回，不要操心我的病情。假如你的身体再有什么毛病，我的罪孽就更重了。"

此时薪水已经停发，我假装雇了骡子代步，以便使陈芸安心，其实只是背着干粮步行，边吃边走。向东南两次渡过小河，走了约八九十里，四下张望却不见村庄。到一更以后，只见黄沙漠漠，明星闪闪，偶然寻得一个土地庙，高约五尺多，周围有矮墙环绕，种着两棵柏树。我向土地神磕头，祈祷说："苏州沈某人投亲迷了路来到此处，欲借神仙庙堂住一宿，求神仙怜悯保佑我。"于是把小石香炉移到旁边，用身子测量，小庙仅能容得下半个身子。把风帽反过来盖住脸面，坐半个身子在庙里，露出膝盖在庙外；闭上眼睛仔细听，只有萧萧的微风的声音。脚走得很累，精神也极为疲倦，便昏昏然睡着了。

到我醒来，天已经大亮了。矮墙外忽然有人走路说话的声音。急忙出去探看，原来是当地人赶集路过这里。向他们询问去靖江的道路，回答说："向南走十里就是泰兴县城。穿过县城向东，每十里有一个土墩儿，经过八个土墩儿，就到了靖江。一路都是康庄大道。"

我于是返身进庙，把香炉移到原来的位置，磕头谢过土地神，就上路了。过了泰兴，就有小车可以搭乘。下午三四点抵达靖江，到范惠来府上投了名帖通报。过了很长时间，守门人才出来说："范老爷因公事到常州去了。"观察他的语言和表情，似乎有推脱的意思。

我便追问他："哪一天可以回来？"

答道："不知道。"

我说："即使是一年，我也等着他。"

守门人领会了我的意图，就悄悄问我："您与范老爷是嫡亲的郎舅关系吗？"

我说："如果不是嫡亲，就不会等着他回来。"

守门人说："您暂且等几天吧。"

过了三天，就告知范老爷回到靖江，总共借到二十五两银子。

雇骡急返。芸正形容惨变，咻咻涕泣。见余归，卒然曰：“君知昨午阿双卷逃乎？倩人大索，今犹不得。失物小事，人系伊母临行再三交托，今若逃归，中有大江之阻，已觉堪虞。倘其父母匿子图诈，将奈之何？且有何颜见我盟姊？”

余曰：“请勿急，卿虑过深矣。匿子图诈，诈其富有也；我夫妇两肩担一口耳。况携来半载，授衣分食，从未稍加扑责，邻里咸知。此实小奴丧良，乘危窃逃。华家盟姊赠以匪人，彼无颜见卿，卿何反谓无颜见彼耶？今当一面呈县立案，以杜后患可也。”

芸闻余言，意似稍释。然自此梦中呓语，时呼“阿双逃矣”！或呼“憨何负我”!病势日以增矣。

余欲延医诊治。芸阻曰：“妾病始因弟亡母丧，悲痛过甚，继为情感，后由忿激。而平素又多过虑，满望努力做一好媳妇，而不能得，以至头眩、怔忡诸症毕备。所谓病入膏肓，良医束手，请勿为无益之费。忆妾唱随二十三年，蒙君错爱，百凡体恤，不以顽劣见弃。知己如君，得婿如此，妾已此生无憾！若布衣暖，菜饭饱，一室雍雍，优游泉石，如沧浪亭、萧爽楼之处境，真成烟火神仙矣。神仙几世才能修到，我辈何人，敢望神仙耶？强而求之，致干造物之忌，即有情魔之扰。总因君太多情，妾生薄命耳！”因又呜咽而言曰：“人生百年，终归一死。今中道相离，忽焉长别，不能终奉箕帚，目睹逢森娶妇，此心实觉耿耿。”言已，泪落如豆。

余勉强慰之曰：“卿病八年，恹恹欲绝者屡矣。今何忽作断肠语耶？”

芸曰：“连日梦我父母放舟来接，闭目即飘然上下，如行云雾中。殆魂离而躯壳存乎？”

余曰：“此神不收舍。服以补剂，静心调养，自能安痊。”

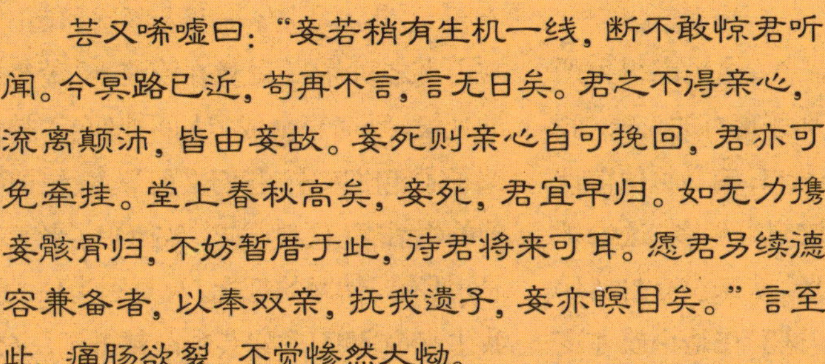

芸又唏嘘曰："妾若稍有生机一线，断不敢惊君听闻。今冥路已近，苟再不言，言无日矣。君之不得亲心，流离颠沛，皆由妾故。妾死则亲心自可挽回，君亦可免牵挂。堂上春秋高矣，妾死，君宜早归。如无力携妾骸骨归，不妨暂厝于此，待君将来可耳。愿君另续德容兼备者，以奉双亲，抚我遗子，妾亦瞑目矣。"言至此，痛肠欲裂，不觉惨然大恸。

余曰："卿果中道相舍，断无再续之理。况'曾经沧海难为水，除却巫山不是云'耳。"

芸乃执余手而更欲有言，仅断续叠言"来世"二字。忽发喘，口噤，两目瞪视，千呼万唤已不能言。痛泪两行，涔涔流溢。既而喘渐微，泪渐干，一灵缥缈，竟尔长逝！

时嘉庆癸亥三月三十日也。当是时，孤灯一盏，举目无亲，两手空拳，寸心欲碎。绵绵此恨，曷其有极！

承吾友胡肯堂以十金为助，余尽室中所有，变卖一空，亲为成殓。

呜呼！芸一女流，具男子之襟怀才识。归吾门后，余日奔走衣食，中馈缺乏，芸能纤悉不介意。及余家居，惟以文字相辩析而已。卒之疾病颠连，赍恨以没，谁致之耶？余有负闺中良友，又何可胜道哉！

奉劝世间夫妇，固不可彼此相仇，亦不可过于情笃。语云"恩爱夫妻不到头"。如余者，可作前车之鉴也。

译文

我急忙雇了骡子返回扬州，陈芸的体态颜容改变得非常厉害，正哭得咻咻喘气。看见我回来，突然说："你知道昨天中午阿双卷包了不少东西逃跑了吗？请人到处寻找，现在还没有找到。丢失东西是小事，人却是她母亲临行前再三托付，今天如果是要逃回家去，途中有大江阻隔，已经让人非常担心了；假如她的父母藏起孩子来讹诈我们，那该怎么办呢？而且，以后有什么脸再见我的结拜姐姐呢！”

我说：“你先不要着急。你忧虑得太严重了。匿子图诈，诈的是那些富有的人家；我们夫妇两个肩膀抬着一张口，有什么值得讹诈的呢？何况把阿双带过来半年多，送给她衣服，有食物给她分着吃，从来没有打骂斥责过，这邻居们都知道。这实在是小奴才丧失良心，乘我们危难之时偷东西逃跑了。华家姐姐赠给你一个小强盗，她应该没有脸面见你，为什么反过来说你无颜见她呢？现在应该做的是报告县衙门立案，以杜绝后患就行了。”

听了我的话，陈芸心里似乎稍微放宽了一点。但自此以后，经常梦中说胡话，有时喊叫：“阿双逃跑了！”有时又喊叫：“憨园为什么背叛我！”病情日益加重。

我要请医生给陈芸治病，陈芸阻止说：“我的病最初是因为弟弟下落不明、母亲去世，悲痛过甚而起；接下来因为情感变故，后来由于愤恨的刺激而越来越加重。而我平素又忧虑过多，一心希望做一个好媳妇，却怎么也做不成，以至于头晕、心悸多种病症都齐全了。正像常说的那样，已经病入膏肓，再好的医生也束手无策了。请不要花费那些没用的银钱了。回忆我跟随你二十三年，承蒙你错爱，百般体恤，没有因为我的顽劣无知而抛弃我。有你这样的知己，嫁得你这样的夫婿，我这一生已没有什么可遗憾的了。假如能有布衣暖身、饭菜果腹，一家人情意和谐，悠闲地在山水之间游乐，就像在沧浪亭、萧爽楼那样的处境，那简直就成了人间神仙了！神仙要几辈子才能修炼成，我们是何等人，岂敢奢望神仙的生活啊！硬要强求，致使犯了老天爷的禁忌，便有了情魔的打扰。总是因为你太多情，我生来命薄啊！”陈芸越说越激动，又低声哭着说：“人生百年，终有一死。现今半路分手，突然永远别离，不能终生伺候你，看不到逢森娶媳妇，我心里实在觉得耿耿不平。”说罢，豆子大的泪珠潸然落下。

我尽力安慰她说：“你病了八年，精神疲惫几乎气绝的情况，已经出现过好几回，不是都挺过来了吗？为什么今天忽然说这些断肠的话呢？”

陈芸说：“连日来梦见我父母派船来接我；闭上眼睛就觉得上下飘浮，像在云雾中行走。大概是魂魄已经离去，只有躯壳还在吧！”

我说：“这是神不守舍。吃几服补药，静心调养，自然可以平安痊愈。”

陈芸感叹地说：“我如果稍有一线生机，断然不敢惊动你听这些话。今天，阴间的路已经离我越来越近，如果现在不说，再想说就没日子了。你不能得到亲人的欢心，一生颠沛流离，都是因为我的缘故。我死了，亲人的心就可挽回，你也可以免去牵挂。父母亲的年龄已很大了，我死后，你应该早日归家。假如无财力把我的尸骨带回去，不妨暂时安置于此处，等你将来有能力了再搬移。希望你另续娶

一位德行容貌都具备的夫人，能够侍奉双亲，抚养我丢下的子女，我就死也瞑目了。”说到此处，悲从中来，肝肠欲断，不觉得放声大哭。

我说：“你果然中途丢下我，断然没有续弦再娶的道理。何况‘曾经沧海难为水，除却巫山不是云’啊！”

陈芸于是抓住我的手，还想再说什么，但仅仅能断断续续反复说“来世”两个字。忽然，大口喘气，说不出话来，两眼圆瞪看着我，千呼万唤，已经不能再说话。两行悲痛的泪水，不断线地流下来。不一会儿，喘息渐渐微弱，眼泪渐渐干了，灵魂缥缈而去，竟然长辞于世。时间是嘉庆癸亥年（1803）三月三十日。

这时，孤灯一盏，举目无亲，两手空拳，寸心欲断！这无穷无尽的悲恨，何时才能有终点啊！

承蒙朋友胡肯堂资助我十两银子，我又把房里所有的东西，变卖一空，亲自为陈芸装殓。

呜呼！陈芸一个女流之辈，却具有男子汉的胸怀和才识。嫁到我家后，我终日为衣食奔走，陈芸主持家务，费用缺乏，却丝毫不放在心里。当我无事可做在家闲居时，也只是讨论些文学字画方面的问题，从不抱怨。终于疾病接二连三，含恨而逝，是谁造成了陈芸的悲剧呢？是我辜负了闺阁中的好朋友，现在还有什么话可以说啊！

奉劝世间的所有夫妻，固然不可以彼此相视如仇，也不可以过于情谊深厚。古语说：“恩爱夫妻不到头。”像我这样的经历，可以作前车之鉴啊！

回煞之期，俗传是日魂必随煞而归。故房中铺设一如生前，且须铺生前旧衣于床上，置旧鞋于床下，以待魂归瞻顾，吴下相传谓之"收眼光"。延羽士作法，先召于床而后遣之，谓之"接眚"。邗江俗例，设酒肴于死者之室，一家尽出，谓之"避眚"。以故有因避被窃者。芸娘眚期，房东因同居而出避，邻家嘱余亦设肴远避。余冀魄归一见，姑漫应之。同乡张禹门谏余曰："因邪入邪，宜信其有。勿尝试也。"

余曰："所以不避而待之者，正信其有也。"

张曰："回煞犯煞不利生人。夫人即或魂归，业已阴阳有间，窃恐欲见者无形可接，应避者反犯其锋耳。"

时余痴心不昧，强对曰："死生有命。君果关切，伴我何如？"

张曰："我当于门外守之。君有异见，一呼即入可也。"

余乃张灯入室，见铺设宛然，而音容已杳，不禁心伤泪涌。又恐泪眼模糊，失所欲见，忍泪睁目，坐床而待。抚其所遗旧服，香泽犹存，不觉柔肠寸断，冥然昏去。转念待魂而来，何遽睡耶？开目四视，见席上双烛青焰荧荧，缩光如豆，毛骨悚然，通体寒栗。因摩两手擦额，细瞩之，双焰渐起，高至尺许，纸裱顶格几被所焚。余正得借光四顾间，光忽又缩如前。此时心舂股栗，欲呼守者进观；而转念柔魂弱魄，恐为盛阳所逼。悄呼芸名而祝之，满室寂然，一无所见。既而烛焰复明，不复腾起矣。

出告禹门，服余胆壮，不知余实一时情痴耳。

译文

亡魂回归旧居的日子，民间传说这一天亡魂必定随着凶神回来。所以房中的布置要和生前一模一样，并且把生前的旧衣服铺在床上，把旧鞋放在床前，等待魂灵归来察看，江浙一带习惯上把这叫做“收眼光”。请来道士作法术，先把亡魂招到床上，然后再送走，叫做“接眚”。扬州的习俗是在死者的房里摆设酒菜，一家人全都躲到外面去，叫做“避眚”；因此有因避眚而被偷盗的事情发生。到了芸娘的眚期，房东因为与我同在一起居住而出去躲避，邻居们嘱咐我设好酒菜后，也远远避开。我希望陈芸的灵魂归来再见一面，姑且假意答应了。同乡张禹门劝谏我：“因邪气而中邪，宁可信其有。你千万不要尝试。”

我说：“之所以不躲避而等着鬼魂，正因为是相信真有其事。”

张禹门说：“回煞时冒犯了凶神，对活着的人不利。夫人的魂灵即使真的能归来，也已经是阴间与阳世之间有了隔阂。我暗想，恐怕你想见到的人没有形影，不能看见，应该躲避的人反而冒犯了她的锋芒。”

这时，我对陈芸的一片痴心没有丝毫改变，犟着性子对他说：“死生有命。你果然关心我，就给我做个伴怎么样？”

张禹门说：“我一定在门外守着。你如果有异样的发现，一喊叫，我就可以进来。”

于是，我点灯进入房中，见铺设与陈芸在世时一模一样，而陈芸的音容笑貌已无处可寻，不由得心中悲伤，泪如泉涌。又担心泪眼模糊看不清我想要看的情景，所以强忍着眼泪，睁大了双眼，坐在床边等待。抚摸着陈芸遗留下的旧衣服，她的香气仍然可以闻到，无限悲伤不禁从心头升起，柔肠寸断，一时神情恍惚昏睡过去。突然想到，我在等待陈芸的魂灵到来，怎么就睡着了？睁开眼睛四面环视，见桌子上的一对蜡烛，青色的火焰像萤火一样闪动，灯光逐渐收缩，直至豆子那般大小，我顿时觉得毛骨悚然，禁不住全身发冷，颤栗不止。连忙摩擦两手和额头，镇定神情，仔细观看，见两根蜡烛的火焰渐渐升起，一直升高至一尺多，房顶纸裱的顶棚几乎要被烧着了。我正在借着灯光四下观看，灯光忽然又收缩得像以前一样大小。此时，我心跳像舂米，两腿发抖，准备呼唤门外守候的张禹门进来观看；然而转念一想，陈芸柔魂弱魄，恐怕受到强盛的阳气逼迫。于是悄悄呼唤着陈芸的名字，为她祈祷，整个房间寂静无声，什么也没看见。一会儿，双烛的火焰恢复了当初的亮度，不再腾起。

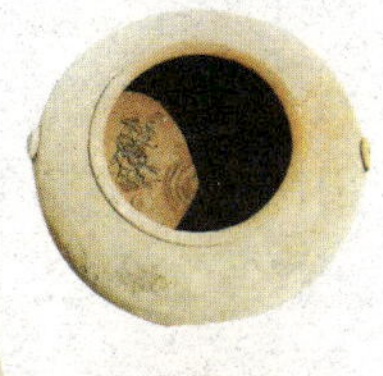

我出得房来，把所看见的情景告诉了张禹门。张禹门佩服我的胆大，其实不知道我只是一时痴情罢了。

芸没后，忆和靖"妻梅子鹤"语，自号梅逸。权葬芸于扬州西门外之金桂山，俗呼郝家宝塔。买一棺之地，从遗言寄于此。携木主还乡，吾母亦为悲悼。青君、逢森归来，痛哭成服。启堂进言曰："严君怒犹未息，兄宜仍往扬州。俟严君归里，婉言劝解，再当专札相招。"余遂拜母别子女，痛哭一场；复至扬州，卖画度日。因得常哭于芸娘之墓，影单形只，备极凄凉。且偶经故居，伤心惨目。

重阳日，邻冢皆黄，芸墓独青。守坟者曰："此好穴场，故地气旺也。"余暗祝曰："秋风已紧，身尚衣单。卿若有灵，佑我图得一馆，度此残年，以待家乡信息。"未几，江都幕客章驭庵先生欲回浙江葬亲，倩余代庖三月，得备御寒之具。

封篆出署，张禹门招寓其家。张亦失馆，度岁艰难，商于余，即以余资二十金倾囊借之，且告曰："此本留为亡荆扶柩之费，一俟得有乡音，偿我可也。"是年即寓张度岁。晨占夕卜，乡音殊杳。

译文

陈芸去世后，想到人称北宋诗人林和靖"以梅为妻以鹤为子"的话语，我便自号"梅逸"。暂且将陈芸安葬在扬州西门外的金桂山上，俗称郝家宝塔的地方。买了能放一口棺材的地盘，遵从陈芸的遗言暂时寄葬在此处。我携带着陈芸的牌位回到家乡，我母亲也为陈芸去世而悲悼。青君、逢森回家来，放声痛哭，披麻戴孝，为母亲服丧。我弟启堂建议说："父亲的怒气还没有平息，兄长最好仍然前往扬州。等到父亲回家来，大家婉言解劝，父亲同意了再专门写信招你回来。"我于是拜别母亲、告别子女，大家痛哭一场。我又来到了扬州，以卖画糊口度日。因此能常到芸娘墓前哭祭，影单形只，备受孤独凄凉。有时偶而经过故居，更觉得伤心惨目。

重阳日，四周坟墓的草都已经枯黄，唯独陈芸

墓地的草还是一片青绿。守坟的人说:“这是一块好穴场,所以地气旺盛,草不枯黄。”我暗暗祈祷说:“秋风已紧,但我仍然身穿单衣。你如果真的在天有灵,就保佑我找到一个供职的衙门,能够度过残年,以便等待家乡的信息。”没过多少日子,江都府的幕僚章驭庵先生准备回浙江安葬亲人,请我代替他三个月,得以挣钱置办了御寒过冬的衣服和物品。

交代了公务离开衙门,张禹门招呼我住在他家里。张禹门也失去了职业,日子过得异常艰难,便与我商量借钱;我即把仅有的二十块钱全部借给他,并且告诉他说:“这些钱,本来是留着为亡妻扶柩迁葬用的。一旦等到家乡有音信来,你还给我就可以了。”这一年就借居在张禹门家过了年。我每天早晚祈祷占卜,但连一点家乡的音信也没有。

至甲子三月,接青君信,知吾父有病,即欲归苏,又恐触旧忿。正趑趄观望间,复接青君信,始痛悉吾父业已辞世。刺骨痛心,呼天莫及。无暇他计,即星夜驰归,触首灵前,哀号流血。呜呼!吾父一生辛苦,奔走于外。生余不肖,既少承欢膝下,又未侍药床前,不孝之罪何可逭哉!

吾母见余哭,曰:“汝何此日始归耶?”

余曰:“儿之归,幸得青君孙女信也。”

吾母目余弟妇,遂默然。余入幕守灵至七,终无一人以家事告,以丧事商者。余自问人子之道已缺,故亦无颜询问。

一日,忽有向余索逋者登门饶舌。余出应曰,“欠债不还,固应催索,然吾父骨肉未寒,乘凶追呼,未免太甚。”

中有一人私谓余曰:“我等皆有人招之使来。公且避出,当向招我者索偿也。”

余曰："我欠我偿，公等速退！"皆惟惟而去。

余因呼启堂谕之曰："兄虽不肖，并未作恶不端。若言出嗣降服，从未得过纤毫嗣产。此次奔丧归来，本人子之道，岂为产争故耶？大丈夫贵乎自立，我既一身归，仍以一身去耳！"言已，返身入幕，不觉大恸。叩辞吾母，走告青君，行将出走深山，求赤松子于世外矣。

青君正劝阻间，友人夏南熏字淡安、夏逢泰字揖山两昆季寻踪而至，抗声谏余曰："家庭若此，固堪动忿；但足下父死而母尚存，妻丧而子未立，乃竟飘然出世，于心安乎？"

余曰："然则如之何？"

淡安曰："奉屈暂居寒舍。闻石琢堂殿撰有告假回籍之信，盍俟其归而往谒之？其必有以位置君也。"

余曰："凶丧未满百日，兄等有老亲在堂，恐多未便。"

揖山曰："愚兄弟之相邀，亦家君意也。足下如执以为不便，西邻有禅寺，方丈僧与余交最善，足下设榻于寺中，何如？"余诺之。

青君曰："祖父所遗房产，不下三四千金。既已分毫不取，岂自己行囊亦舍去耶？我往取之，径送禅寺父亲处可也。"因是于行囊之外，转得吾父所遗图书、砚台、笔筒数件。

译文 

直到甲子年（1804）三月，才接到青君的来信，得知我父亲有病。想立即回苏州去探望，又恐怕触动父亲旧日的怨忿。正在进退两难、徘徊观望期间，又接到青君的来信，痛悉我父亲已经长辞于世。巨大的悲哀刺骨痛心，我呼天天不应，喊地地不灵。这时我已无暇顾及其他，急忙连夜上路，星夜回到家中。在父亲灵前叩首哀号，直至头上磕出血来。呜呼！我父亲一生辛苦，在外奔走。生了我这个不孝之子，既很少在膝下承欢，又没有在病床前端药递水，不孝之罪怎么可以逃脱啊！

我母亲见我如此痛哭，说："你为什么到今日才回来呢？"

我说："儿子之所以回来，幸亏接到了你孙女青君的来信。"

我母亲看了一眼我的弟媳妇，便没有再说话。我进灵堂守灵，直至终七，始终没有一个人告知我家里的事情，也没有人与我商量丧事。我自愧没有尽到做儿子的责任，因此也没有脸面去询问。

一日，忽然有向我追要旧账的人，找上门来吵闹。我出去对他们说："欠债没有还，固然应该催要；但是我父亲尸骨未寒，逞凶霸道逼迫呼叫，就未免太过分了吧！"

其中有一个人偷偷对我说："我们都是有人招来、指使这样干的。您暂且躲避出去，我们自然会向招我们来的人要报酬的。"

我说："我欠债我偿还，你们赶快退出去！"他们都很听话地退出去了。

我于是叫来启堂明确告诉他："为兄虽然不成器，但并未无端作恶；如果说我已过继他人，却从未得到过丝毫遗产。这次归来奔丧，本是做儿子的应尽的责任，哪里是为了争夺财产呢？大丈夫以自立为贵，我既然是一个人回来，仍然会一个人离去的！"说完，返身进了灵堂，不禁悲痛不已，大声恸哭起来。叩头辞别了母亲，跑到青君家里去告别，准备出走隐居深山，在尘世之外去寻求传说中的仙人赤松子。

青君正在极力劝阻我，这时我的朋友夏南熏（字淡安）、夏逢泰（字揖山）两兄弟，跟着我的踪迹也来到了青君家，声正词严劝谏我说："家里像这样对待你，固然值得悲痛愤恨。但是，父亲已死而母亲还活着，妻子去世了而儿子尚未成家立业；你竟然想飘然而去，逃离人世，你的心里就能安宁吗？"

我说："那么，我到哪里去呢？"

淡安说："奉劝你暂时委屈住在我们家。听说状元石琢堂有请假回原籍探亲的消息，何不等石琢堂回来，你就前去拜见他呢？他必定能有合适的位置给你的。"

我说："我的丧期还未满一百天，长兄们有双亲老人在世，住在你家恐怕多有不便。"

揖山说："我们兄弟相邀，也是老父亲的意思。你如果执意以为不方便，邻近我家西边有一寺院，方丈和尚与我交情最好。你就住在寺院中，怎么样？"我答应了。

青君说："祖父所留下的房屋家产，不下三四千两银子。您既然已经分毫不取，又为什么将自己的行李也丢在家里呢？我前去取您的行李，然后直接送到寺院父亲的住处就行了。"因此，我在行李之外，反而得到了我父亲遗留下的图书、砚台、笔筒等几件东西。

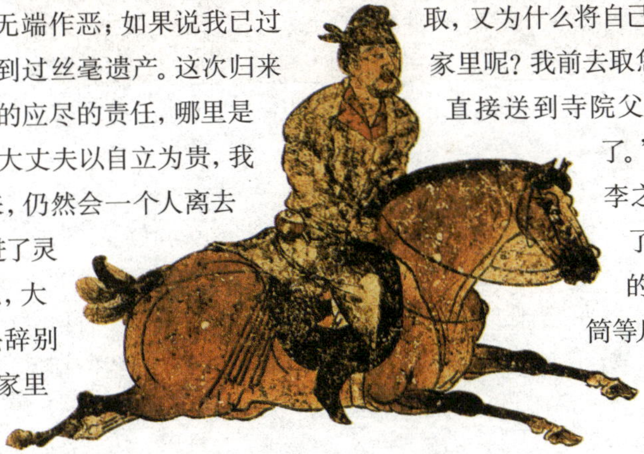

乙丑七月，琢堂始自都门回籍。琢堂名韫玉，字执如，琢堂其号也，与余为总角交。乾隆庚戌殿元，出为四川重庆守。白莲教之乱，三年戎马，极著劳绩。及归，相见甚欢。

旋于重九日，挈眷重赴四川重庆之任，邀余同往。余即叩别吾母于九妹倩陆尚吾家，盖先君故居已属他人矣。吾母嘱曰："汝弟不足恃，汝行须努力。重振家声，全望汝也！"

逢森送余至半途，忽泪落不已，因嘱勿送而返。

舟出京口，琢堂有旧交王惕夫孝廉在淮扬盐署，绕道往晤。余与偕往，又得一顾芸娘之墓。返舟由长江溯流而上，一路游览名胜。

至湖北之荆州，得升潼关观察之信，遂留余与其嗣君敦夫眷属等，暂寓荆州。琢堂轻骑减从，至重庆度岁，遂由成都历栈道之任。丙寅二月，川眷始由水路往，至樊城登陆。途长费巨，车重人多，毙马折轮，备尝辛苦。

抵潼关甫三月，琢堂又升山左廉访。清风两袖，眷属不能偕行，暂借潼川书院作寓。十月杪，始支山左廉俸，专人接眷。附有青君之书，骇悉逢森于四月间夭亡，始忆前之送余堕泪者，盖父子永诀也。呜呼！芸仅一子，不得延其嗣续耶！

琢堂闻之，亦为之浩叹，赠余一妾，重入春梦。从此扰扰攘攘，又不知梦醒何时耳。

译文

乙丑年（1805）七月，石琢堂才从京城回到原籍。石琢堂名叫石韫玉，字执如，琢堂是他的号，与我是童年时的好朋友。乾隆庚戌（1790）考中状元，出任四川重庆府知府。白莲教造反作乱，石琢堂三年戎马征战，平定叛乱建立了卓著的功绩。这次归来，我们相见都十分欢欣。

很快就到了九月九日，石琢堂带着家眷前往四川重庆再次赴任时，邀请我一同前去。我便在九妹夫陆尚吾家中，叩别了我母亲。我父亲的故居，早已归他人所有了。我母亲嘱咐我说："你弟弟不足以依赖。你做事须更加努力。重振家族的声名，全指望你了！"

逢森送我到半路，忽然泪流不止，因此吩咐他不要再送了，让他返回去了。

航船驶出京口（故址在镇江），琢堂有老朋友王惕夫举人在淮扬盐政署任职，绕道前去会见老朋友。我也跟着一起去，又得到机会看了一次芸娘的坟墓。从淮扬回来后，船由长江溯流而上，一路游览名胜。

走到湖北的荆州，得到了石琢堂要升任潼关观察使的消息，于是留下我与他的长子石敦夫及其家眷、随从等人，暂时住在荆州。琢堂骑着快马、精简随从，到重庆过了年。然后由成都经过栈道到潼关上任。丙寅年（1806）二月，在四川的家眷开始由水路起程前往潼关，到樊城后登岸改走陆路。路途漫长，花费巨大，车辆沉重，人口众多，多次发生马匹累死、车轮折断的事故，一路上受尽了辛苦，才终于到达潼关。

抵达潼关刚刚三个月，石琢堂又升任山东巡按。琢堂为官清廉，资费短缺，家眷、随从不能与琢堂一起前去山东，就暂时借居在潼川书院。十月末，琢堂才领到了山东巡按的薪水，便派专人来接家眷。来人捎来了青君给我的信，信中的消息令我十分震惊：逢森于四月间不幸夭亡！回想起昔日逢森送我时忽然落泪，原来是父子永诀啊！呜呼！陈芸仅有这一个儿子，却不能延续她的子嗣、承继她的血脉啊！

琢堂听了这消息，也为此叹息不止。琢堂于是赠给我一个小妾，我又重新进入春闺梦乡。从此琐事缠身，庸庸碌碌，又不知道春梦醒来是什么时候。

评点

《坎坷记愁》，讲述的是沈复由家庭矛盾而两次被逐出家门及其被逐之后的艰难经历。在沈复看来，他们的坎坷不像别人那样都是由于“自作孽”，而完全是因为别人的不理解造成的：一是“余夫妇居家，偶有需用”，不免“移东补西”“左支右绌”，结果引起了家人的议论讥讽；二是“女子无才便是德”的观念导致的对陈芸的不理解不体谅。

第一次被逐的直接原因是陈芸因代婆婆写信、替公公娶妾受了不少委屈，虽隐忍再三，终于还是先后失信于公婆，被迫迁居鲁半舫家的萧爽楼。这次外迁，得住名楼得观美景得乘快意，经济上似乎也没有多少困难，反而成为一次难得的闲适之旅（《闲情记趣》中有详细的表述），所谓坎坷似乎不多，因而篇幅也短。

第二次被逐是因为陈芸“不守闺训，结盟娼妓”，沈复“不思习上，滥伍小人”，终于使得父亲无法容忍下了逐客令。陈芸自萧爽楼迁回以后，积极奔波为沈复纳妾，物色到了“美而韵”的妓女憨园，结果憨园被强人夺去，陈芸却因气愤而血疾复发一病不起。沈复则轻信他人为朋友举债作保，结果被骗不说，还招致债主屡屡逼债咆哮于所谓的“衣冠之家”。此次被逐旷日持久，妻离子散直至陈芸客死扬州、幼子逢森夭折为止，其间，经济方面的难题同样巨大，遭遇的确坎坷不幸，因此成为本卷的主体内容。

大略而言，第二次放逐经历可有仓皇离家、靖江讨债雪中遇曹公、二赴靖江夜宿土地祠、陈芸客死扬州及回煞守望、归家葬父、借居禅寺等几个段落。

陈芸不愧为女中丈夫，确如沈复所言“芸一女流，具男子之襟怀才识”；在仓皇出走时可以当机立断临危不乱，似乎随口而言却指挥若定，在极短的时间里妥善处理了出行以及子女安排的一系列事务，其才智之高超确实令人赞叹。出行时的骨肉分离、陈芸貌似幽默的感慨、码头上的险情等，都写得极为真切颇为动人，确有一种令人感慨唏嘘为之掬一捧同情泪的艺术效果。陈芸也不愧为痴情女子，在死神逼近的时候依然痴心不改情意缠绵，虽遭遇坎坷却感念沈复对她的知遇之恩，不仅约定来生重相聚而且劝沈复续弦再娶，不仅不记恨公婆反而希望沈复能早日归宗侍奉父母，唯一不能释怀的只是对子女的挂念。常言道：“人之将死，其言也善。”陈芸的临终遗言将她极富柔情的一面暴露得一览无遗，尤其是“若稍有生机一线，断不敢惊君听闻”的表白，更将她的善良做了最后的展现。由此而观，如果抛开相夫教子持家过活等对通常女子的要求，陈芸的确有十分可爱的地方，沈复得此红颜知己也算是一件值得庆幸的好事。然而，理想与现实毕竟不是一回事，毕竟有着相当大的距离，沈复的坎坷也就是不可避免的。

沈复对颠沛流离中的几次奇遇的描写相当精彩。首赴靖江时雪中的潦倒困顿捉襟见肘，沈复饥寒焦虑的形象惟妙惟肖，读者可以听得见他瑟瑟发抖的声息；偶遇曹公，一个知恩图报忠厚善良的长者形象跃然纸上，也传达出沈复心目中根深蒂固的关于因果报应的理念。二赴靖江夜宿土地祠的茫然无助、求见不得时的放泼耍横，有情有景有张力，淡然平朴的文字下面隐藏着极强的动人心脾的情感力量。描写最为精彩的是回煞守望一段，事前的尽情渲染和过程中的气氛营造，尤其是灯火的明灭变化及此时此刻沈复的心理活动，一种森森然令人心悸肉跳的氛围如在眼前，文虽简约短少，读之却有如临其境如见其景的感觉。看来，文字的好坏与字数的多少并没有一定的关联。

葬父一节直接表现了沈复在家庭中的尴尬境遇和由此而生的无可奈何。尽管沈复于字面上没有怨天尤人，也没有把自己穷困潦倒的原因诿罪于别人，但从他对弟弟启堂的介绍中我们还是可以看出，沈复除去觉得“有负闺中良友”之外，自己的一切不幸都是家人的误会尤其是启堂夫妇从中作梗造成的，丝毫没有自责自问的意思，事实上将自己洗刷得一干二净。显然，沈复的说法与事实距离较大，只是一相情愿而已。试想，如果沈复功名成就官爵显赫，或者有一技之长富甲一方，于外可以为父母脸上贴金光宗耀祖，于内可以保妻儿衣食无虞平安度日，何来之坎坷？何需终生痛心疾首呼天抢地？

写《坎坷记愁》时沈复已过不惑之年，依然不能自省自悟，只知纵情闺阁放浪郊野，沉湎诗文，玩弄花草，任性而为，其悲剧命运可谓与生俱来无移无改了。沈复评价自己的一句话的确说得不错：“少年失学，稍识之无。”不惑之年居然不知“吾日三省吾身”的明训。这一点是读者诸君须清醒认识的。沈复、陈芸的坎坷遭际值得同情，沈复、陈芸的性情也有几分可爱之处，《坎坷记愁》的文笔更是优雅清丽情趣盎然，但是，他们的性格举止确实有值得警惕并引以为鉴的地方，这是不可不明确指出的。

浪游记快

余游幕三十年来，天下所未到者，蜀中、黔中与滇南耳。惜乎轮蹄征逐，处处随人，山水怡情，云烟过眼，不过领略其大概，不能探僻寻幽也。余凡事喜独出己见，不屑随人是非，即论诗品画，莫不存人珍我弃、人弃我取之意。故名胜所在，贵乎心得，有名胜而不觉其佳者，有非名胜而自以为妙者。聊以平生所历者记之。

译文

我飘游不定任幕僚三十年来，天下没有到过的地方，只有四川中部、贵州中部与云南南部。可惜车轮马蹄相追逐，行色匆匆，处处都是做别人的随从，陶冶怡情的山光水色，都如过眼的烟云，只不过领略了一个大概，并不能尽兴探寻那些难得一见的隐蔽的绝妙佳境。我凡事喜欢独出己见，看不上随着别人的意见判断是非，即使是论诗品画，都是持一种别人珍贵的东西我抛弃、别人遗弃的东西我收取的态度。所以，所谓名胜的标准，重要的是是否真正是你心爱的。有的名胜，你并不觉得它有多么美好；有的并非名胜，你自己却以为它十分美妙。姑且把我平生所经见的记录在案。

余年十五时，吾父稼夫公馆于山阴赵明府幕中。有赵省斋先生名传者，杭之宿儒也。赵明府延教其子，吾父命余亦拜投门下。暇日出游，得至吼山，离城约十余里，不通陆路。近山见一石洞，上有片石，横裂欲堕，即从其下荡舟入。豁然空其中，四面皆峭壁，俗名之曰“水园”。临流建石阁五椽，对面石壁有“观鱼跃”三字。水深不测，相传有巨鳞潜伏，余投饵试之，仅见不盈尺者出而唼食焉。阁后有道通旱园，拳石乱矗，有横阔如掌者，有柱石平其顶而上加大石者，凿痕犹在，一无可取。游览既毕，宴于水阁。命从者放爆竹，轰然一响，万山齐应，如闻霹雳声。此幼时快游之始。

惜乎兰亭、禹陵未能一到，至今以为憾。

译文

我十五岁那年，父亲沈稼夫在绍兴赵县令的衙门任幕僚。当时有一位赵省斋先生，名叫赵传，是杭州地区很有名望的大学者。赵县令请来赵传教他的儿子读书，父亲就让我也拜赵传为老师。闲暇的日子出外游玩，来到了吼山。吼山离城约十余里远，不通陆路。靠近吼山时，见有一石洞，洞上面有一片巨石，中间断裂摇摇欲坠。我们就从断石之下乘着船穿洞而入，洞那边豁然开朗，四面都是悬崖峭壁，老百姓称之为“水园”。临近水边的地方建有五间石头阁房，阁对面的石壁上刻着“观鱼跃”三个大字。此处河水深不可测，相传有巨大的鱼潜伏其中；我投下鱼饵去试探，只见到不满一尺的鱼跃出水面来吃食。石阁的后面有小路通往旱园。旱园内乱石林立，有的横向很宽像张开的手掌，有的像柱子一样立起，凿平顶部，再在上面垒加大石块；人工雕琢的痕迹仍然清晰可见，没有一点可取之处。游览结束以后，我们在水阁设宴饮酒，并让随从燃放爆竹，轰然一响，千山万壑一齐回应，听起来就好像晴天霹雳的声音。这是我幼年时畅游的开端。

可惜附近的兰亭、禹王陵一次也没有去过，至今仍然感到非常地遗憾。

至山阴之明年，先生以亲老不远游，设帐于家。余遂从至杭，西湖之胜因得畅游。结构之妙，予以龙井为最，小有天园次之。石取天竺之飞来峰，城隍山之瑞石古洞，水取玉泉，以水清多鱼，有活泼趣也。大约至不堪者，葛岭之玛瑙寺。其余湖心亭、六一泉诸景，各有妙处，不能尽述；然皆不脱脂粉气，反不如小静室之幽僻，雅近天然。

苏小墓在西泠桥侧。土人指示，初仅半丘黄土而已，乾隆庚子，圣驾南巡，曾一询及。甲辰春，复举南巡盛典，则苏小墓已石筑其坟，作八角形，上立一碑，大书曰："钱塘苏小小之墓。"从此吊古骚人，不须徘徊探访矣！余思古来烈魄贞魂堙没不传者，固不可胜数，即传而不久者亦不为少；小小一名妓耳，自南齐至今，尽人而知之。此殆灵气所钟，为湖山点缀耶？ 桥北数武有崇文书院，余曾与同学赵缉之投考其中。时值长夏，起极早，出钱塘门，过昭庆寺，上断桥，坐石阑上。旭日将升，朝霞映于柳外，尽态极妍；白莲香里，清风徐来，令人心骨皆清。步至书院，题犹未出也。午后交卷。偕缉之纳凉于紫云洞，大可容数十人，石窍上透日光。有人设短几矮凳，卖酒于此。解衣小酌，尝鹿脯甚妙，佐以鲜菱雪藕。微酣，出洞。

缉之曰："上有朝阳台，颇高旷，盍往一游？"余亦兴发，奋勇登其巅，觉西湖如镜，杭城如丸，钱塘江如带，极目可数百里。此生平第一大观也。坐良久，阳乌将落，相携下山，南屏晚钟动矣。

韬光、云栖路远未到。其红门局之梅花，姑姑庙之铁树，不过尔尔。紫阳洞予以为必可观，而访寻得之，洞口仅容一指，涓涓流水而已。相传中有洞天，恨不能抉门而入。

译文

到绍兴的第二年，赵传先生因为双亲年老而不再远游他乡，便在家里开设了学堂。我于是跟着来到杭州，西湖的名胜美景因此得以畅游。杭州的名胜古迹中，论结构的精妙，我认为龙井居于首位；论小巧玲珑，天园应居于第二位。山石最好的应当是天竺山的飞来峰、城隍山的瑞石古洞。水最美的则是玉泉，因为那里水清鱼多，有活泼的趣味。大约最不值得游览的，是葛岭之上的玛瑙寺。其余还有湖心亭、六一泉等处景点，各有美妙之处，不能一一道来；但都不能脱去脂粉气息，反倒不如小静室那样幽雅僻静，情趣接近于天然。

苏小小墓在西泠桥旁边。当地人指着苏小小墓告诉我们，当初这里只是半个黄土堆而已。乾隆庚子年（1780），皇帝南巡时曾经偶然问到过苏小小。到甲辰年（1784）春天，皇帝再次南巡举行盛典时，苏小小墓就已经用石块重修了坟头，做成八角的形状，上面立了一块碑，碑上大字写着："钱塘苏小小之墓。"从此，凭吊古迹的文人骚客，不需要再左右徘徊四处寻访了。我想，古来刚烈贞洁的魂魄，被淹没不传于后世的，固然不可胜数；即使流传但流传不久的，也不在少数。苏小小只是一个有名的妓女，自南齐到今天，却尽人皆知，无人不晓。这大概是灵气聚集，专为湖光山色做点缀的吧？西泠桥北边几步远的地方，有崇文书院，我曾经与同学赵缉之一起报考崇文书院。当时正是盛夏，我们起得很早，出钱塘门，过昭庆寺，然后来到断桥，坐在石栏杆上。旭日即将升起，朝霞从柳树外照映过来，枝条的形态充分展现，极其娇妍。白莲花的幽香里，一股清风徐徐吹来，令人全身心都觉得清爽。步行来到崇文书院，考试题还没有公布。午后交了卷，与赵缉之一起到紫云洞纳凉。紫云洞很大，可以容纳好几十人，从洞顶的石孔中可以透进太阳光来。有人摆设了短桌子和矮凳子，在这里卖酒。我们解开衣服，买来酒喝，品尝着味道十分美妙的鹿脯，用鲜嫩的菱角和雪白的莲藕下酒。直喝得有点轻微的醉意，才离开了紫云洞。

赵缉之说："这上面有朝阳台，十分高旷，何不乘兴一游呢？"我也游兴大发，奋勇登上巅峰，环顾四方，觉得西湖像一面明镜，杭州城就像一颗弹丸，钱塘江像一条玉带，放眼望去，目光可达数百里远。这是我有生以来见到的第一大景观。坐了很长时间，太阳即将落下，我们才互相扶持着下了山，远远听见南屏山的晚钟已经敲响了。

韬光寺、云栖寺因为路远而未曾到过。其他的如红门局的梅花，姑姑庙的铁树，不过是徒有虚名，平平常常罢了。我原以为紫阳洞必定有值得观看的地方，但是，经过访寻终于到了紫阳洞，见到的只是仅能容纳一个指头大小的洞口，一股涓涓流水而已。相传其中别有洞天，可惜不能挖开门进去看看。

清明日，先生春祭扫墓，挈余同游。墓在东岳。是乡多竹，坟丁掘未出土之毛笋，形如梨而尖，作羹供客。余甘之，尽其两碗。先生曰："噫！是虽味美而克心血，宜多食肉以解之。"余素不贪屠门之嚼，至是饭量且因笋而减。归途觉烦躁，唇舌几裂。过石屋洞，不甚可观。水乐洞峭壁多藤萝，入洞如斗室，有泉流甚急，其声琅琅。池广仅三尺，深五寸许，不溢亦不竭。余俯流就饮，烦躁顿解。洞外二小亭，坐其中可听泉声。衲子请观万年缸。缸在香积厨，形甚巨，以竹引泉灌其内，听其满溢，年久结苔厚尺许，冬日不冰，故不损也。

译文

清明节那一天，我的老师赵传先生去祭扫祖墓，带我一同春游。先生的祖墓在东岳，那个地方竹子很多。守坟人挖出还没有出土的毛竹的笋芽，形状像梨但比梨尖一些，作成羹来招待客人。我觉得它的味道十分甜美，满满吃了两碗。先生说："哎！这东西虽然味道很美，但克心血，应该多吃肉食来化解它的副作用。"我素来不喜欢吃肉食，这时候饭量又因为吃笋过多而减少，更吃不下肉。返回的途中便觉得浑身烦躁，嘴唇舌头干得几乎要裂开了。经过石屋洞，没有什么值得观看的东西。水乐洞的峭壁上挂着许多藤萝，进入洞中就像是一间小房子，泉水流速很急，水声琅琅；洞中有水池，大小仅有三尺见方，深浅五寸多一点，其中水不满溢也不干涸。我俯下身在池边喝泉水，烦躁顿时得以解除。洞外有两个小亭，坐在其中可听到泉水的声音。小和尚请我们去观看万年缸。万年缸在香积厨内，形体特别巨大。用竹筒引来山泉注入缸中，听任水流满后溢出缸外，年代久了，缸中长了一尺多厚的苔藓。冬天不结冰，所以缸没有损坏。

辛丑秋八月，吾父病疟返里，寒索火，热索冰。余谏不听，竟转伤寒，病势日重。余侍奉汤药，昼夜不交睫者几一月。吾妇芸娘亦大病，恹恹在床。心境恶劣，莫可名状。吾父呼余嘱之曰：“我病恐不起，汝守数本书，终非糊口计。我托汝于盟弟蒋思斋，仍继吾业可耳。”越日思斋来，即于榻前命拜为师。未几，得名医徐观莲先生诊治，父病渐痊。芸亦得徐力起床。而余则从此习幕矣。

此非快事，何记于此？曰：此抛书浪游之始，故记之。

译文

辛丑年（1781）八月，我父亲患了疟疾返回老家，觉得冷时要火，觉得热时要冰。我劝父亲不能如此，但父亲不听我的劝告，结果转成了伤寒，病情日益加重。我端汤喂药侍奉父亲，几乎有一个月昼夜不能合眼。我的媳妇芸娘也得了大病，卧床不起。当时我的心境极其恶劣，简直无法用语言来形容。我父亲把我叫到跟前，嘱咐说：“我的病恐怕好不了了。你守着几本书，终究不是养家糊口的长远之计。我把你托付给我的结拜兄弟蒋思斋，你就仍然继承我的职业吧。”第三天，蒋思斋来到我家，就在病榻前父亲让我拜蒋思斋为师。不久，经过名医徐观莲先生的诊治，父亲的病渐渐痊愈了；陈芸也得以慢慢恢复体力能够起床。而我则从此开始了游幕生涯。

这并非什么愉快的事，为什么也记在这里呢？回答是：这是我抛开书本开始浪游的起点，所以把它记下来。

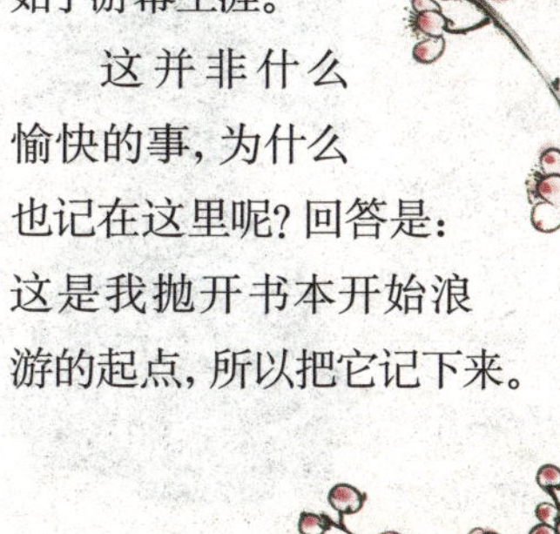

思斋先生名襄。是年冬，即相随习幕于奉贤官舍。有同习幕者，顾姓名金鉴，字鸿干，号紫霞，亦苏州人也；为人慷慨刚毅，直谅不阿，长余一岁，呼之为兄；鸿干即毅然呼余为弟，倾心相友。此余第一知己交也。惜以二十二岁卒，余即落落寡交。今年且四十有六矣，茫茫沧海，不知此生再遇知己如鸿干者否？忆与鸿干订交，襟怀高旷，时兴山居之想。重九日，余与鸿干俱在苏，有前辈王小侠与吾父稼夫公唤女伶演剧，宴客吾家。余患其扰，先一日约鸿干赴寒山登高，借访他日结庐之地。芸为整理小酒榼。

越日天将晓，鸿干已登门相邀。遂携榼出胥门，入面肆，各饱食。渡胥江，步至横塘枣市桥，雇一叶扁舟，到山，日犹未午。舟子颇循良，令其籴米煮饭。余两人上岸，先至中峰寺。寺在支硎古刹之南，循道而上。寺藏深树，山门寂静，地僻僧闲，见余两人不衫不履，不甚接待。余等志不在此，未深入。

归舟，饭已熟。饭毕，舟子携榼相随，嘱其子守船，由寒山至高义园之白云精舍。轩临峭壁，下凿小池，围以石栏，一泓秋水。崖悬薜荔，墙积莓苔。坐轩下，惟闻落叶萧萧，悄无人迹。出门有一亭，嘱舟子坐此相候。余两人从石罅中入，名一线天，循级盘旋，直造其巅，曰“上白云”。有庵已坍颓，存一危楼，仅可远眺。小憩片刻，即相扶而下。舟子曰：“登高忘携酒榼矣。”

鸿干曰：“我等之游，欲觅偕隐地耳，非专为登高也。”

舟子曰：“离此南行二三里，有上沙村，多人家，有隙地。我有表戚范姓居是村，盍往一游？”余喜曰：“此明末徐俟斋先生隐居处也。有园闻极幽雅，从未一游。”

于是舟子导往。村在两山夹道中。园依山而无石，老树多极纡回盘郁之势。亭榭窗栏，尽从朴素，竹篱茅舍，不愧隐者之居。中有皂荚亭，树大可两抱。余所历园亭，此为第一。园左有山，俗呼鸡笼山，山峰直竖，上加大石，如杭城之瑞石古洞，而不及其玲珑。旁一青石如榻，鸿干卧其上曰：“此处仰观峰岭，俯视园亭，既旷且幽，可以开樽矣。”因拉舟子同饮，或歌或啸，大畅胸怀。

土人知余等觅地而来，误以为堪舆，以某处有好风水相告。鸿干曰：“但期合意，不论风水。”岂意竟成谶语！酒瓶既罄，各采野菊插满两鬓。

归舟日已将没。更许抵家，客犹未散。

芸私告余曰：“女伶中有兰官者，端庄可取。”

余假传母命呼之入内，握其腕而睨之，果丰颐白腻。余顾芸曰：“美则美矣，终嫌名不称实。”芸曰：“肥者有福相。”

余曰：“马嵬之祸，玉环之福安在？”

芸以他辞遣之出。谓余曰：“今日君又大醉耶？”

余乃历述所游，芸亦神往者久之。

译文

蒋思斋先生单名一个襄字。这年冬天，我即跟随他在奉贤官府衙门学习作幕僚。当时与我一起学习作幕僚的，有一个人姓顾名金鉴，字鸿干，自号紫霞，也是苏州人。顾鸿干为人慷慨刚毅，正直爽朗，不卑不亢。鸿干比我大一岁，我称呼他为兄长，鸿干也毫不犹豫地称我为小弟，二人倾心相交。这是我的第一个知己朋友。可惜他二十二岁就去世了，我从此变得落落寡交。今年我已四十六岁了，沧海茫茫，不知这辈子还能不能再遇到像鸿干那样的知己啊？当年与鸿干相结交，胸怀高远旷达，时常产生隐居深山的想法。九月九重阳日，我与鸿干都在苏州。这一天，前辈王小侠与我父亲沈稼夫叫来女演员演戏，在我家设宴请客。我嫌这种场面吵嚷扰烦，头一天就约鸿干到寒山去登高，借机会重访昔日曾经居住过的地方。陈芸为我们准备好了盛酒的盒子。

第二天天快要亮的时候，鸿干就登门来叫我出发。我们立即携带酒盒出了胥门，来到卖面的饭馆，都吃得饱饱的。然后渡过城外胥江，步行至横塘的枣市桥，雇了一只小船来到寒山，时间还不到中午。船夫为人很善良，就让他买米煮饭。我们俩

一起上岸，先来到中峰寺。中峰寺在支硎山古庙的南边。沿着山路而上，见寺院藏在树林深处，山门冷清寂静，由于地处偏僻，寺中的和尚悠闲无事；见我们两人衣履平常，接待时很不热情。我们的兴趣不在这里，也就没有仔细游览。回到船上，饭已经煮熟了。

吃完饭，船夫提着酒盒随我们上岸，嘱咐他的儿子守船。一行人由寒山出发，来到高义园的白云精舍。房屋紧临着峭壁，下面开凿出一个小水池，用石栏杆围住，蓄有一泓秋水。悬崖上挂满薜荔，墙壁上布满了草莓苔藓。坐在房下，只听见萧萧的落叶声，静悄悄没有人的踪迹。出院门有一个亭子，吩咐船夫坐在此处等候。我们两人从石缝中进入，此处名叫“一线天”。沿着台阶盘旋而上，直至到达山巅，此处名叫“上白云”，有庵堂已经倒塌颓废，存留着一座岌岌可危的楼房，仅仅可以在远处眺望。稍微休息了一会儿，即互相搀扶着下了山。船夫说：“二位登高时忘记带酒盒了。”

鸿干说：“我们游山，是想寻觅可以一起隐居的地方，并非专门为了登高。”

船夫说：“离这里向南走两三里，有一个上沙村，住了许多人家，有空闲的地方。我有姓范的表亲居住在这个村里，何不前往一游呢？”我高兴地说：“这是明末举人徐枋先生隐居的地方。有园子听说极其幽雅，可惜从未游过。”

于是，由船夫做导游前往上沙村。村子在两山的夹道中间。徐园依山而建，却没有石头，园中老树大部分都具有迂回盘结的姿势。亭阁台榭窗户栏杆，都极其朴素，竹篱笆，茅草屋，不愧为隐士的居所。院中有皂荚亭，树干大约有两人合抱那么粗。我所游历过的园亭，此处为第一。园子的左边有山，俗称鸡笼山。山峰笔直竖立，上端顶着大石块，就像杭州城的瑞石古洞，但比不上它的小巧玲珑。旁边有一块形状像床的青石，鸿干睡在上面说：“这里可以仰观峰岭，俯视园亭，既空旷开阔，又幽静雅致，可以开杯畅饮了。”于是拉船夫一起饮酒。我们一会儿放声唱歌、一会儿呐喊呼啸，敞开胸怀尽情玩乐。

当地人知道我们来寻找地方，误以为是来找坟地的，告诉我们什么地方有好风水。鸿干说：“但求合意，不论风水。”哪里想到此话竟在事后得到了应验！酒瓶已经见底，各人采了野菊花插满了两鬓。回到船上，太阳就要落下。一更以后才回到家中，这时客人还未散去。

陈芸悄悄告诉我说：“女演员中有叫兰官的，模样端庄可爱。”

我假传母亲的命令，叫她进入内室，握着她的手腕仔细观看，果然丰满白腻。我看着陈芸说：“美倒确实美，终究嫌她的形体与名字不相符。”

陈芸说：“肥胖的人有福相。”

我说：“马嵬坡的灾祸，杨玉环的福份又在哪里呢？”

陈芸就用别的理由把她打发走了。对我说：“今日你又喝得大醉了？”

我于是详细叙述了游历的经过，陈芸也向往了很长时间。

癸卯春，余从思斋先生就维扬之聘，始见金、焦面目。金山宜远观，焦山宜近视。惜余往来其间未尝登眺。

渡江而北，渔洋所谓"绿杨城郭是扬州"一语，已活现矣。平山堂离城约三四里，行其途有八九里。虽全是人工，而奇思幻想，点缀天然，即阆苑瑶池、琼楼玉宇，谅不过此。其妙处在十余家之园亭合而为一，联络至山，气势俱贯。其最难位置处，出城入景，有一里许紧沿城郭。夫城缀于旷远重山间，方可入画。园林有此，蠢笨绝伦。而观其或亭或台，或墙或石，或竹或树，半隐半露间，使游人不觉其触目，此非胸有丘壑者断难下手。

城尽，以虹园为首。折而向北，有石梁，曰"虹桥"。不知园以桥名乎？桥以园名乎？荡舟过，曰"长堤春柳"。此景不缀城脚而缀于此，更见布置之妙。再折而西，垒土立庙，曰"小金山"。有此一挡，便觉气势紧凑，亦非俗笔。闻此地本沙土，屡筑不成，用木排若干，层叠加土，费数万金乃成。若非商家，乌能如是。过此有"胜概楼"，年年观竞渡于此。河面较宽，南北跨一莲花桥。桥门通八面，桥面设五亭，扬人呼为"四盘一暖锅"。此思穷力竭之为，不甚可取。桥南有莲心寺，寺中突起喇嘛白塔，金顶缨络，高矗云霄；殿角红墙松柏掩映，钟磬时闻，此天下园亭所未有者。过桥见三层高阁，画栋飞檐，五彩绚烂，叠以太湖石，围以白石栏，名曰"五云多处"；如作文中间之大结构也。过此，名"蜀冈朝旭"，平坦无奇，且属附会。将及山，河面渐束，堆土植竹树，作四五曲。似已山穷水尽，而忽豁然开朗，平山之万松林已列于前矣。"平山堂"为欧阳文忠公所书。所谓"淮东第五泉"，真者在假山石洞中，不过一井耳，味与天泉同；其荷亭中之六孔铁井栏者，乃系假设，水不堪饮。九峰园另在南门幽静处，别饶天趣，余以为诸园之冠。康山未到，不识如何。

此皆言其大概，其工巧处、精美处，不能尽述，大约宜以艳妆美人目之，不可作浣纱溪上观也。

余适恭逢南巡盛典，各工告竣，敬演接驾点缀，因得畅其大观，亦人生难遇者也。

译文

癸卯年（1783）春，我跟随蒋思斋先生到扬州就聘，初次见到金山、焦山的本来面目。金山适宜于远处观看，焦山则适宜于近处细看。遗憾的是我曾经多次来过扬州，却从来没有登上山顶远眺过。

渡过长江向北，王士祯《浣溪沙》中所说的“绿杨城郭是扬州”，已然活灵活现展现在眼前了！平山堂离城直线距离约三四里，通往那里的路途却有八九里。虽然全是人工开凿的，但构思建造得神奇绝妙，景色点缀得如天然生成的一样；即使是阆苑瑶池、琼楼玉宇，谅也不过如此而已！扬州景色绝妙的地方，就在于十余家的园林亭台，联合成为一个整体，并且与山脉形成了联络，气势一脉贯通。其中最难布置的地方，是出城至进入风景区的中间，有一里多的距离紧靠着城市。城市如果点缀在开阔旷远、群山重叠的背景上，才能构成优美的画面；如果园林有了城市的插入，便蠢笨到了极点。但是仔细观看这个地方，或亭或台、或墙或石、或竹或树，半隐半露之间，使游人不觉得它不顺眼。这种格局，不是胸怀高山大海的人，是断然难以营造的。

城的尽头，景色以虹园为开端。折过来向北，有一道石梁叫做“虹桥”；不知是园因为桥而得名呢，还是桥因为园而得名的？荡舟穿过虹桥，就是“长堤春柳”；此景不设置于城脚而点缀在这里，更可见出设计者布置的绝妙。再折转向西，在垒起的土台上建有小庙，叫做“小金山”；有了这一布置，便觉得气势紧凑，也是非凡手笔。听说此地原本全是沙土，多次修筑都不能成功；后来用若干木排，层层叠起，加土夯实，花费数万两银子才终于修成。如果不是富商之家，是根本不可能这样做的。过了小金山有胜概楼，年年都在这里观看龙舟竞渡。这里河面较宽，南北架着一座莲花桥。桥门向八面洞开，桥面上建有五个亭子，扬州人称之为“四盘一暖锅”；这是才思智慧穷尽的做法，没有多少可取之处。桥南有莲心寺，寺中一座喇嘛白塔拔地

而起，金色的顶端丝带环绕，高矗直入云霄；大殿的角落里，红墙与松柏掩映成趣，钟磬之声不时传来，这是天下园亭所未曾有的景致。过莲花桥可见三层高阁，画栋飞檐，五彩绚烂，上面有太湖石垒成的假山，围着白石栏杆，取名为“五云多处”；正如作文中的大结构一样，起着联络左右上下的作用。过了此处有景点叫“蜀冈朝旭”，平坦无奇，完全是牵强附会。即将到达山根的地方，河面逐渐收束。堆起土栽上竹子树木，布置成四五个曲折。似乎已经到了山穷水尽的地步，却忽然间豁然开朗，平山堂的万松林已赫然陈列在你的眼前。“平山堂”的匾额是欧阳修书写的。所谓的淮东第五泉，真正的泉眼藏在假山的石洞中，不过是一口井而已，水味与雨水完全相同；在荷亭中的六孔围着铁栏杆的水井，纯粹是假设的，水很不好喝。九峰园另处于南门外偏僻幽静的地方，有一种很独特的天然趣味；我认为是诸多园林中最好的。康山未曾到过，不知到底如何。

这里说的都是扬州园林的大概轮廓，它的工巧处、精美处，不能详尽叙述。大约应该把它们看做是浓妆艳抹的美人，而不能与浣纱溪上的西施同类看待。

我正好有幸遇上了乾隆皇帝南巡的盛大庆典。各项工程竣工后，演练接驾的仪式，因此得以敞开胸怀大饱眼福，也是人生难遇的机会。

甲辰之春，余随侍吾父于吴江何明府幕中，与山阴章苹江、武林章映牧、苕溪顾霭泉诸公同事。恭办南斗圩行宫，得第二次瞻仰天颜。

一日，天将晚矣，忽动归兴。有办差小快船，双舻两浆，于太湖飞棹疾驰，吴俗呼为“出水辔头”，转瞬已至吴门桥，即跨鹤腾空，无此神爽。抵家，晚餐未熟也。吾乡素尚繁华，至此日之争奇夺胜，较昔尤奢。灯彩眩眸，笙歌聒耳，古人所谓“画栋雕甍”、“珠帘绣幕”、“玉阑干”、“锦步障”，不啻过之。余为友人东拉西扯，助其插花结彩。闲则呼朋引类，剧饮狂歌，畅怀游览。少年豪兴，不倦不疲。苟生于盛世而仍居僻壤，安得此游观哉？

是年，何明府因事被议，吾父即就海宁王明府之聘。嘉兴有刘蕙阶者，长斋佞佛，来拜吾父。其家在烟雨楼侧，一阁临河，曰“水月居”，其诵经处也，洁净如僧舍。烟雨楼在镜湖之中，四岸皆绿杨，惜无多竹。有平台可远眺，渔舟星列，漠漠平波，似宜月夜。衲子备素斋甚佳。

至海宁，与白门史心月、山阴俞午桥同事。心月一子名烛衡，澄静缄默，彬彬儒雅，与余莫逆，此生平第二知心交也。惜萍水相逢，聚首无多日耳。游陈氏安澜园，地占百亩，重楼复阁，夹道回廊。池甚广，桥作六曲形；石满藤萝，凿痕全掩；古木千章，皆有参天之势；鸟啼花落，如入深山。此人工而归于天然者。余所历平地之假石园亭，此为第一。曾于桂花楼中张宴，诸味尽为花气所夺，惟酱姜味不变。姜桂之性老而愈辣，以喻忠节之臣，洵不虚也。出南门即大海，一日两潮，如万丈银堤破海而过。船有迎潮者，潮至，反棹相向。于船头设一木招，状如长柄大刀，招一捺，潮即分破，船即随招而入，俄顷始浮起。拨转船头随潮而去，顷刻百里。塘上有塔院，中秋夜曾随吾父观潮于此。循塘东约三十里，名尖山，一峰突起，扑入海中。山顶有阁，匾曰“海阔天空”，一望无际，但见怒涛接天而已。

译文 

甲辰年（1784）的春天，我跟随父亲在吴江何县令衙门任幕僚，与山阴章苹江、武林章映牧、苕溪顾霭泉诸位先生同事。承办修建南斗圩行宫，得以第二次瞻

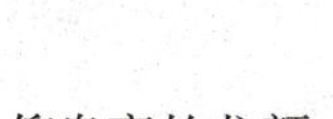

仰皇帝的龙颜。

有一天，天快要黑了，忽然动了归家的念头。正好有衙门办理公务的小快船，双橹双浆，在太湖上飞桨疾驰，民间称之为“出水辔头”。我乘着快船，转眼间已到了吴门桥；即使是骑着仙鹤腾空飞翔，也没有如此神情爽快。回到家，晚餐还没有做熟。我的家乡历来崇尚繁华，到皇帝南巡的这些日子，更是处处争奇斗胜，比以往更加厉害。灯光彩绘眩人眼目，笙箫歌舞聒人耳朵；比古人所说的“画栋雕甍”、“珠帘绣幕”、“玉栏干”、“锦步障”（锦缎制作的屏障），不知超过了多少倍。我时常被朋友们东拉西扯，去帮助他们插花结彩。闲暇之时就招引朋友同类，聚在一起豪饮狂歌，放畅胸怀尽兴游览。青春年少，兴致豪放，竟然不知疲倦。即使生于盛世但仍然居住在穷乡僻壤，又怎能会有这样的游览观瞻呢？

这一年，何县令因事被查处，我父亲于是接受了海宁县王县令的聘请。嘉兴有一个叫刘蕙阶的人，长期吃斋信佛，专程来拜访我父亲。他的家住在烟雨楼旁边，有一间阁楼临近河流，名叫“水月居”，是刘蕙阶念经拜佛的地方，简洁干净就像和尚的住处。烟雨楼在绍兴的镜湖之中，四边岸上都是翠绿的杨柳，可惜没有多种竹子。楼上有平台可以向远处眺望。放眼望去，渔舟星罗棋布，水波广漠平坦，似乎更适宜于月夜观赏。小和尚置办的素斋特别可口。

到了海宁以后，与金陵人史心月、山阴人俞午桥同事。史心月有一个儿子叫史烛衡，心地纯洁明静，缄默不爱说话，彬彬有礼，儒雅高贵，与我成为莫逆之交；这是我生平第二个知心的朋友。遗憾的是萍水相逢，聚首相处的时间太短了。在海宁时，游览了陈氏的安澜园。园子占地有一百亩，楼上盖楼，阁中有阁，夹道回廊相连。水池特别宽大，桥修成六曲的形状；石上布满藤萝，人工雕凿的痕迹被掩盖得严严实实。古树千姿百态，都有参天的气势；鸟尽情啼鸣，花自由开落，就像进入了深山旷野。这是人工营造而归于天然的典范。我所游历过的平地上的假山园亭，安澜园实为第一。曾经在桂花楼中设宴，各种菜肴的味道全被桂花的香气改变了，只有酱姜的味道没有改变。生姜、桂皮的品性是愈老愈辣，用它们来比喻忠诚节义的官员，确实不是虚拟。出安澜园南门，就是大海。一天两次涌潮，如万丈银色的长堤冲破海面滔滔而过。有迎着潮头行驶的船，潮水到来时，将船头向着潮水。在船头设置一个木招，形状像长柄的大刀，木招一按，潮水即被劈开，船于是随着木招驶入潮水中，一会儿才浮起来。然后拨转船头随着潮流而去，顷刻即可驶出百里。堤塘上建有塔院，中秋夜曾跟随我父亲在此处观看涌潮。

沿着堤岸向东大约三十里的地方，名叫尖山，孤峰一座拔地突起，扑入海中；山顶建有阁楼，匾额上书“海阔天空”，登阁远望，眼前只有无边无际的海水，波涛汹涌，与天连成一体。

余年二十有五，应徽州绩溪克明府之招。由武林下"江山船"，过富春山，登子陵钓台。台在山腰，一峰突起，离水十余丈。岂汉时之水竟与峰齐耶？月夜泊界口，有巡检署。"山高月小，水落石出"，此景宛然。黄山仅见其脚，惜未一瞻面目。

绩溪城处于万山之中，弹丸小邑，民情淳朴。近城有石镜山，由山弯中曲折一里许，悬崖急湍，湿翠欲滴，渐高，至山腰，有一方石亭，四面皆陡壁。亭左石削如屏，青色，光润可鉴人形。俗传能照前生；黄巢至此，照为猿猴形，纵火焚之，故不复现。

离城十里有"火云洞天"，石纹盘结，凹凸巉岩，如黄鹤山樵笔意，而杂乱无章。洞石皆深绛色。旁有一庵甚幽静，盐商程虚谷曾招游，设宴于此。席中有肉馒头，小沙弥眈眈旁视，授以四枚。临行以番银二圆为酬，山僧不识，推不受。告以一枚可易青钱七百余文，僧以近无易处，仍不受。乃攒凑青蚨六百文付之，始欣然作谢。他日余邀同人携榼再往，老僧嘱曰："曩者小徒不知食何物而腹泻，今勿再与。"可知藜藿之腹，不受肉味，良可叹也。余谓同人曰："作和尚者，必居此等僻地，终身不见不闻，或可修真养静。若吾乡之虎丘山，终日目所见者妖童艳妓耳，所听者弦索笙歌，鼻所闻者佳肴美酒，安得身如枯木、心如死灰哉！"

译文

二十五岁那年，我接受了安徽绩溪县克明府的招聘。由武林登上"江山船"，经过富春山，登上了子陵（东汉名士严光）钓台。钓台在半山腰，山峰突起，距离水面有十余丈。难道汉代时候江水竟然与山峰是平齐的？一个有月亮的夜晚，停泊在浙江、安徽交界的界口，界口设有负责治安的巡检署；"山高月小，水落石出"，就好像说的是这里的景色。黄山仅见到了它的山脚，可惜未能一睹其全面目。

绩溪城地处万山之中，弹丸小镇，民风淳朴。临近绩溪城有石

镜山，由山弯中曲折向前一里多即可到达。悬崖如急瀑湍流，苍翠欲滴；逐渐登高，到山腰有一个方形的石亭，四面都是陡峭的石壁；亭子左边的石壁，平整得像屏风一样，颜色青亮，光滑得可以照出人的形象。传说能照出人前世的形象；黄巢到了这里，照出自己前世是猿猴，一气之下放火焚烧石壁，所以再也不能照出前世形象了。

离城十里有火云洞天，岩石的花纹盘旋扭结，山岩高低起伏陡峭险峻，颇有元代王蒙山水画的笔意，但杂乱没有章法。山洞、岩石的颜色都是深红色。旁边有一座佛寺相当幽静，盐商程虚谷曾经邀请朋友同游，在这里设宴款待客人。宴席上有肉馒头，小和尚在旁边专注地看着，就给他吃了四个。临行时，给和尚两块银元作为酬劳，但山里的和尚不认得，坚决不接受。告诉他一枚银圆可换铜钱七百余文，和尚以近处没有兑换的地方为原因，仍然不接受。于是，大家凑了铜钱六百枚交给他们，才欣然接受道谢。后来，我邀请同事带着酒盒再去佛寺游玩时，老和尚嘱咐我：“前一次我的小徒弟不知吃了什么东西而腹泻，今天不要再给他吃了。”可知吃惯了野菜的肚子，受不了肉味刺激，实在可叹啊。我对同事说：“做和尚的人，必须在这种偏僻的地方，一辈子看不见别的东西，听不到其他的消息，或许真的可以修炼真性，培养静气。像我们家乡的虎丘山，终日眼睛看到的都是妖艳的娈童妓女，耳朵听到的都是丝竹歌舞的声音，鼻子闻到的都是佳肴美酒的味道，怎么可能达到身如枯木、心如死灰的境界呢！”

余自绩溪之游，见热闹场中卑鄙之状不堪入目，因易儒为贾。余有姑丈袁万九，在盘溪之仙人塘作酿酒生涯，余与施心耕附资合伙。袁酒本海贩，不一载，值台湾林爽文之乱，海道阻隔，货积本折，不得已，仍为"冯妇"。馆江北四年，一无快游可记。迨居萧爽楼，正作烟火神仙。有表妹倩徐秀峰自粤东归，见余闲居，慨然曰："足下待露而爨，笔耕而炊，终非久计。盍偕我作岭南游？当不仅获蝇头利也。"

芸亦劝余曰："乘此老亲尚健，子尚壮年，与其商柴计米而寻欢，不如一劳而永逸。"

余乃商诸交游者，集资作本。芸亦自办绣货及岭南所无之苏酒、醉蟹等物。禀知堂上，于小春十日，偕秀峰由东坝出芜湖口。

译文

我自从绩溪游幕以来，看见了许多官场中卑鄙不堪入目的现象，因此改变了儒生身份去做商人。我有姑父叫袁万九，在盘溪的仙人塘作酿酒生意；我和施心耕投了股份，与他合伙做起了酒生意。袁万九酿的酒，原本供应海上贩运。不到一年，偏偏遇上台湾林爽文的叛乱，海上道路阻隔，货物大量积压，本钱差不多损折完了。不得已，仍然重操旧业，去作幕僚。在江北作幕僚四年，没有一次值得记载的痛快的游历。

等到借住萧爽楼，正过着人间神仙般的日子。这时，我的表妹夫徐秀峰从广东回到家乡，见我无业闲居，很感慨地说："你靠接露水、笔耕而烧火做饭，终究不是长久之计。何不跟我一起到岭南去闯荡呢？你能得到的肯定不只是些蝇头小利。"

陈芸也劝我说："乘着现在父母亲身体都还健康，你也正当壮年，与其向他人借柴赊米而苦中作乐，不如外出闯荡一番，说不定可以发家致富，一劳永逸。"

我于是向各位一起交游的朋友借债，集资作本钱。陈芸也自己置办了刺绣货物，以及岭南所没有的苏酒、醉蟹等物品。禀告了父母亲知道，于十月十日，与徐秀峰结伴由东坝登船，出芜湖口而去。

长江初历，大畅襟怀。每晚舟泊后，必小酌船头。见捕鱼者罾幂不满三尺，孔大约有四寸，铁箍四角，似取易沉。余笑曰：“圣人之教，虽曰‘罟不用数’，而如此之大孔小罾，焉能有获？”

秀峰曰：“此专为网鳊鱼设也。”

见其系以长绠，忽起忽落，似探鱼之有无。未几，急挽出水，已有鳊鱼枷罾孔而起矣。余始喟然曰：“可知一己之见，未可测其奥妙。”

一日，见江心中一峰突起，四无依倚。秀峰曰：“此小孤山也。”霜林中，殿阁参差，乘风径过，惜未一游。至滕王阁，犹吾苏府学之尊经阁移于胥门之大马头，王子安序中所云不足信也。即于阁下换高尾昂首船，名“三板子”，由赣关至南安登陆。值余三十诞辰，秀峰备面为寿。

越日过大庾岭，山巅一亭，匾曰“举头日近”，言其高也。山头分为二。两边峭壁，中留一道如石巷。口列两碑，一曰“急流勇退”，一曰“得意不可再往”。山顶有梅将军祠，未考为何朝人。所谓“岭上梅花”，并无一树，意者以梅将军得名梅岭耶？余所带送礼盆梅，至此将交腊月，已花落而叶黄矣。过岭出口，山川风物便觉顿殊。岭西一山，石窍玲珑，已忘其名，舆夫曰：“中有仙人床榻。”匆匆竟过，以未得游为怅。至南雄，雇老龙船。过佛山镇，见人家墙顶多列盆花，叶如冬青，花如牡丹，有大红、粉白、粉红三种，盖山茶花也。

腊月望，始抵省城，寓靖海门内，赁王姓临街楼屋三椽。秀峰货物皆销与当道，余亦随其开单拜客，即有配礼者，络绎取货，不旬日而余物已尽。

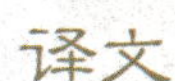

初次游历长江，胸怀顿时开阔，心情极为畅快。每天晚上，船停泊后必定在船头饮酒。见捕鱼人用竹子编成的鱼网大不足三尺，网

孔大小却约有四寸，用铁箍箍住四角，似乎是为了易于沉入水中。我笑说：“虽然圣人的教导说‘罟不用数’（鱼网不用细密的网孔），但是像这样的孔大网小，怎么能有所收获呢？”

徐秀峰说：“这是捕捞鳊鱼的专用工具。”

见网上系着长绳，在水中忽起忽落，好像在探测有没有鱼。过了不久，迅速拉出水面，已有鳊鱼卡在网孔里被捞了起来。我这才感慨地说：“可知一己之见，不可看出其中的奥妙啊。”

一日，见江心中一有座山峰突兀而起，四面没有依靠。徐秀峰说：“这是小孤山。”远处看见，经霜染过的树林中，殿堂楼阁参差排列；可惜乘风一晃而过，未能登上山去仔细游览。到了南昌滕王阁，就像是把我们苏州府学的“尊经阁”，移到了胥门外的大码头，王勃《滕王阁序》中所说的并不足信。我们在阁下换乘了尾部高、头部昂起，叫做“三板子”的船，经过赣关到达了南安，弃了船登岸。这天，正是我三十岁的生日，秀峰置备了面食为我贺寿。

第二天过大庾岭，山岭巅峰有一座亭，匾额上写着“举头日近”，极言大庾岭之高。山头分为两个。两边峭壁悬崖，中间留出一条像石巷一样的小道。路口立着两块石碑，一块上写“急流勇退”，一块上写“得意不可再往”。山顶有梅将军祠，没有考证梅将军是哪个朝代的人。人们所说的“岭上梅花”，其实并没有一棵梅树，我猜想，大概是因为梅将军而取名梅岭的吧？我携带的送礼用的梅花盆景，到这里将要进入腊月，花已经落了叶子也黄了。翻过梅岭出了山口，便觉得山水景色与岭北明显不同。梅岭西边的一座山上，有玲珑剔透的石洞，已经忘了它的名称；车夫说：“洞中有仙人的床榻。”匆匆而过，因未能游历而颇感惆怅。到了南雄，我们雇了老龙船再走水路。经过佛山镇，看见家家墙头陈列着很多盆花，叶子像冬青，花朵像牡丹，有大红、粉白、粉红三种颜色，原来是山茶花。

腊月十五，才抵达省城广州。住在靖海门内，租赁姓王的人家临街的楼屋三间。徐秀峰将货物全部销给当地的商人。我也随着徐秀峰开出货单会见商客，就有要送礼的人络绎不绝来取货。不到十日，我的货物就销售一空。

除夕蚊声如雷。岁朝贺节，有棉袍纱套者。不惟气候迥别，即土著人物，同一五官而神情迥异。正月既望，有署中同乡三友拉余游河观妓，名曰“打水围”。妓名“老举”。于是同出靖海门，下小艇，如剖分之半蛋而加篷焉。先至沙面，妓船名“花艇”，皆对头分排，中留水巷以通小艇往来。每帮约一二十号，横木绑定，以防海风。两船之间钉以木桩，套以藤圈，以便随潮长落。鸨儿呼为“梳头婆”，头用银丝为架，高约四寸许，空其中而蟠发于外，以长耳挖插一朵花于鬓，身披元青短袄，著元青长裤，管拖脚背，腰束汗巾，或红或绿，赤足撒鞋，式如梨园旦脚。登其艇，即躬身笑迎，搴帏入舱。旁列椅杌，中设大炕，一门通艄后。妇呼有客，即闻履声杂沓而出：有挽髻者，有盘辫者；傅粉如粉墙，搽脂如榴火；或红袄绿裤，或绿袄红裤；有著短袜而撮绣花蝴蝶履者，有赤足而套银脚镯者；或蹲于炕，或倚于门，双瞳闪闪，一言不发。余顾秀峰曰：“此何为者也？”

秀峰曰：“目成之后，招之始相就耳。”

余试招之，果即欢容至前，袖出槟榔为敬。入口大嚼，涩不可耐，急吐之，以纸擦唇，其吐如血。合艇皆大笑。

又至军工厂，妆束亦相等，惟长幼皆能琵琶而已。与之言，对曰：“嗞？”“嗞”者，“何”也。余曰：“少不入广者，以其销魂耳。若此野妆蛮语，谁为动心哉？”

一友曰：“潮帮妆束如仙，可往一游。”至其帮，排舟亦如沙面。有著名鸨儿素娘者，妆束如花鼓妇。其粉头衣皆长领，颈套项锁，前发齐眉，后发垂肩，中挽一鬏似丫髻，裹足者著裙，不裹足者短袜，亦著蝴蝶履，长拖裤管，语音可辨。而余终嫌为异服，兴趣索然。

秀峰曰：“靖海门对渡有扬帮，皆吴妆。君往，必有合意者。”

一友曰："所谓扬帮者，仅一鸨儿，呼曰'邵寡妇'，携一媳曰'大姑'，系来自扬州。余皆湖广江西人也。"

因至扬帮，对面两排仅十余艇。其中人物皆云鬟雾鬓，脂粉薄施，阔袖长裙，语音了了。所谓邵寡妇者，殷勤相接。遂有一友另唤酒船，大者曰"恒艛"，小者曰"沙姑艇"，作东道相邀，请余择妓。余择一雏年者，身材状貌有类余妇芸娘，而足极尖细，名喜儿。秀峰唤一妓名翠姑。余皆各有旧交。放艇中流，开怀畅饮。至更许，余恐不能自持，坚欲回寓，而城已下钥久矣。盖海疆之城，日落即闭，余不知也。及终席，有卧而吃鸦片烟者，有拥妓而调笑者。伻头各送衾枕至，行将连床开铺。余暗询喜儿："汝本艇可卧否？"对曰："有寮可居，未知有客否也。"寮者，船顶之楼。余曰："姑往探之。"招小艇渡至邵船，但见合帮灯火相对如长廊。寮适无客。鸨儿笑迎曰："我知今日贵客来，故留寮以相待也。"

余笑曰："姥真荷叶下仙人哉！"遂有伻头移烛相引，由舱后梯而登。宛如斗室，旁一长榻，几案俱备。揭帘再进，即在头舱之顶，床亦旁设，中间方窗嵌以玻璃，不火而光满一室，盖对船之灯光也。衾帐镜奁，颇极华美。喜儿曰："从台可以望月。"即在梯门之上叠开一窗，蛇行而出，即后梢之顶也。三面皆设短栏，一轮明月，水阔天空。纵横如乱叶浮水者，酒船也；闪烁如繁星列天者，酒船之灯也；更有小艇梳织往来，笙歌弦索之声杂以长潮之沸，令人情为之移。余曰："少不入广，当在斯矣！"惜余妇芸娘不能偕游至此。回顾喜儿，月下依稀相似，因挽之下台，息烛而卧。

天将晓，秀峰等已哄然至。余披衣起迎，皆责以昨晚之逃。余曰："无他，恐公等掀衾揭帐耳！"遂同归寓。

译文

除夕那天，蚊子的叫声依然像打雷一样响。新年清晨，祝贺佳节，有的人在棉袍外边套穿着纱衣。不只是气候与我家乡大不相别，就是当地人的五官虽然与北方人同样，但表示的神情却根本不同。正月十五，有公署中三个同乡的朋友，拉着我去游河观妓，叫做“打水围”。妓女被叫做“老举”。于是，我们几人一同出靖海门，下了样子像剖开的半个鸡蛋、上面加了帆篷的那种小艇，首先来到了沙面。妓女乘坐的船叫“花艇”，都头对头分排在河道两边，中间留出水巷以便小艇往来通行。每帮花艇约有一二十只船，用横木绑定，预防海风。两船之间钉着木桩，用藤圈把船套在桩上，以便随着潮水涨落上下起伏。老鸨称作“梳头婆”；头上戴着用银丝做成的架子，高大约四寸多，中间空着而把头发盘曲在外面，用很长的挖耳勺在鬓角插上一朵花；身披元青色短袄，穿元青色长裤，裤管拖在脚背，腰中系着汗巾，有的红有的绿，赤足穿着拖鞋，样子就像戏剧里的旦角。有客人登上花艇，老鸨便躬身笑脸迎接，撩起帷帐送入舱中。舱中两旁排列着椅凳，中间设有大炕，开一扇门通往后面的船艄。老鸨呼叫“有客”，立即听到杂乱的脚步声，妓女便出来了。有挽着发髻的，有盘着辫子的；粉抹得如粉墙，胭脂擦得如红石榴；衣服或者红袄绿裤，或者绿袄红裤；有的穿着短袜绣花蝴蝶鞋的，有的赤脚套着银脚镯；或者蹲在炕上，或者倚于门边，双眼闪闪，一言不发。

我看着徐秀峰说：“这是为什么呢？”

徐秀峰说：“目测满意之后，招她才前来相就。”

我试着招了一个，果然立即面带笑容上前来，从袖内取出槟榔敬给我。我张口大嚼，只觉得味道苦涩不可忍受，急忙吐了出来；用纸擦嘴唇，唾沫的颜色就像血一样。全船的人都大笑起来。

我们又来到军工厂的河面，妓女的装束与沙面相同，不同只是无论年龄大小都会弹琵琶而已。与她们说话，回答：“嗻？”“嗻”，就是“何”。我说：“常言道‘少不入广’，是因为广州能使人意迷魂销。像这样野蛮装束、言语，有谁会动心呢？”

一位朋友说：“潮汕帮的妓女打扮得像仙女一样，值得前往一游。”到了潮汕帮，船的排列方式完全与沙面一样。这里有著名的老鸨叫素娘，装束像唱花鼓的妇女。这里妓女的衣服都是长领，脖颈戴着项圈、长命锁，额前留着齐眉的刘海儿，后面披发垂肩，头顶挽一个小鬏，好似小女孩的发髻；缠脚的穿裙子，不缠脚的穿短袜，也穿着绣着蝴蝶的拖鞋，拖着长长的裤管；说话的语音勉强可以辨别。但我终就嫌是异地的装束打扮，一点兴趣也没有。

徐秀峰说：“靖海门对面的渡口有扬州帮，妓女们都是吴地装扮。你去了，一定有能合意的。”

另一位朋友说：“所谓扬州帮，只有一个叫邵寡妇的老鸨，带了一个叫大姑的媳妇，是从扬州来的；其余的妓女都是湖广、江西的人。”

于是，我们又来到了扬州帮。扬州帮对面两排仅有十多只花艇，帮中的妓女都是云鬟雾鬓，薄施脂粉，阔袖长裙，语音听得清清楚楚；叫做邵寡妇的老鸨，十分殷勤地接待我们。就有一位朋友另外叫来了酒船，大的叫做“恒舻”，小的叫做“沙姑艇”，作东道主邀请我们，让我挑选妓女。我选择了一个未成年的雏妓，身材相貌有些像我的媳妇芸娘，脚却极其尖细，名叫喜儿。秀峰选一妓女名叫翠姑。其余的人都各有老相识。把船开到河流中间，开怀畅饮。至一更左右，我担心不能自己把持，坚决要回寓所，但这时城门已上锁很久了。原来海疆之城，日落即关闭城门，我却不知道。等到酒席结束，朋友们有躺着吃鸦片烟的，有拥抱着妓女调笑的；侍者为各人送来了被子枕头，将要连床开通铺。我偷偷问喜儿：“你们的船上可以睡觉吗？”

喜儿回答说：“有寮可以居住，但不知道是否有了客人。”寮，就是船顶上的阁楼。我说：“姑且前去试试看。”我俩叫来小艇，来到邵寡妇的船上，只见全帮两排灯火相对如长廊，阁楼恰好没有客人居住。老鸨笑着迎接说：“我知道今日有贵客来，所以留着寮等待着。”

我笑着说：“姥姥真是荷叶下的仙人啊！”

就有侍者端着蜡烛引路，经由舱后的梯子登上了阁楼。阁楼宛如一间斗室，旁边放一张长条床榻，几案俱全。揭起帘子再往里走，就到了头舱的顶上。床也设在旁边，中间的方窗嵌着玻璃，不用点灯室内也是十分明亮，原来是对面船上的灯光。被褥、帷帐、梳妆镜奁，都极其华美。喜儿说：“从台上可以望月。”于是在梯门的上面叠开一扇窗户，爬行而出，就到了后船梢的顶上。三面都设有短栏杆。一轮明月，水阔天空。横七竖八如乱叶浮在水面的，是酒船；闪烁如繁星罗列在天空的，是酒船的灯光；还有无数小艇往来穿梭，笙歌弦索的声音夹杂着涨潮的沸腾，令人情迷意乱。我说：“‘少不入广’，应当在此时此刻啊！”遗憾的是我的夫人芸娘不能与我一同游历到此。回头看喜儿，月光下依稀与陈芸相似，因此挽着她走下台来，熄灭灯烛睡了。

天将要亮的时候，秀峰等人就哄然而至。我急忙披衣起来迎接，都责怪我昨晚逃跑了。我说：“没有别的意思。只是害怕诸位掀我被子揭我帷帐呀！”随后，我们同行回到了寓所。

越数日，偕秀峰游海珠寺。寺在水中，围墙若城四周，离水五尺许，有洞，设大炮以防海寇。潮长潮落，随水浮沉，不觉炮门之或高或下，亦物理之不可测者。十三洋行在幽兰门之西，结构与洋画同。对渡名花地，花木甚繁，广州卖花处也。余自以为无花不识，至此仅识十之六七，询其名，有《群芳谱》所未载者，或土音之不同欤。海珠寺规模极大，山门内植榕树，大可十余抱，阴浓如盖，秋冬不凋。柱槛窗栏皆以铁梨木为之。有菩提树，其叶似柿，浸水去皮，肉筋细如蝉翼纱，可裱小册写经。

归途访喜儿于花艇，适翠、喜二妓俱无客。茶罢欲行，挽留再三。余所属意在寮，而其媳大姑已有酒客在上。因谓邵鸨儿曰："若可同往寓中，则不妨一叙。"邵曰："可。"秀峰先归，嘱从者整理酒肴。余携翠、喜至寓。正谈笑间，适郡署王懋老不期而来，挽之同饮。酒将沾唇，忽闻楼下人声嘈杂，似有上楼之势，盖房东一侄素无赖，知余招妓，故引人图诈耳。

秀峰怨曰："此皆三白一时高兴，不合我亦从之。"

余曰："事已至此，应速思退兵之计，非斗口时也。"

懋老曰："我当先下说之。"

余即唤仆速雇两轿，先脱两妓，再图出城之策。闻懋老说之不退，亦不上楼。两轿已备，余仆手足颇捷，令其向前开路，秀峰、翠姑继之，余挽喜儿于后，一哄而下。秀峰、翠姑得仆力，已出门去，喜儿为横手所拿。余急起腿，中其臂，手一松而喜儿脱去，余亦乘势脱身出。余仆犹守于门，以防追抢。急问之曰："见喜儿否？"

仆曰："翠姑已乘轿去。喜娘但见其出，未见其乘轿也。"

余急燃炬，见空轿犹在路旁。急追至靖海门，见秀峰侍翠轿而立。又问之，对曰："或应投东，而反奔西矣。"

急反身，过寓十余家，闻暗处有唤余者，烛之，喜儿也，遂纳之轿，肩而行。秀峰亦奔至，曰："幽兰门有水窦可出，已托人贿之启钥。翠姑去矣，喜儿速往！"

余曰："君速回寓退兵，翠、喜交我！"

至水窦边，果已启钥，翠先在。余遂左掖喜，右挽翠，折腰鹤步，踉跄出窦。天适微雨，路滑如油。至河干沙面，笙歌正盛。小艇有识翠姑者，招呼登舟。始见喜儿首如飞蓬，钗环俱无有。余曰：被抢去耶？

喜儿笑曰："闻此皆赤金，阿母物也。妾于下楼时已除去，藏于囊中。若被抢去，累君赔偿耶。"

余闻言，心甚德之。令其重整钗环，勿告阿母；托言寓所人杂，故仍归舟耳。翠姑如言告母，并曰："酒菜已饱，备粥可也。"

时寮上酒客已去，邵鸨儿命翠亦陪余登寮。见两对绣鞋泥污已透。三人共粥，聊以充饥。剪烛絮谈，始悉翠籍湖南，喜亦豫产；本姓欧阳，父亡母醮，为恶叔所卖。翠姑告以迎新送旧之苦，心不欢必强笑，酒不胜必强饮，身不快必强陪，喉不爽必强歌。更有乖张其性者，稍不合意，即掷酒翻案，大声辱骂，假母不察，反言接待不周；又有恶客彻夜蹂躏，不堪其扰。喜儿年轻初到，母犹惜之。不觉泪随言落。喜儿亦嘿然涕泣。余乃挽喜入怀，抚慰之。嘱翠姑卧于外榻，盖因秀峰交也。

自此或十日或五日，必遣人来招。喜或自放小艇，亲至河干迎接。余每去必邀秀峰，不邀他客，不另放艇。一夕之欢，番银四圆而已。秀峰今翠明红，俗谓之"跳槽"，甚至一招两妓。余则惟喜儿一人，偶独往，或小酌于平台，或清谈于寮内，不令唱歌，不强多饮，

温存体恤，一艇怡然。邻妓皆羡之。有空闲无客者，知余在寮，必来相访。合帮之妓，无一不识。每上其艇，呼余声不绝，余亦左顾右盼，应接不暇，此虽挥霍万金所不能致者。余四月在彼处，共费百余金，得尝荔枝鲜果，亦生平快事。

后鸨儿欲索五百金强余纳喜，余患其扰，遂图归计。秀峰迷恋于此，因劝其购一妾，仍由原路返吴。

明年，秀峰再往，吾父不准偕游，遂就青浦杨明府之聘。及秀峰归，述及喜儿因余不往，几寻短见。噫！“半年一觉扬帮梦，赢得花船薄幸名”矣！

译文 

过了几日，与秀峰一同游海珠寺。海珠寺建在水中，寺院的围墙修得像城墙一样，离水面五尺左右的位置开有洞口，架设着大炮用来防御海寇；潮涨潮落，洞口随着水位上下浮沉，却看不出炮门有忽高忽低的变化，这现象按事物的常理是很难解释的。十三洋行（官府特许经营外贸的商行）位于幽兰门的西侧，建筑结构与西洋画相同。对面的渡口名叫花地，花木十分繁茂，是广州卖花的地方。我自以为没有不认识的花，到了这里却只认得十分之六七；询问它们的名称，有许多是《群芳谱》所没有记载的，不知是否是由于当地土话发音不同造成的？海珠寺规模极大，寺院里种植着榕树，树干大的有十余抱那么粗，浓荫如张开的大伞，树叶秋冬都不凋落。柱子、门槛、窗户、栏杆都用铁梨木做成。寺内还有菩提树，叶子的形状与柿子相似，用水浸泡去掉叶子的皮肉，叶筋细密得像蝉翼羽纱，可以裱成小册子抄写经文。

回来途中顺路到花艇探访喜儿，正巧翠姑、喜儿两个妓女都没有接客。喝过茶准备动身，她们再三挽留。我所中意的只有寮，但老鸨的媳妇大姑已经在上面接待酒客。因此，我对邵鸨儿说：“如果可以让喜儿同去我的寓所，那么不妨一叙。”邵寡妇说：“可以。”徐秀峰先回去，吩咐随从预备酒菜。我带着翠姑、喜儿随后到了寓所。正在谈笑的时候，碰巧府衙的王懋老不期而至，便拉着他一起饮酒。酒还没有沾到嘴唇，忽然听见楼下人声嘈杂，好像要上楼来的架势。原来，房东的一个侄儿平时就是个无赖，得知我们招妓，故意引人来企图讹诈。

秀蜂抱怨说："这都是三白一时高兴，我也不该就顺从了他。"

我说："事已至此，应尽快考虑退兵之计，现在不是斗口的时候。"

王懋老说："我先下去说服他们。"

我立即唤来仆人，让他迅速雇两乘轿子，先送两个妓女脱身，再考虑出城的办法。听见懋老说不退他们，也不见他上楼来。两乘轿子已预备好，我的仆人手脚颇为敏捷，让他在前边开路，秀峰拉着翠姑紧跟其后，我拉着喜儿走在最后，一哄而下。秀峰、翠姑借着仆人的力量已出门去，喜儿却被人伸手捉住。我急忙起腿踢中那人手臂，那人手一松，喜儿逃出门去，我也乘势脱身出门。我的仆人仍守在门口，以防那伙人追来抢人。我着急地问他："见到喜儿没有？"

仆人说："翠姑已经乘轿离去，喜娘却只看见她出来，没看见她乘轿。"

我急忙点燃火把，见空轿仍然停在路旁。急忙追至靖海门，见秀峰扶着翠姑的轿站在路边。我又问他们，回答说："或许是应该向东走，喜儿却反向奔西边去了。"

我急忙返身去找。过了寓所十余家，听见暗处有人叫我；用火光一照，正是喜儿。于是让喜儿上轿，抬起就走。这时，秀峰也跑了过来，说："幽兰门有水洞可以出城，已经托人贿赂看守人开锁。翠姑已经去了，喜儿也快去！"

我说："你速回寓所设法打发了那帮人，翠姑、喜儿交给我！"

来到水洞边，锁果然已经打开，翠姑也早已到了这里。我于是左臂扶喜儿，右臂挽翠姑，弯腰蹑步，踉踉跄跄出了水洞。天正下着小雨，路滑如油。到达沙面河畔，花艇上的笙弦歌舞正值鼎盛时期。小艇上有认识翠姑的，招呼我们上了船。这时，我才看见喜儿头发乱得像飞蓬，钗簪耳环都没有了。我说："被抢去了吗？"

喜儿笑着说："听说这些东西都是赤金的，是鸨母的东西。我在下楼的时候就已经把它们摘下，藏在口袋里了。假若被坏人抢去，会连累你赔偿的。"

我听喜儿的话，心里十分感激。让她重整钗环，不要告诉鸨母实情，假说寓所人杂，因此仍回到船上来。翠姑按照我说的告诉了鸨母，并且说："酒菜已饱，准备些粥就行了。"

这时，寮上的酒客已离去，邵鸨儿让翠姑也一同上阁寮去陪我。只见两对绣鞋已被泥污浸透。三人共享粥饭，聊以充饥。拨亮蜡烛细细交谈，得知翠姑原籍湖南；喜儿也是生于河南，本姓欧阳，父亲去世、母亲改嫁，被恶棍叔叔卖到了妓院。翠姑讲诉了迎新送旧的悲苦：心中不欢喜但必须强装欢笑，不胜酒力但必须勉强饮酒，身体不爽快但必须强忍着陪客，喉咙不爽快但必须勉强唱歌。更有那些性情乖张的客人，稍有不如意，就掷酒杯翻桌子，大声辱骂；鸨母不体察实情，反而说是妓女接待不周。还有一类可恨的嫖客，彻夜蹂躏，无休无止，实在无法忍受那样的骚扰。喜儿年轻，又是初到，鸨母对她还算怜惜。不知不觉中，眼泪随着话音一起落下来。喜儿也黯然伤神，涕泣不止。于是，我将喜儿挽入怀中，温情地抚慰她。吩咐翠姑睡在外间床上，因为她是秀峰的相好。

自从此次遭遇以后，多则十日，少则五日，喜儿必定派人来叫我；有时，喜儿自己驾着小艇，亲自到河边来迎接。我每次去，总是邀请上徐秀峰，而从不邀请别的客人，也不到别的花艇上去。一夜交欢，花费银洋四元而已。秀峰今日招翠、明日选红，俗称“跳槽”，甚至一次招两个妓女；而我则只与喜儿一人交往。偶而我一人单独前往，与喜儿或者在平台上饮酒，或者在寮内清谈，不让她唱歌，不强迫她多饮酒，温存体恤，整个花艇气氛轻松愉悦；邻艇的妓女都羡慕喜儿。没有接客而空闲的妓女，一旦知道我在寮中，必定过来拜访。全扬州帮的妓女没有一人不认识我的，每次上到她们艇上，喊叫我的声音不绝于耳；我也左顾右盼，应接不暇。这种情分，即使是挥霍万金也买不到的。我在喜儿处，四个月共花费了一百多两银子，得以品尝了荔枝等新鲜水果，也是平生的痛快事。

后来，老鸨想要五百两银子强迫我纳喜儿为妾。我受不了老鸨的骚扰，就做好了回家的打算。秀峰对此地十分迷恋，因此劝他买了一个小妾。我们仍从原路返回家乡。

第二年，徐秀峰再去广州；我父亲不准我跟着一起去，便应聘到青浦县杨知县府中任职。等到徐秀峰归来，讲述了喜儿因为我不再前往，差一点寻了短见。噫！真是“半年一觉扬帮梦，赢得花船薄幸名”啊！

余自粤东归来，馆青浦两载，无快游可述。未几，芸、憨相遇，物议沸腾，芸以愤激致病。余与程墨安设一书画铺于家门之侧，聊佐汤药之需。

中秋后二日，有吴云客偕毛忆香、王星烂邀余游西山小静室。余适腕底无闲，嘱其先往。吴曰："子能出城，明午当在山前水踏桥之来鹤庵相候。"余诺之。

越日，留程守铺，余独步出阊门。至山前，过水踏桥，循田塍而西，见一庵南向，门带清流。剥啄问之，应曰："客何来？"

余告之。笑曰："此'得云'也。客不见匾额乎？来鹤已过矣！"

余曰："自桥至此，未见有庵。"

其人回指曰："客不见土墙中森森多竹者，即是也。"

余乃返，至墙下，小门深闭。门隙窥之，短篱曲径，绿竹猗猗，寂不闻人语声。叩之，亦无应者。一人过，曰："墙穴有石，敲门具也。"余试连击，果有小沙弥出应。余即循径入，过小石桥，向西一折，始见山门，悬黑漆额，粉书"来鹤"二字，后有长跋，不暇细观。入门经韦驼殿，上下光洁，纤尘不染，知为小静室。忽见左廊又一小沙弥奉壶出。余大声呼问，即闻室内星烂笑曰："何如？我谓三白决不失信也！"

旋见云客出迎，曰："候君早膳，何来之迟？"

一僧继其后，向余稽首，问知为竹逸和尚。入其室，仅小屋三椽，额曰"桂轩"，庭中双桂盛开。星烂、忆香群起嚷曰："来迟罚三杯！"席上荤素精洁，酒则黄白俱备。

余问曰："公等游几处矣？"

云客曰："昨来已晚，今晨仅到得云、河亭耳。"

欢饮良久。饭毕，仍自得云、河亭共游八九处，至华山而止。各有佳处，不能尽述。华山之顶有莲花峰，以时欲暮，期以后游。桂花之盛，至此为最。就花下饮清茗一瓯，即乘山舆，径回来鹤。

桂轩之东另有临洁小阁，已杯盘罗列。竹逸寡言静坐而好客善饮。始则折桂催花，继则每人一令，二鼓始罢。

余曰："今夜月色甚佳，即此酣卧，未免有负清光。何处得高旷地，一玩月色，庶不虚此良夜也？"

竹逸曰："放鹤亭可登也。"

云客曰："星烂抱得琴来，未闻绝调。到彼一弹何如？"

乃偕往。但见木犀香里，一路霜林，月下长空，万籁俱寂。星烂弹《梅花三弄》，飘飘欲仙。忆香亦兴发，袖出铁笛，呜呜而吹之。

云客曰：“今夜石湖看月者，谁能如吾辈之乐哉？”

盖吾苏八月十八日石湖行春桥下，有看串月胜会。游船排挤，彻夜笙歌，名虽看月，实则挟妓哄饮而已。未几，月落霜寒，兴阑归卧。

译文

我从广东归来之后，在青浦作幕僚两年，没有畅快的游历值得记述。过了不久，陈芸与憨园相遇，引起沸沸扬扬的非议，陈芸因过于激愤而致病。我与程墨安在家门旁边开设了一个书画铺，聊以补充陈芸吃药治病必需的花费。

中秋节后的第二日，有吴云客与毛忆香、王星烂等几位朋友，一起来邀请我去游西山小静室。我正巧手中有活不得空闲，就让他们先去。

吴云客说：“你如果能抽空出城来，我们明天中午一定在山前水踏桥旁边的来鹤庵等候。”我答应了。

第二天，留下程墨安守铺子。我独自一人步行出了阊门，来到山前，过水踏桥，顺着田间小路向西走去。见到一庵坐北向南，门前清澈的小河环绕。便上前敲门询问，里边有人答应：“客人来此做什么？”

我告诉他到来鹤庵赴约。那人笑着说：“这是‘得云庵’，你没看见匾额吗？来鹤庵已经过了！”

我说：“自水踏桥到这里，没有看见还有佛庵。”

那人向回指着说：“客官不见土墙中有许多茂盛的竹子吗，就是来鹤庵。”

我于是向回返，来到墙下，见有一扇小门紧闭。从门缝中窥看，院内低矮的篱笆，曲折的小径，绿竹生机勃勃、随风摆动，静悄悄的，听不到人说话的声音。敲门也没有人答应。有一个过路人，对我说：“墙上洞中有石块，是敲门的工具。”我试着连击几下，果然有小和尚出来答应。我于是沿着小路而入，过小石桥，向西一折，才看见寺门，上悬黑漆匾额，写着“来鹤”两个白字，后有长跋，来不及细看。进入寺门，经过韦陀殿，只见上下左右光亮整洁，纤尘不染，知道是小静室了。忽然见左边走廊有一个小和尚端着壶出来，我便大声询问。就听得室内王星烂笑着说：“怎么样？我早就说过，三白决不会失信的！”

随即就见吴云客出来迎接，说：“等候你吃早饭，为什么来得这么迟呢？”

一僧人跟在他后面，向我稽首行礼；经询问得知是竹逸和尚。进入室内，小屋仅有三间，匾额上写着“桂轩”二字。庭院中两棵桂树花正盛开。星烂、忆香等人群起向我喊叫：“来迟了，罚酒三杯！”席上荤素菜肴精致清洁，酒则是黄酒白酒俱备。

我问道：“诸位已经游了几处名胜？”

云客说：“昨日来时天色已晚，今晨仅仅到过得云庵、河亭而已。”

大家开怀畅饮了很久。吃过饭，仍然从得云庵、河亭开始，一共游了八九处，直至华山为止。各景自有佳妙之处，不能详尽叙述。华山之顶有莲花峰，因为当时天快黑了，约定以后再游。桂花盛开，以这里的最为旺盛。就在桂花树下，喝了一壶清茶，便乘着山民的轿子，直接回到来鹤寺。

桂轩的东边另有临洁小阁，早已摆好了杯盘，设好了酒席。竹逸和尚很少说话，只是静静地坐着，却特别好客，也特别能喝酒。起初，我们玩折桂催花，后来则每人出一个酒令，直喝到二更时分才作罢。

我说：“今夜月色特别好，就在这里酣睡，未免辜负了明月清光。哪里能找到高旷开阔的地方，观赏月色，才不虚度这美好的夜晚呢？”

竹逸和尚说：“可以登上放鹤亭赏月。”

云客说：“星烂抱着琴来，还没有听到他绝妙的琴声。到那里弹一弹怎么样？”

于是，大家一起前往放鹤亭。只见木犀花的香味里，一路上尽是霜染层林，月下长空，万籁俱寂。星烂弹奏《梅花三弄》，琴声令人飘飘欲仙。忆香也兴致大发，从袖中掏出铁笛，呜呜地吹了起来。

云客说：“今夜在石湖看月亮的人，有谁能像我们这样快乐呢？”

原来，八月十八日的苏州，在石湖行春桥下有“看串月”胜会，游船排沓拥挤，彻夜笙歌不止。虽然名义上是看月，其实是狎妓狂饮而已。不久，月亮落下，霜气寒冷，众人尽兴归来，一夜安睡。

明晨，云客谓众曰："此地有无隐庵，极幽僻，君等有到过者否？"咸对曰："无论未到，并未尝闻也。"

竹逸曰："无隐四面皆山，其地甚僻，僧不能久居。向年曾一至，已坍废。自尺木彭居士重修后，未尝往焉。今犹依稀识之。如欲往游，请为前导。"

忆香曰："枵腹去耶？"

竹逸笑曰："已备素面矣。再令道人携酒盒相从也。"

面毕，步行而往。过高义园，云客欲往白云精舍。入门就坐，一僧徐步出，向云客拱手曰："违教两月，城中有何新闻？抚军在辕否？"

忆香忽起曰："秃！"拂袖径出。余与星烂忍笑随之。云客、竹逸酬答数语，亦辞出。

高义园即范文正公墓。白云精舍在其旁。一轩面壁，上悬藤萝，下凿一潭，广丈许，一泓清碧，有金鳞游泳其中，名曰"钵盂泉"。竹炉茶灶，位置极幽。轩后于万绿丛中，可瞰范园之概。惜衲子俗，不堪久坐耳。是时由上沙村过鸡笼山，即余与鸿干登高处也。风物依然，鸿干已死，不胜今昔之感！

正惆怅间，忽流泉阻路不得进。有三五村童掘菌子于乱草中，探头而笑，似讶多人之至此者。询以无隐路，对曰："前途水大不可行。请返数武，南有小径，度岭可达。"从其言。度岭南行里许，渐觉竹树丛杂，四山环绕，径满绿茵，已无人迹。竹逸徘徊四顾，曰："似在斯，而径不可辨，奈何？"

余乃蹲身细瞩，于千竿竹中隐隐见乱石墙舍，径拨丛竹间，横穿入觅之，始得一门，曰："无隐禅院，某年月日南园老人彭某重修。"众喜，曰："非君则武陵源矣！"

山门紧闭，敲良久，无应者。忽旁开一门，呀然有声，一鹑衣少年出，面有菜色，足无完履，问曰："客何为者？"

竹逸稽首曰："慕此幽静，特来瞻仰。"

少年曰："如此穷山，僧散无人接待，请觅他游。"言已，闭门欲进。

云客急止之，许以启门放游，必当酬谢。

少年笑曰："茶叶俱无，恐慢客耳，岂望酬耶？"

山门一启，即见佛面，金光与绿阴相映，庭阶石础苔积如绣。殿后台级如墙，石栏绕之。循台而西，有石形如馒头，高二丈许，细竹环其趾。再西折北，由斜廊蹑级而登。客堂三楹，紧对大石。石下凿一小月池，清泉一派，荇藻交横。堂东即正殿。殿左西向为僧房厨灶。殿后临峭壁，树杂阴浓，仰不见天。星烂力疲，就池边小憩，余从之。将启盒小酌，忽闻忆香音在树杪，呼曰："三白速来，此间有妙境！"

仰而视之，不见其人，因与星烂循声觅之。由东厢出一小门，折北，有石磴如梯，约数十级，于竹坞中瞥见一楼。又梯而上，八窗洞然，额曰"飞云阁"。四山抱列如城，缺西南一角，遥见一水浸天，风帆隐隐，即太湖也。倚窗俯视，风动竹梢，如翻麦浪。

忆香曰："何如？"

余曰："此妙境也。"

忽又闻云客于楼西呼曰："忆香速来！此地更有妙境。"

因又下楼，折而西，十余级，忽豁然开朗，平坦如台。度其地，已在殿后峭壁之上。残砖缺础尚存，盖亦昔日之殿基也。周望环山，较阁更畅。忆香对太湖长啸一声，则群山齐应。乃席地开樽，忽愁枵腹。少年欲烹焦饭代茶，随令改茶为粥。邀与同啖，询其何以冷落至此？曰："四无居邻，夜多暴客。积粮时来强窃，即植蔬果，亦半为樵子所有。此为崇宁寺下院，长厨中月送饭干一石、盐菜一坛而已。某为彭姓裔，暂居看守，行将归去，不久当无人迹矣。"云客谢以番银一圆。

返至来鹤，买舟而归。余绘《无隐图》一幅，以赠竹逸，志快游也。

译文

次日早晨，吴云客对众人说："此地有一座无隐庵，极其幽静偏僻。诸位有到过的没有？"都回答说："不要说未到过，连听也没听说过。"

竹逸说："无隐庵四面都是山，地理位置极其偏僻，僧人不能长久居住。前些年曾去过一次，庵已坍塌成废墟。自尺木居士彭绍升重修后，还未曾去过。现在还依稀能认识道路。诸位如果想去游玩，我愿为向导。"

忆香说："空着肚子去吗？"

竹逸笑着说："早已备好素面了。再让道人携带酒盒随我们一起去。"

吃过面，一群人步行前往。经过高义园时，吴云客想去白云精舍。进了门刚坐下，有一个僧人慢步走出来，向云客拱手说："两个月没有请教了。不知城中有什么新闻？巡抚还在衙门不在？"

忆香忽地站起来说："秃驴！"便拂袖走出了院门。我与星烂忍着笑紧随忆香而出。云客和竹逸应酬了几句，也急忙告辞而出。

高义园，是范仲淹的墓地。白云精舍就在它的旁边。一座楼阁面向石壁而建，上面挂满了藤萝，下面开凿了一个水潭，宽一丈多，一泓池水清澈碧透，有金鱼在其中游来游去，名叫"钵盂泉"。竹子做成的茶具炉灶，地理位置极其幽静偏僻。在轩阁后面的草木丛中，可以鸟瞰整个范园的轮廓。遗憾的是这里的和尚太俗气，不值得久坐。这时，由上沙村经过的鸡笼山，就是我与鸿干登高的地方。风物依旧，鸿干却早已死去，思今抚昔，令人感慨不已。

正在我惆怅之时，忽然遇到湍急的流水挡住了去路，前进不得。有三五个村童在乱草中挖掘菌子，探出头来笑，似乎对这么多人来到此地感到惊讶。向他们询问去无隐庵的路，回答说："前面的路因水大不能走。请你们向回返几步，南边有一条小路，翻过山岭就可到达。"我们按照小孩说的前进。翻过山岭向南走一里多，逐渐觉得竹树丛杂，四山环绕，路上长满了绿草，已看不见人的踪迹。竹逸四下徘徊观望，说："好像就在这个地方，但路径不可辨认。怎么办呢？"

我蹲下身去仔细查看，在千竿竹林中隐隐看见有乱石墙舍。拨开丛竹，横穿进去寻觅，终于找到一个门，上面写着"无隐禅院"，"某年月日南园老人彭某重修"。

众人大喜，说："没有你，我们都像进了武陵源了！"

山门紧闭，敲了很久，还是无人答应。忽然旁边开了一扇门，随着吱呀的门声，一个穿着破衣裳的少年走了出来，面黄肌瘦，脚上连完整的鞋都没有，问道："客官是做什么的？"

竹逸稽首说："仰慕此处幽静，特来瞻仰。"

少年说："如此穷山恶水，僧人都已四散而去，无人接待你们。请找别的地方去游玩。"说罢，闭门就要进去。云客急忙拦住他，许诺如果开门放我们进去游览，一定给以酬谢。少年笑着说："一点茶叶都没有，恐怕慢待了客人，哪里还敢奢望酬谢呢？"

山门一开，就见到了佛像。金光与绿荫相掩映，庭院台阶、基础上，苔藓堆积如绣毯。殿后的台级很陡，像一堵墙，有石栏环绕着台阶。沿着台阶向西，有形状像馒头的大石头，高有二丈多，细竹子环绕在石头底部。向西再折向北，经过斜廊拾级而上，有客堂三间，紧对着大石。石下凿一小月池，一股清泉注入其中，水草纵横交错。客堂东边就是正殿。正殿左边向西是僧人的住房和灶房。殿后濒临峭壁，树木杂乱，树荫浓密，仰望不可见天。王星烂已精疲力尽，坐在水池边休息。我也跟着他坐下。我们正准备打开酒盒喝上几杯，忽然听见忆香的声音从树梢上传来，大声呼叫："三白快来。这里有绝妙佳境啊！"

抬头仰视，却看不见忆香的人影。就与星烂顺着声音去寻觅。由东厢房出了一个小门，折转向北，有石台阶像梯子一样，大约有数十级；登上后一眼看见在竹林深处有一座楼。顺着楼梯而上，见八扇窗户洞开，匾额上写着"飞云阁"。四面山峦如城墙一样环抱，唯有西南方向缺了一角；远远地看见一片汪洋，水天相连，风帆隐隐绰绰，那便是太湖。靠着窗子向下看，微风吹动竹梢，如麦浪翻滚。

忆香说："怎么样？"

我说："真是妙境啊！"

忽然，又听见云客在楼的西边高声呼叫："忆香快来！这里有更美妙的境地！"

于是，又下得楼来，折向西边，登上十余级台阶，忽然豁然开朗，地势平坦如台。猜测这里的位置，大概已在正殿后的峭壁之上；残缺的砖石、房基还有留存，应该也是昔日大殿的地基。四周山峦环绕，较飞云阁更为开畅。忆香对着太湖长啸一声，引起群山一齐回应。我们就在这

里席地而坐，开樽饮酒，却为空着肚子而发愁。那少年正准备煮焦饭来代替茶水，我们随即让他改茶为粥。邀请他一起吃，并问他为什么冷落到如此地步。少年说："四周没有邻居，夜里又经常有强盗出没，存粮时常被抢窃一空。即使是种植些蔬菜瓜果，也是多半为打柴人所有。这里是崇宁寺下属的寺院，寺里的厨房每月中旬只给这里送一石米、一坛咸菜而已。我是姓彭的后代，暂时住在这里看守，马上就要回去了。不久，这里就没有人的踪迹了。"云客给了他一块银圆作为酬谢。

折返到来鹤寺，雇了船回家。我画了一幅《无隐图》，赠给竹逸和尚，来纪念这次畅快的游历。

嘉庆甲子春，痛遭先君之变，行将弃家远遁，友人夏揖山挽留其家。秋八月，邀余同往东海永泰沙勘收花息。沙隶崇明。出刘河口，航海百余里。新涨初辟，尚无街市，茫茫芦荻，绝少人烟。仅有同业丁氏仓房数十椽，四面掘沟河，筑堤栽柳绕于外。丁字实初，家于崇，为一沙之首户。司会计者姓王。俱豪爽好客，不拘礼节，与余乍见，即同故交。宰猪为饷，倾瓮为饮。令则拇战，不知诗文；歌则号呶，不讲音律。酒酣，挥工人舞拳相扑为戏。蓄牯牛百余头，皆露宿堤上。养鹅为号，以防海贼。日则驱鹰犬猎于芦丛沙渚间，所获多飞禽。余亦从之驰逐，倦则卧。引至园田成熟处，每一字号圈筑高堤，以防潮汛。堤中通有水窦，用闸启闭，旱则长潮时启闸灌之，潦则落潮时开闸泄之。佃人皆散处如列星，一呼俱集，称业户曰"产主"，唯唯听命，朴诚可爱。而激之非义，则野横过于狼虎；幸一言公平，率然拜服。风雨晦明，恍同太古。卧床外瞩即睹洪涛，枕畔潮声如鸣金鼓。

一夜，忽见数十里外有红灯大如栲栳，浮于海中，又见红光烛天，势同失火。宝初曰：“此处起现神灯神火，不久又将涨出沙田矣。”

揖山兴致素豪，至此益放。余更肆无忌惮，牛背狂歌，沙头醉舞，随其兴之所至，真生平无拘之快游也！事竣，十月始归。

译文

嘉庆甲子年（1804）春，痛遭先父去世的变故，就在即将抛弃家室、远遁深山时，朋友夏揖山挽留我住在他家。仲秋八月，夏揖山邀请我一同前往东海永泰沙，查收花红利息。永泰沙隶属于崇明县，出刘河口，航海约有百余里。在新淤的滩涂上刚刚开辟，还没有街市，遍地茫茫芦荻，很少有人烟。仅有揖山姓丁的生意伙伴的仓库数十间，四面掘沟开河，筑起的堤防上栽着柳树，环绕在仓库外。丁氏字宝初，家住在崇明，是整个永泰沙的首户；担任会计的人姓王。他们都豪爽好客，不拘泥于礼节，与我初次见面就如同故交老友。宰猪款待我们，拿出所有的酒给我们喝。行酒令只会猜拳，不知道吟诗对句；唱歌只是用足力气嚎叫，不讲究音律。喝醉酒，便指挥工人们舞拳、摔跤来游乐助兴。蓄养的百余头公牛，晚上都在堤上露宿。养了鹅发警报，用来防御海盗。白天就驾鹰驱犬，在芦苇丛中、沙滩小岛之间打猎，捕获的猎物大多是些飞禽。我也跟随他们奔驰追逐，疲倦了就睡在沙滩上。顺路来到田园修建已经完善的地方，见每一个字号都修筑了高高的堤坝圈起来，以防备潮水的冲击。堤坝上开通了水门，用闸阀开关；天旱了，就在涨潮时开启闸门灌溉；水涝了，就在落潮时开闸排泄。佃户们都四散居住，像星辰散落在长空，一招呼便都聚集而来，称地主为“产主”，毕恭毕敬听从指挥，朴质实诚可爱。然而，如果有不义之举激怒了他们，其狂野横蛮甚至超过了虎狼；假如恰好说了一句公平话，他们就会轻易地真心佩服你。日出而作，日落而息，恍惚如同远古时代。睡在床上向外看，就可以看见滚滚波涛，枕畔听得见如金鼓齐鸣的潮声。

有一夜，忽然见数十里外有像栲栳（柳条编成的笆斗）大的红灯，浮在海面上；又看见红光照天，好像失火了的情形。丁宝初说：“这里浮现出神灯神火，不久又将会淤出新的沙田了。”

揖山历来兴致豪爽，到了这里更加放纵。我更是肆无忌惮，在牛背上狂歌，在沙田头醉舞，随着情绪尽兴而为，真是一生中无拘无束、痛快淋漓的游乐啊！处理完事务，到十月才返回。

吾苏虎丘之胜，余取后山之“千顷云”一处，次则“剑池”而已。余皆半借人工，且为脂粉所污，已失山林本相。即新起之白公祠、塔影桥，不过留名雅耳。其“冶坊滨”，余戏改为“野芳滨”，更不过脂乡粉队，徒形其妖冶而已。其在城中最著名之狮子林，虽曰云林手笔，且石质玲珑，中多古木；然以大势观之，竟同乱堆煤渣，积以苔藓，穿以蚁穴，全无山林气势。以余管窥所及，不知其妙。灵岩山，为吴王馆娃宫故址，上有西施洞、响屧廊、采香径诸胜，而其势散漫，旷无收束，不及天平、支硎之别饶幽趣。

邓尉山一名元墓，西背太湖，东对锦峰，丹崖翠阁，望如图画。居人种梅为业，花开数十里，一望如积雪，故名“香雪海”。山之左有古柏四树，名之曰：“清、奇、古、怪。”清者，一株挺直，茂如翠盖；奇者，卧地三曲，形同“之”字；古者，秃顶扁阔，半朽如掌；怪者，体似旋螺，枝干皆然。相传汉以前物也。乙丑孟春，揖山尊人莼芗先生偕其弟介石，率子侄四人，往幞山家祠春祭，兼扫祖墓，招余同往。顺道先至灵岩山，出虎山桥，由费家河进“香雪海”观梅。幞山祠宇即藏于“香雪海”中，时花正盛，咳吐俱香，余曾为介石画《幞山风木图》十二册。

译文

我们苏州虎丘的名胜，我认为位于后山的千顷云一处是最好的，其次就只有剑池而已。其余的景点都是多半借助人工，而且被脂膏粉墨所污染，已经失去了山水园林本来的模样。即使是新修的白公（白居易）祠、塔影桥，只不过是取名雅致些罢了。冶坊滨，我曾将它的名称戏改为“野芳滨”，只不过是太多的脂粉彩色的堆积，徒有妖冶的外形而已。在城中最著名的狮子林，虽说是有倪瓒山水画的意境，而且石头的质地玲珑剔透，园中古树很多；但是，从大的格局观察它，竟然好像是在乱堆的煤渣上面，铺设了些苔藓，穿凿了些蚁穴，没有一点山水园林应有的气势。以我一管之见能看到的，确实不知道它有什么美妙之处。灵岩山，是吴王夫差修建的馆娃宫的故址，山上有西施洞、响屧廊、采香径等几处名胜古迹；但它的格局过于散漫，空旷没有收束，比不上吴县的天平山、苏州西边的支硎山别有幽雅的情趣。

邓尉山，也叫元墓。西面背靠太湖，东面正对锦峰，红色的崖石、青翠的楼阁，远望像一幅图画。山上的居民以种梅花为业，花开连绵数十里，一望无际如瑞雪堆积，所以取名“香雪海”。山的左侧有古柏四棵，分别叫做“清、奇、古、怪”。清者，树干笔直挺立，枝叶茂盛像一把翠绿的大伞；奇者，卧在地上成三次曲折，形状如同“之”字；古者，树顶光秃、扁平宽阔，半边已腐朽，像张开的手掌；怪者，形体像旋转的陀螺，树枝、树干都是这样。相传都是汉代以前留存下来的。

乙丑年（1805）正月，夏揖山的父亲莼芗先生与他的弟弟夏介石，率领着子侄四人，前往幞山夏家祠堂去祭奠，同时祭扫祖先的陵墓，叫我随同前往。我们顺路先到了灵岩山，出虎山桥，由费家河进入香雪海观赏梅花。幞山夏家的祠堂就隐藏在香雪海之中。那时正值梅花盛开，进入其中，咳嗽吐痰都带有了梅花的香味。我曾经为夏介石画过《幞山风木图》十二册。

是年仲冬抵荆州。琢堂得升潼关观察之信，留余住荆州，余以未得见蜀中山水为怅。时琢堂入川，而哲嗣敦夫眷属，及蔡子琴、席芝堂俱留于荆州，居刘氏废园。余记其厅额曰："紫藤红树山房。"庭阶围以石栏，凿方池一亩；池中建一亭，有石桥通焉；亭后筑土垒石，杂树丛生。余多旷地，楼阁俱倾颓矣。客中无事，或吟或啸，或出游，或聚谈。岁暮虽资斧不继，而上下雍雍，典衣沽酒，且置锣鼓敲之。每夜必酌，每酌必令。窘则四两烧刀，亦必大施觞政。

遇同乡蔡姓者，蔡子琴与叙宗系，乃其族子也。倩其导游名胜，至府学前之曲江楼。昔张九龄为长史时，赋诗其上。朱子亦有诗曰："相思欲回首，但上曲江楼。"城上又有雄楚楼，五代时高氏所建，规模雄峻，极目可数百里。绕城傍水，尽植垂杨，小舟荡桨往来，颇有画意。荆州府署即关壮缪帅府，仪门内有青石断马槽，相传即赤兔马食槽也。访罗含宅于城西小湖上，不遇。又访宋玉故宅于城北。昔庾信遇"侯景之乱"，遁归江陵，居宋玉故宅；继改为酒家，今则不可复识矣。

是年大除，雪后极寒。献岁发春，无贺年之扰。日惟燃纸炮、放纸鸢、扎纸灯以为乐。既而风传花信，雨濯春尘。琢堂诸姬携其少女幼子顺川流而下。敦夫乃重整行装，合帮而走。由樊城登陆，直赴潼关。

译文

这一年隆冬季节到达荆州（今湖北江陵）。石琢堂得到升任潼关观察使的信息，留下我们住在荆州。我常常为没能见到蜀中的山水而深感惆怅。当时，石琢堂去了四川，而他的儿子石敦夫、家眷随从，以及蔡子琴、席芝堂等人都留在了荆州，居住在刘备宫殿的遗址里。我给废园大厅题写了“紫藤红树山房”的匾额。庭院的台阶用石栏围住，中间开凿出方池，大小有一亩；池中建有一座亭子，有石桥通往亭子；亭后有土台和假山，长着一些杂乱的树木。其余地方的多半是空地，楼阁都已经倒塌颓废了。客居他乡，无所事事，便整日不是吟诗就是唱歌，不是结伴出游，就是相聚清谈。到了年底，虽然资金物品难以为继，但是上上下下和睦亲近，典当了衣物买酒喝，还置办了锣鼓敲打作乐。每天夜里必定饮酒，每次饮酒都要行酒令。穷困到即使只有四两烧刀子酒，也一定要讲究喝酒的规矩。

偶然遇到一位姓蔡的同乡，蔡子琴与他谈论宗族关系，原来是子琴同族的侄子。请他做向导游览名胜，到了府学前的曲江楼。唐代张九龄在荆州任长史时，曾在楼上题过诗；南宋朱熹的诗中也有“相思欲回首，但上曲江楼”的诗句。荆州城上又有雄楚楼，是五代南平王高季兴修建的，规模极其雄伟挺拔，登楼遥望，放眼望去可达数百里。绕城四周、流水岸边，都栽着垂杨，乘着小船于其中荡桨往来，颇有画意。荆州府公署就是当年关羽的帅府，正门里有折断了的青石马槽，相传是关公赤兔马的食槽。在城西的小湖上寻访罗含的故宅，却没有找到。又到城北去拜访了宋玉的故居。南北朝时期，庾信遇到“侯景之乱”，逃避战乱回到江陵，就住在宋玉的故居里。宋玉故居后来被改为酒家，今天却已经辨认不出来了。

这年除夕，下雪后极其寒冷。辞旧迎新，却没有拜年贺节的烦扰。每天只是以放纸炮、放风筝、扎纸灯为乐。不久，风传来花的信息，雨洗尽了春天的尘埃。石琢堂的诸位妻妾，携带着她们的少女幼子顺着长江而下。石敦夫于是重整行装，全部人马离开了荆州。由樊城下船上岸，走旱路直奔潼关而去。

由山南阌乡县西出函谷关，有“紫气东来”四字，即老子乘青牛所过之地。两山夹道，仅容二马并行。约十里即潼关，左背峭壁，右临黄河。关在山河之间扼喉而起，重楼垒垛，极其雄峻，而车马寂然，人烟亦稀。昌黎诗曰“日照潼关四扇开”，殆亦言其冷落耶？

城中观察之下，仅一别驾。道署紧靠北城，后有园圃，横长约三亩。东西凿两池，水从西南墙外而入，东流至两池间，支分三道：一向南，至大厨房，以供日用；一向东，入东池；一向北折西，由石螭口中喷入西池，绕至西北，设闸泄泻，由城脚转北，穿窦而出，直下黄河。日夜环流，殊清人耳。竹树阴浓，仰不见天。西池中有亭，藕花绕左右。东有面南书室三间，庭有葡萄架，下设方石，可弈可饮，以外皆菊畦。西有面东轩屋三间，坐其中可听流水声。轩南有小门可通内室，轩北窗下另凿小池。池之北有小庙，祀花神。园正中筑三层楼一座，紧靠北城，高与城齐，俯视城外即黄河也。河之北，山如屏列，已属山西界。真洋洋大观也！

余居园南，屋如舟式，庭有土山，上有小亭，登之可览园中之概，绿阴四合，夏无暑气。琢堂为余颜其斋曰“不系之舟”。此余幕游以来第一好居室也。土山之间，艺菊数十种，惜未及含葩，而琢堂调山左廉访矣。眷属移寓潼川书院，余亦随往院中居焉。

琢堂先赴任，余与子琴、芝堂等无事，辄出游。乘骑至华阴庙。过华封里，即尧时三祝处。庙内多秦槐汉柏，大皆三四抱，有槐中抱柏而生者，柏中抱槐而生者。殿廷古碑甚多，内有陈希夷书“福”、“寿”字。华山之脚有玉泉院，即希夷先生化形骨蜕处。有石洞如斗室，塑先生卧像于石床。其地水净沙明，草多绛色，泉流甚急，修竹绕之。洞外一方亭，额曰“无忧亭”。旁有古树三株，纹如裂炭，叶似槐而色深，不知其名，土人即呼曰“无忧树”。太华之高不知几千仞，惜未能裹粮往登焉。归途见林柿正黄，就马上摘食之。土人呼止弗听，嚼之涩甚，急吐去；下骑觅泉漱口，始能言。土人大笑。盖柿须摘下煮一沸，始去其涩，余不知也。

译文

由山南阌乡县（今灵宝县）向西出了函谷关，关上刻有“紫气东来”四个字，就是老子骑着青牛所经过的地方。两山夹缝中的道路十分狭窄，只能容下两匹马并排行走。出函谷关约十里，就到了潼关。潼关左边背靠峭壁，右边临近黄河，在高山大河之间拔地而起，扼守着咽喉部位，楼阁垛台重叠，极其雄峻；但车马冷清，人烟十分稀少。韩愈诗中说“日照潼关四扇开”，大概也是说潼关的冷落吧？

潼关城中，观察使以下，仅设有别驾一个官职。道台官署紧靠北城墙。官署后面有花园，占地面积约三亩。东、西两头开凿了两个池子，河水从西南墙外引进来，向东流到两个水池之间，分成三股支流：一股向南，流到大厨房，以供日常用水；一股向东，流入东池；一股向北再折向西，然后由石螭口中喷入西池，绕流至花园西北角，从专设的水闸排泄流出道台官署，顺着城墙根转向北流去，穿过水闸门而流出城外，直接流进了黄河。渠水日夜环流，特别能清静人的耳目。院内竹树茂盛，浓荫覆盖，抬头仰望看不见天。西边的池中有亭子，莲花环绕在亭子周围。园子东边有坐北向南的书室三间，庭院里有葡萄架，下面摆设着方形石桌，可以下棋，也可以饮酒。此外都是种菊花的园圃。西园有面向东的轩屋三间，坐在屋里可以听到流水的声响。轩屋南边有小门可以通向内室；轩屋北面的窗户下另外开凿了一个小水池。小池的北边有一座小庙，供奉着花神。园子的正中有三层楼一座，紧靠着北城墙，与城墙一样高低，从楼上俯视城外就是黄河。黄河的北边，群山像屏风一样排列开来，已经属于山西省的地界，真是气象万千，蔚为壮观！

我居住在园子南部，屋子的样子像船的形式；庭院有一个小土山，上面建有一个小亭子，登上小亭可以浏览园子的大概情况。小院四面绿荫环护，夏天也十分凉快。石琢堂为我的居室题写了斋名“不系之舟"。这是我任幕府游历以来见到的第一处最好的居室。土山与房屋之间，种植有数十种菊花。遗憾的是还没有等到菊花含苞绽放，石琢堂就被调往山东任巡抚，家眷随从都移居到潼川书院，我也随着去书院中居住了。

石琢堂先去山东上任，我与蔡子琴、席芝堂等人无所事事，便时常结伴出游。骑着马来到华阴庙。路过华封里，就是"尧时三祝"（尧游华州时，华州地方官祝他长寿、富有、多男）的地方。庙内有很多秦汉时的槐树柏树，大多数都有三四抱粗，还有槐树中抱着柏树、柏树中抱着槐树而生长的。大殿偏庭里古代的石碑特别多，其中有五代时道士陈抟写的"福"字、"寿"字。华山脚下的玉泉院，就是陈抟先生坐化成仙的地方；院中有一个像小房子的石洞，石床上塑着陈抟先生的卧像。这里水流清澈、沙石明亮，野草多数为深红色，山泉流水湍急，茂盛的竹林环绕。洞外有一个方亭，匾额上写着"无忧亭"。旁边有三株古树，树皮的裂纹就像木炭一般，叶子与槐树相似但颜色较深，不知道叫什么名字，当地人就叫它"无忧树"。华山的高度不知有几千仞，可惜未能带着行囊干粮去攀登！返回的途中，看见树林里柿子黄灿灿的，就在马上摘了来吃。当地人呼喊着阻止，我不听劝告，一吃便觉特别地涩，急忙吐出来。下马找到泉水漱口，才能说出话来。惹得当地人大笑不止。原来，柿子摘下以后，必须再用沸水煮一遍，才可以去掉它的涩味，我根本不知道。

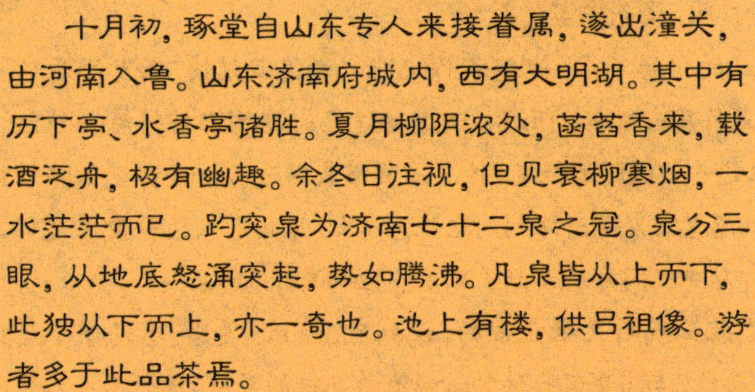

十月初，琢堂自山东专人来接眷属，遂出潼关，由河南入鲁。山东济南府城内，西有大明湖。其中有历下亭、水香亭诸胜。夏月柳阴浓处，菡萏香来，载酒泛舟，极有幽趣。余冬日往视，但见衰柳寒烟，一水茫茫而已。趵突泉为济南七十二泉之冠。泉分三眼，从地底怒涌突起，势如腾沸。凡泉皆从上而下，此独从下而上，亦一奇也。池上有楼，供吕祖像。游者多于此品茶焉。

明年二月，余就馆莱阳。至丁卯秋，琢堂降官翰林，余亦入都。所谓登州海市，竟无从一见 。

译文

十月初，石琢堂从山东派专人来接家眷随从，于是我们东出潼关，经过河南进入山东。山东济南府城内，西有大明湖。其中有历下亭、水香亭等名胜古迹。夏天，在柳荫浓密的地方，荷花的香味一阵阵飘来，坐着船在湖上饮酒游玩，特别富有悠闲雅致的情趣。但是，我在冬天去大明湖游览，见到只有衰柳寒烟，一片白茫茫的湖水而已。趵突泉是济南七十二泉中的第一泉。泉水分为三股，从地底喷涌冒出池水，就像翻腾的沸水一样。凡是泉水，都从上向下流，唯有趵突泉是从下向上喷，也是一大奇观。池上建有楼阁，供奉着吕洞宾的画像。游人大多在这里品茶休息。

第二年二月，我到莱阳府去任幕僚。到丁卯年（1807）秋，石琢堂被任命为翰林，我也跟着他进了京城。人们所说的登州海市蜃楼，竟然连一次也没有看见。

评点

《浪游记快》记录了作者半生的游踪，除随使臣出游琉球岛之外的所有游历都有相应的涉及，包容的范围十分广阔，景色丰富众多。

沈复作游记与其他人的记游不同，他绝不作记账式的连篇累牍，而无论是对一山一水还是对一园一楼，只是作几句概括的形容。沈复的这些概括形容熔铸着一种独立的精神，所有的名胜古迹一旦进入他的眼目纸笔，他总是凭着直觉进行一番邃密独特的精心审度，从自己真切体味到的感觉出发得出评判的结论，而很少采用前人已经发表过的意见，更不迷信前人古人他人。从中我们再次看到了沈复个性的高标超卓。

其实，沈复的做法是很正确而且很正常的。说到底，快乐、美感、喜欢等等无非是人们主观性的体悟和感受而已，与当事者当时的心情有着直接的关系；美只有在人可以感受到的时候才是实实在在地存在，因此见仁见智自以为是便十分普遍成为必然。不同的人对山水园林名胜古迹产生不同的印象感觉，像沈复一样得出自己独到的评价，实在是自然而然的事情。因此，沈复的记游文字自然就别开生面了。

稍加留意我们便可发现，沈复笔下详细描写的大多是一些前人很少驻足流连并不十分出名的景色，即使在著名的风景区，沈复喜好的也多属于偏僻荒凉人迹罕至的对象，突出景物的幽静超凡不染尘俗，推崇自然天成浑然一体而厌弃人工雕琢脂粉气息。在《浪游记快》中，那些别人会轻易放弃的景色，如无隐寺、上沙村之徐园、潼关官署等等，总是被描摹刻画得形神兼备，而很多声名显赫富丽堂皇的名山大川高楼胜园，如虎丘一类，则只是点到为止勾勒其大体轮廓而已，万人景仰的旅游胜地——京城却连一个字都未写，取舍的原则全在于沈复个人的好恶，评价的标准也只在于沈复的性情。

“绿杨城郭是扬州”的评价尽人皆知，但是很少有人能对扬州的整体美貌形成完整的印象，倒不是因为扬州城太大了，而是因为过去介绍扬州的文字大多采用所谓“移步换景”的笔法，游到一处便乘兴批评一通，往往漫无体系更没有一个能统摄全局的意境，读者于是很难通过字面得出较为完整的关于扬州的印象。沈复的做法则是将扬州景色放在一起作为一个整体，把整个的扬州景色当做一幅图画和一篇文字来看待，虽寥寥数百字却将

“绿杨城郭”的扬州差不多完整地涌现到了我们的眼前。这样的笔法，颇有些类似于摄影术中的全景镜头，有意想不到的艺术效果。

同时，沈复游记的文笔也是非常生动十分传神的。在记无隐寺之游时，沈复用一个接一个的呼唤把读者一步一步引向景色深处，用“有妙境”“更有妙境”的昭示层层加码，先入为主地给了读者一种情绪上的诱导，说他强加于人也似乎并不为过，但引导读者认可他的感觉，从他简约的文字中领略无隐寺美妙境界的目的，无疑是彻底地实现了。这就是沈复的高明之处。如果让沈复去做导游去做广告，一定不至于像作幕僚那样穷苦潦倒衣食不保。

《浪游记快》中有五分之一的篇幅记录了沈复在广州嫖娼狎妓的艳遇，从沈复沾沾自喜的语气中，我们可以看到沈复对这一段生活是相当满意的。沈复写道：“余四月在彼处共费百余金，得尝荔枝鲜果，亦生平快事。”并不无得意地说：“半年一觉扬帮梦，赢得花船薄幸名。”一百多两银子，对于穷苦的沈复来说无论如何都是一个不小的数目，但把一百多两银子花在妓女身上居然毫不心疼还觉得物有所值；对人对物对山水，沈复的审视都是极其严格极少赞美的，“知交”“快游”“胜境”之类的词语轻易不会使用，然而写艳遇却不吝笔墨极尽渲染，称狎妓为“快事”，对妓女“心甚德之”而且用情专一。

与此时此地的心情相适应，沈复描摹山水时惯用的概括点化，至此一改而为浓墨重彩细致刻画，饱含激情纵笔挥洒。从游河观妓到结交喜儿到邀妓历险直至缠绵惜别，故事有开端有铺垫有高潮有结局有头有尾，有细节描写有人物刻画有情景勾勒，不避烦琐不嫌繁复，如数家珍一一道来，完全可以当做小说来读，而且不比时下的某些言情小说差，因为它言情而不色情，风流而不下流。

嫖娼狎妓而津津乐道，这就是旧中国的文人，这就是旧中国的文学。从唐宋至明清，这样的文人这样的文学我们见得够多的了，没有必要大惊小怪。倒是沈复作为性情中人，即使在与妓女相交时亦不放弃原则不朝三暮四不纵情胡为，确有可爱之处。他喜欢喜儿是因为喜儿身上有着陈芸的影子，他唯喜儿是交是因为他注重感情不滥交友，他赢得合帮妓女的爱戴是因为他对喜儿的体贴温存，喜儿后来的“因余不在，几寻短见”正是对沈复这一“花船知己”的最好回报和最高奖赏。尽管我们不赞赏现实中沈复的行言举止，但我们不能否定文学中沈复形象的成功，因为他比起当下某些现代人的作为来，的确连小巫见大巫的程度也够不上，而沈复的重情不纵情，风流不下流更是现代某些人难望其项背的。

中山记历

嘉庆四年，岁在己未，琉球国中山王尚穆薨。世子尚哲，先七年卒；世孙尚温，表请袭封。中朝怀柔远藩，锡以恩命，临轩召对，特简儒臣。于是，赵介山先生名文楷，太湖人，官翰林院修撰，充正使；李和叔先生名鼎元，绵州人，官内阁中书，副焉。介山驰书约余偕行，余以高堂垂老，惮于远游；继思游幕二十年，遍窥两戒，然而尚囿方隅之见，未观域外，更历溟渤之胜，庶广异闻。禀商吾父，允以随往。从客凡五人：王君文诰，秦君元钧，缪君颂，杨君华才，其一即余也。五年五月朔日，随荡节以行，祥飙送风，神鱼扶舳，计六昼夜，径达所届。

凡所目击，咸登掌录。志山水之丽崎，记物产之瑰怪，载官司之典章，嘉士女之风节。文不矜奇，事皆记实。自惭谫陋，甘贻测海之嗤，要堪传言，或胜凿空之说云尔。

译文

嘉庆四年，干支纪年为己未年（1799），琉球国的中山王尚穆逝世了。尚穆的儿子尚哲，早在七年前就死了；尚穆的孙子尚温，上表朝廷请求承袭中山王的封号和官衔。中国朝廷以怀柔政策对待远方的小国，特意开恩答应了尚温的请求，并在朝议时进行考核，选拔文职大臣为特使前往中山国。于是，赵文楷先生，字介山，太湖人，官任翰林院修撰，被选为正使；李鼎元先生，字和叔，绵州人，官任内阁中书，被选为副使。赵介山寄来快信约我一同前往。我由于父母亲年事已高，害怕出门远游；接着想我游幕二十年，看遍了不少人迹罕至的绝境禁地，但是，见识仍局限于一个有限的范围之内，未曾观览过域外的风情，更何况此次要经历浩渺美妙的东海，还可以增加很多异国的见闻。最后还是与父亲商量，父亲同意我随着赵文楷先生前往。跟随出使的人一共五个：王文诰先生，秦元钧先

生，缪颂先生，杨华才先生，还有一个就是我了。嘉庆五年（1800）五月初一，我们随着使者起程出海，一路上吉祥的海风鼓满了船帆，神灵般的鱼虾浮游在船舷两侧，经过六个昼夜，径直到达了目的地。

凡是我所看见的，都一一记录在案。描写山水的优美崎峻，记录物产的瑰丽怪异，登载官府衙门的典章制度，赞美雅士淑女的风韵气节；文字不讲究矜持奇妙，事件却是如实记录。自惭于浅薄简陋，甘愿承受以瓢测海的讥笑；重要的是能够传达心声，这样的文字或许胜过那些穿凿附会的空话。

五月朔日，恰逢夏至，襆被登舟。向来封中山王，去以夏至，乘西南风；归以冬至，乘东北风。风有信也。舟二，正使与副使共乘其一。舟身长七丈，首尾虚艄三丈，深一丈三尺，宽二丈二尺；较历来封舟，几小一半。前后各一桅，长六丈有奇，围三尺；中舱前一桅，长十丈有奇，围六尺，以番木为之。通计二十四舱，舱底贮石，载货十一万斤有奇。龙口置大炮一，左右各置大炮二，兵器贮舱内。大桅下，横大木为辘轳，移炮升篷皆仗之，挚以数十人。舱面为战台，尾楼为将台，立帜列藤牌，为使臣厅事。下即舵楼。舵前有小舱，实以沙布针盘。中舱梯而下，高可六尺，为使臣会食地。前舱贮火药贮米，后以居兵。稍后为水舱，凡四井。二号船称是。每船约二百六十余人，船小人多，无立锥处。风信已届，如欲易舟，恐延时日也。

译文

五月初一，正好是夏至，我们带着行囊登船起航。长期以来，前去任命中山王，都是在夏至乘着西南风出发，在冬至乘东北风归来。风向是很有准信的。船有两只，正使与副使，合乘其中的一只。船身上部长七丈，船首船尾悬空的船艄有三丈长，船深一丈三尺，宽二丈二尺；与历来出师的封船比较，几乎小了一半。船的前后各有一根桅杆，长六丈有余，粗细有三尺；中舱前边的一根桅杆，长短十丈有余，粗细有六尺，用外国的树做成。船上总共有二十四间舱房，舱底放上石块保持平稳，载货十一万多斤。船前龙口安置大炮一门，左右船弦各安置大炮二门，其余兵器藏在船舱内。大桅杆下，横架着大木头做成的辘轳，移动大炮、升降帆篷，都依靠它来完成，转动它需要数十人。甲板作为战台，尾楼当做将台，树立旗帜、排列藤牌，就是使臣处理公务的议事厅。尾楼下层是驾驶楼。船舵前有一个小舱，安放着地图和罗盘。从中舱顺梯子下去，有大约六尺高的舱房，是使臣们聚会进食的地方。前舱存放火药、粮食，后舱供士兵居住，稍后是水舱，一共有四口井。二号船的情形与一号船相同。每只船上大约有二百六十余人，船小人多，拥挤得无立锥之处。由于季风的信号已经到来，如果想改换大船，恐怕就要延误起程的时间了。

初二日，午刻，移泊鳌门。申刻，庆云见于西方，五色轮囷，适与楼船旗帜上下辉映，观者莫不叹为奇瑞。或如玄圭，或如白珂，或如灵芝，或如玉禾，或如绛绡，或如紫纶，或如文杏之叶，或如含桃之颗，或如秋原之草，或如春湘之波，向读屠长卿赋，今始知其形容之妙也。画士施生，为《航海行乐图》，甚工。余见兹图，遂乃搁笔；香崖虽善画，亦不能办此。

初四日，亥刻起碇。乘潮至罗星塔，海阔天空，一望无际。余妇芸娘，昔游太湖，谓得见天地之宽，不虚此生。使观于海，其愉快又当何如？

初九日，卯刻，见彭家山，列三峰，东高而西下。申刻，见钓鱼台，三峰离立，如笔架，皆石骨。惟时水天一色，舟平而驶。有白鸟无数，绕船而送，不知所自来。入夜，星影横斜，月光破碎，海面尽作火焰，浮沉出没。木华《海赋》所谓“阴火潜然”者也。

初十日，辰正，见赤尾屿。屿方而赤，东西凸而中凹，凹中又有小峰二。船从山北过，有大鱼二，夹舟行，不见首尾，脊黑而微绿，如十围枯木，附于舟侧。舟人以为风暴将起，鱼先来护。午刻，大雷雨以震，风转东北，舵无主。舟转侧甚危！幸而大鱼附舟，尚未去。忽闻霹雳一声，风雨顿止。申刻，风转西南且大。合舟之人，举手加额，咸以为有神助。得二诗以志之。诗云：

平生浪迹遍齐州，又附星槎作远游。

鱼解扶危风转顺，海云红处是琉球。

白浪滔滔撼大荒，海天东望正茫茫。

此行足壮书生胆，手挟风雷意激昂。

自谓颇能写出尔时光景。

十一日，午刻，见姑米山。山共八岭，岭各一二峰，或断或续。未刻，大风暴雨如注，然雨虽暴而风顺。酉刻，舟已近山。琉球人以姑米多礁，黑夜不敢进，待明而行。亦不下碇，但将篷收回，顺风而立，则舟荡漾而不能退。戌刻，舟中举号火，姑米山有火应之。询之为球人暗令：日则放炮，夜则举火。仪注所谓得信者，此也。

十二日，辰刻，过马齿山。山如犬羊相错，四峰离立，若马行空。计又行七更，船再用甲寅针，取那霸港。回望见迎封船在后，共相庆幸。

译文

初二日，午时三刻，航船移到鳌门停泊。下午四点，吉祥的云彩出现在西边的天空，五彩斑斓，旋转浑圆，正好与楼船上的旗帜上下辉映。看到这一景色的人，没有一个不赞叹它是神奇祥瑞的吉兆的。祥云一会儿像黑色的圭皋，一会儿像白色的玉石；一会儿像灵芝，一会儿像玉雕的禾苗；一会儿像深红色的锦缎，一会儿像紫色的丝绸；一会儿像文杏的树叶，一会儿像挂满果实的桃树；一会儿像秋天原野上的衰草，一会儿像春天湘江的水波。以前曾读过明代屠隆（字长卿）的赋，今天才知道他描写得是何等的绝妙。一位姓施的画家，曾作了一幅《航海行乐图》，特别精彩。我见过这幅画以后，于是搁笔不敢再画。香崖虽然善于画风景，也不能达到《航海行乐图》的境界。

初四日，夜里十点起锚。乘着潮水航行至罗星塔，海阔天空，一望无际。我的夫人芸娘，昔日游太湖时曾说："得以见到天地的宽广，这辈子没有虚度！"如果让她看见大海的壮阔，不知她又会愉快到怎样的程度呢？

初九日，早晨六点，看见了彭家山。三座高峰一字排列，东边高而西边低。傍晚，看见钓鱼台。三座高峰分离并立，远处望去好像一座笔架，山上全是裸露的岩石。此时，海水与蓝天浑然一色，航船平稳地在海面上行驶。有数不清的白色海鸥，绕着船飞翔，送我们前进，不知它们是从哪里飞来的。到了夜晚，水面上星星的影子横七竖八，月亮的光辉支离破碎，整个海面上都像燃烧着火焰，随着海浪浮沉出没。晋代木华的《海赋》中所说的"阴火潜然"，说的就是这种情景。

初十日，上午九时整，航船驶至赤尾屿。赤尾屿形状方正，颜色赤红，东西两边凸起，中间低凹，低凹处又有小山峰二座。我们的航船从山的北侧通过。有两条大鱼，把航船夹在中间与我们同行。看不见鱼的头和尾，只看见脊背黑中泛着微绿，像十抱粗的枯木，依靠在船的两侧。船夫认为风暴即将到来，大鱼是提前来护航的。中午时刻，大雷雨骤然而至，撼天动地，风向转成东北，船舵失去了作用。航船在风浪中旋转倾侧，十分危险！幸亏有两条大鱼紧靠着航船，还没有离去。忽听得一声霹雳炸响，狂风暴雨戛然而止。下午四点，风向转为西南，而且越刮越大，全船的人，举起手来放在额头上，都以为是有神灵在相助。我写了两首诗来记录当时的情景。诗中写到：

平生浪迹遍齐州，又附星槎作远游。
鱼解扶危风转顺，海云红处是琉球。

白浪滔滔撼大荒，海天东望正茫茫，
此行足壮书生胆，手挟风雷意激昂。

自以为很能写出那时的风光情景。

十一日中午，远远看见了姑米山。姑米山共有八道岭，每道岭又各有一二座山峰，有的断断续续，有的连绵不绝。下午三点，大风卷挟着暴雨倾盆而下，但是，雨虽然特别大，风向却是顺的。天黑的时候，航船接近了姑米山。琉球人因为姑米山附近暗礁很多，黑夜里不敢航行，只能等待天亮以后再前进；停船后也不需要抛锚下碇，只是收起帆篷，顺风停在海中，船在波涛中荡漾却不能后退。夜里八点，船上举起了信号火把，姑米山便有火把响应。询问知情者，才知道是琉球人的暗号：白天放炮，夜晚则举火把。《仪礼注》上所说的"得信"，就是这种情形。

十二日早晨八时，船行经过马齿山。山形像狗、羊混杂交错，四座山峰分离挺立，如天马行空。算计着又航行了十三四个小时，航船再次使用罗盘校正航向，取道驶进那霸港。回头望去，见迎接授封使者的船只，紧随在我们船后，人们互相庆贺祝福。

历来针路所见，尚有小琉球、鸡笼山、黄麻屿，此行俱未见。闻知琉球伙长，年已六十，往来海面八次，每度细审，得其准的。以为不出辰卯二位，而乙卯位单，乙针尤多，故此次最为简捷，而所见亦仅三山，即至姑米。针则开洋用单辰，行七更后，用乙辰，自后尽用乙。过姑米，乃用乙卯。惟记更以香，殊难凭准。念五虎门至官塘，里有定数，因就时辰表按时计里，每时约行百有十里。自初八日未时开洋，讫十二日辰时，计共五十八时。初十日，暴风停两时；十一日夜，畏触礁，停三时，实行五十三时，计程应得五千八百三十里。计到那霸港，实洋面六千里有奇。据琉球伙长云：海上行舟，风小固不能驶，风过大，亦不能驶。风大则浪大，浪大力能壅船，进尺仍退二寸。惟风七分，浪五分，最宜驾驶。此次是也。

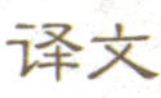

从历来的航海图上看到，航线上还有小琉球、鸡笼山、黄麻屿等地名，这次航行都没有看见。闲谈中得知琉球船夫的首领，今年已经六十岁，在海面往来航行有八次之多，每一次都仔细观察，得出了航线准确的方位。他认为不出于辰、卯两个位置。在天干中，乙卯的位置处于单数，乙位上磁力强大，罗盘指向准确，所以此次航行路线最为简捷，途中便仅能见到三座山，就到达了姑米山。在开始航行时，罗盘定位用的是单辰，航行七个时辰后，改用乙辰，自此以后就全用乙。过了姑米山，于是用乙卯，只是用点香来记时，很难计算得那么准确。心想从京城的五虎门至琉球的官塘，里程有一定之数，因此依据时刻表按时辰计算里程，每个时辰大约航行有一百一十里。自初八日未时开船出海，到十二日辰时为止，共计航行五十八个时辰。初十日，因暴风雨停航两个时辰；十一日夜，担心触礁，停航三个时辰；实际航行五十三个时辰，计算航程得数应该是五千八百三十里。算上从姑米山到那霸港的距离，实际在洋面上的航程有六千多里。据琉球船夫首领说：海上行船，风太小，固然不能行驶；但风过大，同样也不能行驶。风大则浪大，大浪起伏的力量能堵塞船的航道，前进一尺仍然会后退二寸。只有七分的风，五分的浪，最适宜于驾船行驶。我们此次航行正是遇到了这样的好机会。

从来渡海，未有平稳而驶如此者。于时，球人驾独木船数十，以纤挽舟而行，迎封三接如仪。辰刻，进那霸港。先是，二号船于初十日望不见，至是乃先至。迎封船亦随后至，齐泊临海寺前。伙长云：从未有三舟齐到者。

午刻，登岸。倾国人士，聚观于路，世孙率百官迎诏如仪。世孙年十七，白皙而丰颐，仪度雍容，善书，颇得松雪笔意。

按《中山世鉴》，隋使羽骑尉朱宽至国，于万涛间，见地形如虬龙浮水，始曰"流虬"。而隋书又作"流求"；《新唐书》作"流鬼"；《元史》又作"黎求"；明复作"琉球"。《世鉴》又载，元延祐元年，国分为三大里，凡十八国，或称山南王，或称山北王。余于中山、南山，游历几遍，大村不及二里，而即谓之国，得勿夸大乎？琉人每言大风，必曰台飓。按韩昌黎诗："雷霆逼飓𩗗"，是与飓同称者为𩗗。《玉篇》："𩗗，大风也，于笔切。"《唐书·百官志》，"有𩗗海道"，或系球人误书。《隋书》称琉球有虎、狼、熊、罴，今实无之。又云无牛羊驴马。驴诚无，而六畜无不备。乃知书不可尽信也。

译文

越洋渡海，从来没有像此次这样平稳行驶、顺利到达的。于时，琉球人驾驶着数十只独木船，用纤绳拉着我们的航船前行，三番五次隆重举行仪式，迎接授封使者。上午八时，驶进那霸港。先前，二号船在初十日就看不见了，到这时才知道它已经先到了。迎接封疆使者的船只也紧随其后开进了港口，一齐停泊在临海寺前的码头。伙长说：“这里从来没出现过三只船一齐到达的情形。”

正午时刻，我们下船上岸。所有的中山国人，都聚集在道路两旁观看，中山王的孙子尚温，率领文武百官，按照礼仪规范迎接诏书。尚温年仅十七岁，肤色白净神情安详，仪表风度雍容大方；善于书画，作品很有几分松雪意境。

根据《中山世鉴》记载，隋朝使臣羽骑尉朱宽曾到过中山国，在万倾波涛之间，见中山国地形如一条虬龙浮出水面，所以开始把它叫做“流虬”。在《隋书》中又叫做“流求”；《新唐书》叫做“流鬼”；《元史》又记作“黎求”；明朝又把它叫做“琉球”。《世鉴》又记载：元朝延祐元年（1314），中山国曾分为三大部分，一共有十八国，有的自称山南王，有的自称山北王。我在中山、南山等处，游历了好几遍，见大的村庄还不到二里地，就把它叫做国，岂不是太夸大了吗?琉球人一旦说起大风，必定说成是台风、飓风。依据韩愈的诗句“雷霆逼飓风”，是说与飓风相当的为风。《玉篇》：“风，大风也，于笔切。”《唐书·百官志》中有“风海道”；或许是琉球人的误写。《隋书》称琉球岛上有虎、狼、熊、罴；现在其实没有。又说没有牛、羊、驴、马；驴确实没有，但六畜没有一样不齐备的。应该知道，书上说的东西是不可以完全相信的。

天使馆西向，仿中华廨署，有旗竿二，上悬册封黄旗。有照墙，有东西辕门，左右有鼓亭，有班房。大门署曰"天使馆"，门内廊房各四楹。仪门署曰"天泽门"，万历中使臣夏子阳题，年久失去，前使涂葆光补出。门内左右各十一间，中有甬道，道西榕树一株，大可十围，涂公手植。最西者为厨房，大堂五楹，署曰"敷命堂"，前使汪楫题。稍北葆光额曰"皇纶三锡"。堂后有穿堂，直达二堂。堂五楹，中为正副使会食之地，前使周公署曰"声教东渐"。左右即寝室。堂后南北各一楼，南楼为正使所居，汪楫额曰"长风阁"。北楼为副使所居，前使林麟焻额曰"停云楼"。额北有诗牌，乃海山先生所题也。周砺礁石为垣，望同百雉。垣上悉植火凤，干方，无花有刺，似霸王鞭，叶似慎火草，俗谓能避火，名吉姑罗。南院有水井。楼皆上覆瓦，下砌方砖，院中平似沙，桌椅床帐，悉仿中国式。寄尘得诗四首，有句云："相看楼阁云中出，即是蓬莱岛上居。"又有句云："一舟蓊径凭风信，五日飞帆驻月槎。"皆真情真境也。

译文

"天使馆"面向西，仿照中华大陆公署衙门的格式建造。门前广场竖着二根旗竿，上面悬挂着皇帝任命中山国王的黄旗。门外有影壁墙，东西各有一道外门，左右两道门旁都有鼓亭和值班室。大门上的匾额写着"天使馆"。大门内的廊房每边都有四间。迎宾门的匾额写着"天泽门"，是明代万历年间的使臣夏子阳所题，由于年代久远而剥蚀无迹，现在看到的是前任使臣徐葆光后来补题的。门内左右各有房屋十一间，中间是甬道，甬道西边有一株榕树，树干大约有十围（两手合围）粗细，是徐葆光先生亲手种植的；西边的尽头是厨房。正中大堂有五间房子，匾额上写着"敷命堂"，是前任使者汪楫所题；偏北还有徐葆光题写的匾额"皇纶三锡"。大堂后有穿堂，直通二堂。二堂也是五间房，中间是正使副使开会用餐的地方，前任使臣周先生题写了"声教东渐"的匾额；左右两边的房子就是卧室。二堂后，南北有楼各一座，南楼是正使居住的地方，汪楫题写的匾额为"长风阁"；北楼是副使居住的地方，前任使臣林麟焻题写的匾额是"停云楼"。匾额北边有诗牌，是由海山先生所题的。四周用打磨过的礁石砌成围墙，看上去就好像百只锦鸡聚集一起。墙上全部栽着火凤，火凤茎杆呈方形，没有花但有刺，好似霸王鞭，叶子好像慎火草，民间传说它可以避火，中山人叫它"吉姑罗"。南边的院子里有水井。楼房都是顶上覆盖着筒瓦，地下铺砌着方砖，院中平坦像碾实的沙滩。馆内的桌、椅、床、帐，全都仿照中国的式样。在此期间，寄尘写了四首抒怀的诗，其中有这样的诗句："相看楼阁云中出，即是蓬莱岛上居。"还有诗句是："一舟蓊径凭风信，五日飞帆驻月槎。"写的都是当时的真情真境。

孔子庙，在久米村。堂三楹，中为神座，如王者垂旒搢圭，而署其主曰“至圣先师孔子神位”。左右两龛，龛二人立侍，各手一经，标曰“易”、“书”、“诗”、“春秋”，即所谓四配也。堂外为台，台东西，拾级以登，栅如棂星门，中仿戟门，半树塞以止行者。其外临水为屏墙。堂之东，为明伦堂，堂北祀启圣。久米士之秀者，皆肄业其中。择文理精通者为之师，岁有廪给，丁祭一如中国仪。敬题一诗云：“洋溢声名四海驰，岛邦也解拜先师。庙堂肃穆垂旒贵，圣教如今洽九夷。”用伸仰止之忱。

译文

孔子庙，坐落在久米村。庙堂为三间房，正中宝座上的神像，像国王一样头戴垂着流旒、插着玉板的皇冠，而牌位上却写着“至圣先师孔子神位”。左右设有两个神龛，每龛中有二人站立侍奉，每人手中捧一部经书，各标明为《易经》、《尚书》、《诗经》、《春秋》，就是所说的“四配”。庙堂外是平台，台为东西走向；沿着台阶登上平台，栅栏做成像棂星门的样式，中间仿照军营大门，半边设立关塞用来阻止人们通行。平台外紧靠海水就是围墙。庙堂的东边，是明伦堂，堂的北部供奉着圣人启的神位。久米村中的优秀人士，都是在这里接受的教育；选择精通文理的人做他们的老师，年年都付给薪金和生活所需。按时祭祀完全遵照中国的礼仪规范。我怀着崇敬的心情写了一首诗：“洋溢声名四海驰，岛邦也解拜先师。庙堂肃穆垂旒贵，圣教如今洽九夷。”用来抒发我无限景仰的感情。

国中诸寺，以圆觉为大。渡观莲塘桥，亭供辨才天女，云即斗姥。将入门，有池曰“圆鉴”，荇藻交横，芰荷半倒。门高敞，有楼翼然。左右金刚四，规模略仿中国。佛殿七楹。更进，大殿亦七楹，名龙渊殿。中为佛堂，左右奉木主，亦祀先王神位，兼祀祧主。左序为方丈，右序为客座，皆设席；周缘以布，下衬极平而净，名曰“踏脚绵”。方丈前，为“蓬莱庭”。左为香积厨，侧有井，名“不冷泉”。客座右，为古松岭，异石错舛，列于松间。左厢为僧寮，右厢为狮子窟。僧寮南，有乐楼。楼南为园，饶花木。此乃圆觉寺之胜概也。

又有护国寺，为国王祷雨之所。龛内有神，黑而裸，手剑立，状甚狰狞。有钟，为前明景泰七年铸。寺后多凤尾蕉，一名铁树。又有天王寺，有钟亦为景泰七年铸。又有定海寺，有钟为前明天顺三年铸。至于龙渡寺、善兴寺、和光寺，荒废无可述者。

译文

中山国内众多的寺庙中，以圆觉寺为最大。渡过观莲塘桥，有亭子供祀着辨才天女，听说就是九天姥姥。在快进门的地方，有一个池子叫“圆鉴”，池中水草藻类纵横丛生，菱角荷花半立半倒。寺门高大宽敞，寺中有楼像展开的翅膀。佛像左右站立着四大金刚，大体上模仿中国的规格；佛殿有七间房子大。再往里进，大殿也是七间房子大，取名“龙渊殿”。中间是佛堂，左右供奉着神仙的牌位，也供祀中山国先王的神位，同时祭祀远祖的神灵。佛堂前，左侧依次是方丈的位置，右侧依次是客人的位置，都设有座席，四周用布围起来，下面衬得极其平整，而且特别干净，名字叫“踏脚绵”。方丈的前方，是蓬莱庭；左边香积厨，侧旁有水井，叫做不冷泉。客座的右边，是古松岭，奇形怪状的石块参差错落，陈列于松间。左边厢房是僧侣的住处，右边厢房是“狮子窟”。僧房的南面，有乐楼。乐楼南边有花园，种了许多花草树木。这就是圆觉寺胜景的大概轮廓。

又有护国寺，是国王祈祷求雨的地方。神龛内塑有神像，肤色黧黑而全身赤裸，手握宝剑站立着，相貌十分狰狞。寺内有一口大钟，是前朝明代景泰七年（1456）铸造的。寺院后面多数是凤尾蕉，又叫做铁树。还有天王寺，寺内的钟也是景泰七年铸造的。还有定海寺，寺内的钟是前朝明代天顺三年（1459）铸造的。至于龙渡寺、善兴寺、和光寺等，都已经荒废，没有可以值得叙述的地方。

此邦海味，颇多特产，为中国之所罕见。一石鉅，似墨鱼而大，腹圆如蜘蛛，双须八手，攒生两肩，有刺，类海参，无足无鳞介，如鲍鱼。登莱有所谓八带鱼者，以形考之，殆是石鉅，或即乌鲗之别种欤？

一海蛇，长三尺，僵直如朽索，色黑，状狰狞。土人云：能杀虫、疗痼、已疠；殆永州异蛇类。土俗甚重之，以为贵品。

一海胆，如猬，剥皮去肉，捣成泥，盛以小瓶，可供馔。

一寄生螺，大小不一，长圆各异，皆负壳而行。螺中有蟹，两螯八跪，跪四大四小，以大跪行；螯一大一小，小者常隐，大者以取食。触之则大跪尽缩，以一大螯拒户。蟹也而有螺性，《海赋》所云"璅蛣腹蟹，岂其类欤"。《太平广记》谓蟹入螺中。似先有蟹；然取置碗中，以观其求脱之势，力猛壳脱，顷刻死，则又与壳相依为命。造物不测，难以臆度也。

一沙蟹，阔而薄，两螯大于身。甲小而缺其前，缩两螯以补之，若无缝。八跪特短，脐无甲，尖团莫辨。见人则凹双睛，噀水高寸许，似善怒。养以沙水，经十余日，不食亦不死。

一蚶，径二尺以上，围五尺许，古人所谓"屋瓦子"，以壳形凹凸，像瓦屋也。

一海马肉，薄片回屈如刨花，色如片茯苓。品之最贵者，不易得，得则先以献王。其状鱼身马首，无毛而有足，皮如江豚。此皆海味之特产也。

译文

中山国的海味特产十分丰富，许多品种在中国是很难见到的。有一种石鉅，像墨鱼但比墨鱼大，腹部圆得像蜘蛛，一双长须八只手，都集中长在两边肩部，身上有刺，类似于海参，没有脚没有鳞甲，又像鲍鱼。登州蓬莱有一种叫做八带鱼的海味，依据形状来考证，大概就是石鉅，或者是乌贼的另一个品种。

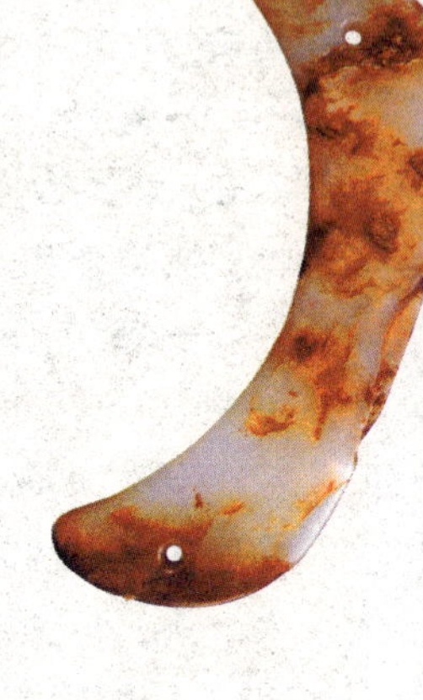

有一种海蛇，长三尺，僵直得像腐朽的绳索，颜色乌黑，形状狰狞。当地人说：它能杀寄生虫、治疗顽症、祛除瘟疫；或许是永州异蛇的同类。当地的风俗特别看重它，把它当做珍贵的物品。

有一种海胆，样子像刺猬，剥去皮取出肉，捣成泥，盛在小瓶里，可以用来下酒。

有一种寄生螺，个头大小不一，形状长圆各异，都背着甲壳行走。螺中有寄居蟹，两只螯八条腿，腿四条大四条小，用大的腿行走；螯一只大一只小，小螯时常隐藏起来，用大螯来获取食物；触动它则把大的腿全部收缩进螺壳，用一只大螯守住门面。寄居蟹也有着寄生螺的性状。《海赋》中说："璅蛣腹蟹，岂其类欤。"《太平广记》中说："蟹入螺中。"似乎应该是先有了蟹；但是，把寄生螺放在碗中，观察它挣扎逃脱的情况，结果用力过猛，螺壳脱落，蟹马上就死了，又证明了蟹与螺壳是相依为命。老天造万物的奥妙，是难以用臆想来猜度的。

有一种沙蟹，宽阔却很薄，两螯比身体还要大；甲壳很小，而且前部没有甲壳，两只螯收缩回来正好补上了缺口，严丝合缝没有痕迹。八只脚特别短，腹脐部没有甲壳，无法辨别雄雌。看见人就把双眼凹陷进去，口中喷水有一寸多高，似乎特别爱发怒。把它养在沙水里，经过十多天，不吃食物也死不了。

有一种蚶子，直径二尺以上，周长有五尺多；就是古人所说的"屋瓦子"，因为它的甲壳形状凹凸不平，像瓦屋的样子。

有一种海马肉，薄片卷曲像刨花一样，颜色像切成片的茯苓，是最珍贵的品种，轻易得不到，一旦得到总是先把它敬献给国王。它的形状是鱼的身子马的头，没有毛但有脚，皮像江豚。这些都是中山国海味的特产。

此邦果实，亦有与中国不同者。蕉实状如手指，色黄，味甘，瓣如柚，亦名甘露。初熟色青，以糖覆则黄。其花红，一穗数尺。瓤须五六出，岁实为常，实如其须之数。中国亦有蕉，不闻岁结实，亦无有抽其丝做布者；或其性殊欤。

布之原料，与制布之法，亦有与中国异者。一曰蕉布，米色，宽一尺，乃芭蕉沤抽其丝织成，轻密如罗。

一曰苎布，白而细，宽尺二寸，可敌棉布。

一曰丝布，白而棉软，苎经而丝纬，品之最尚者。《汉书》所谓蕉、筒、荃、葛，即此类也。

一曰麻布，米色而粗，品最下矣。国人善印花，花样不一，皆剪纸为范。加范于布，涂灰焉；灰干去范，乃著色；干而浣之，灰去而花出，愈浣而愈鲜，衣敝而色不退。此必别有制法，秘不与人。故东洋花布，特重于闽也。

译文

这个地方的果实，也有很多品种与中国的不同。芭蕉的果实形状像手指，黄颜色，味道甘甜，如柚子一样分瓣，也叫做甘露。刚熟的时候颜色发青，用糖覆盖起来不久便成黄色；开红花，一穗花有数尺长；每年抽出五六枝瓤须，一年结一次果是常规，果实的数量和瓤须的数量相同。中国也有芭蕉，但没有听说每年都结果实的，也没有抽芭蕉丝做布的；或许，它们的性质根本不同。

织布的原料与制布的方法，也有与中国不同的地方。有一种蕉布，米黄色，一尺宽，就是把芭蕉杆沤到一定程度，然后抽出丝织成的布，轻柔细密像丝绸。

有一种叫苎布，白色，细软，幅宽一尺二寸，可与棉布相媲美。

有一种叫丝布，颜色白净，质地棉软，用苎麻为经线、蚕丝为纬线，是当地布料中最珍贵的上品。《汉书》所记载的蕉、筒、荃、葛，就是这一类的品种。

有一种叫麻布，米黄色，但质地粗糙，等级最低下。中山国人善于在布上印花，花样千变万化，但都用剪纸作为样本。把样本放在布料上，周围涂上灰，灰干以后拿去剪纸样本，然后在空白处染色；等颜色干了再用水洗涤，灰被洗去，花样便显现出来了，越洗花样越鲜艳，即使衣服穿破了，花样的颜色仍然不退。其中肯定有特别的制作方法，严格保密不告诉外人。所以，在闽南一带人们特别看重东洋的花布。

此邦草木，多与中国异称，惜未携《群芳谱》来，一一辨证之耳。罗汉松谓之樫木。冬青谓之福木。万寿菊谓之禅菊。铁树谓之凤尾蕉，以叶对出形似也；亦谓之海棕榈，以叶盖头形似也；有携至中华以为盆玩者，则谓之万年棕云。凤梨，开花者谓之男木，白瓣若莲，颇香烈，不实；无花者谓之女木，而实大，如瓜可食。或云，即波罗蜜别种，球人又谓之“阿呾呢”。月橘，谓之十里香，叶如枣，小白花，甚芳烈，实如天竹子稍大。闻二月中，红累累满树，若火齐然。惜余未及见也。球阳地气多暖，时届深秋，花草不杀，蚊雷不收，荻花盛开。野牡丹二三月花，至八月复复，花累累如铃铎，素瓣，紫晕，檀心，圆而大，颇芳烈。佛桑四季皆花，有白色，有深红、粉红二色。因得一诗，诗云：“偶随使节泛仙槎，日日春游玩物华，天气常如二三月，山林不断四时花。”亦真情真景也。

球人嗜兰，谓之孔子花。陈宅尤多异产。有风兰，叶较兰稍长，篾竹为盆，挂风前，即蕃衍。有名护兰，叶类桂而厚，稍长如指，花一箭八九出，以四月开，香胜于兰；出名护岳岩石间，不假水土，或寄树丫，或裹以棕而悬之，无不茂。有粟兰，一名芷兰，叶如凤尾花，作珍珠状。有棒兰，绿色，茎如珊瑚，无叶，花出丫间，如兰而小，亦寄树活。又有西表松兰，竹兰之目，或致自外岛，或取之岩间，香皆不减兰也。因得一诗，诗云：“移根绝岛最堪夸，道是森森阙里花。不比寻常凡草木，春风一到即繁华。”题诗既毕，并为写生，愧无黄筌之妙笔耳。

译文

这里的花草树木，很多都与中国的称呼不同，可惜没有携带《群芳谱》来，不能一一加以辨别证实。罗汉松被叫做“樫木”。冬青被叫做“福木”。把万寿菊叫做“禅菊”。铁树叫做“凤尾蕉”，以其叶片对生形状与凤尾相似而得名；也叫做“海棕榈”，以其叶子覆盖树头形状与棕榈相似而得名。有人将它带到中国当做盆景来玩赏，就把它叫做“万年棕”。凤梨，开花的叫做“男木”，白色的花瓣状如莲荷，香味相当浓烈，但不结果实；不开花的叫做“女木”，却结很大的果实，如瓜一样可以吃。有人说，这是波罗蜜的变种，琉球人又把它叫做“阿呾呢”。月橘，被叫做“十里香”，叶子像枣树的叶子，开小白花，芳香浓烈，果实像天竹子，但要稍大些。听说在二月中旬，月橘果实累累，红彤彤挂满树梢，像漫天遍野燃烧的火焰。遗憾的是我没有能够见到那样的景色。琉球阳光充足，气候温暖。此时已到了深秋，但花草不死，蚊蝇的叫声没有丝毫收敛，芦荻花遍地盛开。野牡丹从二三月开花，到八月仍然盛开不败，花朵累累，形状像大小不一的铃铎，素色的花瓣，边缘泛出淡淡的紫晕，花心呈黑色，花朵又圆又大，气味芳香浓烈。扶桑一年四季都开花，有白色的花，也有深红、粉红两种红色的花。有感于此，我写了一首诗，诗中写道：“偶随使节泛仙槎，日日春游玩物华，天气常如二三月，山林不断四时花。”完全是真情实景。

琉球人特别钟爱兰花，称兰花为“孔子花”。古老的宅院里，奇异的品种尤其多。有一种风兰，叶片比兰花稍微长些，用竹条编成的筐篮当花盆，挂在迎风的地方，就可以繁衍生长。有一种名叫护兰，叶子与桂花类似但比桂花叶子厚，开始生长时形状像手指，一根花茎可开花八九朵，以四月开花为常见；因出产于护岳的岩石间而得名。护兰生长不必借助于水土，或者寄生在树丫上，或者裹挟棕榈悬在空中，也没有不茂盛的。还有粟兰，另一个名字叫芷兰，叶子像凤尾花，花朵像珍珠的形状。有一种棒兰，通体绿色，花茎状如珊瑚，没有叶子，花在枝丫间开出，像兰花但稍小些，也是寄生在树上。还有西表松兰，属于竹兰的一个分支，无论是从别的岛上得来，还是取自于岩石间，它香味都不比兰花逊色。为此，我写了一首诗：“移根绝岛最堪夸，道是森森阙里花。不比寻常凡草木，春风一到即繁华。”诗写成以后，又为兰花写生，惭愧的是没有黄筌的生花妙笔，不能传达兰花的神采风韵。

沿海多浮石，嵌空玲珑，水击之，声作钟磬，此与中国彭蠡之口石钟山相似。

闲居无可消遣，与施生弈，用琉球棋子。白者磨螺之封口石为之。内地小螺拒户有圆壳；海蝼大者，其拒户之壳，厚五六分，泾二寸许，圆白如砗磲，土人名曰"封口石"。黑者磨苍石为之，子泾六分许，圆二寸许，中凹而四周削，无正背面，不类云南子式。棋盘以木为之，厚八寸，四足，足高四寸，面刻棋路。其俗好弈，举棋无不定之说，颇亦有国手。局终数空眼多少，不数实子，数正同。相传国中供奉棋神，画女相如仙子，不令人见，乃国中雅尚也。

译文

沿海岸边有许多浮石，悬挂镶嵌于空中，玲珑剔透，受到海水的冲击，发出的声音像钟磬一样，这情景与中国彭蠡海口的石钟山相似。

闲居无事，没有可供消遣的地方，常与施先生对弈，用的是琉球的棋子。白子，用海螺的封口石磨成。内地的小螺有保护口部的小圆壳；而大的海螺，保护口部的甲壳，厚度有五六分，直径有二寸多，形圆色白像砗磲（一种生于热带海底的软体动物），当地人把它叫做"封口石"。黑子，用青色的石子磨成，棋子的直径六分多一点，周长大约二寸多，中间凹陷而四周削平，没有正面背面的分别，不像云南棋子的式样。棋盘用木板做成，厚八寸，有四条腿，腿高四寸，表面刻着棋路。喜好下棋是琉球的风俗，没有举棋不定的说法，也有不少国家级的下棋高手。棋局终了，数空眼多少决定胜负，而不数实有的棋子，计算的结果正好相同。相传中山国内供奉的棋神，神像画成相貌如仙子的女子形象，轻易不让人看见，是中山国中雅致的时尚。

六月初八日，辰刻，正、副使恭奉谕祭文，及祭银焚帛，安放龙彩亭内。出天使馆东行，过久米村、泊村，至安里桥（即真玉桥）。世孙跪接如仪，即导引入庙。礼毕，引观先王庙。正庙七楹，正中向外，通为一龛，安奉诸王神位：左昭自舜马至尚穆，共十六位；右穆自义本至尚敬，共十五位。是日球人观者，弥山匝地，男子跪于道左，女子聚立远观。亦有施帷挂竹帘者，土人云：系贵官眷属。女皆黥首指节为饰，甚者全黑，少者间作梅花斑。国俗不穿耳，不施脂粉，无珠翠首饰。人家门户，多树“石敢当”碣，墙头多植吉姑罗，或榇树，翦剔极齐整。国人呼中国为唐山，呼华人为唐人。

译文

六月初八日，上午八时，正、副使敬奉着圣旨祭文，焚香化纸举行祭祀仪式，把圣旨祭文安放在龙彩亭内。出了天使馆向东行，经过久米村、泊村，来到安里桥（即真玉桥）。世孙尚温按礼仪跪接使臣，随即引导使臣进入庙中。仪式结束以后，引着使臣参观先王庙。正庙共七间房，正中向外，贯通成为一个神龛，安置供奉着中山国历代国王的神位。左边显著供奉着自舜马到尚穆，共十六位神主；右边肃穆排列着自义本至尚敬，共十五位神主。这一天，前来瞻仰的琉球人，漫山遍野，男子们跪在道路旁边，女子们聚集站立在远处观看。也有设置帷帐，挂起竹帘观看的人家，当地人说：都是贵族高官的眷属。女子们都涂黑脸部、手指关节来掩饰，涂得多的全部染成了黑色，少的是间隔着涂上梅花斑。中山国的风俗是不穿耳眼，不涂脂粉，没有珠宝翡翠首饰。居民的家门口，多数都竖着“石敢当”的碑碣，墙头上大多栽种吉姑罗，或者榇树，修剪得极为齐整。琉球国人称呼中国为唐山，称呼华人为唐人。

球地皆土沙，雨过即可行，无泥泞。奥山有却金亭，前明册使陈给事侃归时却金，故国人造亭以表之。辨岳，在王宫东南二里许。过圆觉寺，从山脊行，水分左右，堪舆家谓之过峡，中山来脉也。山大小五峰，最高者谓之辨岳。灌木密覆，前有石柱二，中置栅二，外板阁二。少左，有小石塔，左右列石案五。折而东，数十级至顶，有石垆二：西祭山；东祭海岳之神，曰祝，祝谓是天孙氏第二女云。国王受封，必斋戒亲祭，正五九月，祭山海及护国神，皆在辨岳也。

译文

琉球国的土地都是沙土，雨刚停就可行走，没有泥泞。奥山有一座却金亭，前朝明代册封使臣给事陈侃，返回时在这里抵御过金兵的进攻，所以琉球人造了亭子来表彰他的功绩。辨岳，在王宫东南方二里多的地方。过了圆觉寺，从山脊开始，水分别流向左右两边，风水专家称它为“过峡”，是中山国的风水命脉。有大小五座山峰，最高的山峰叫做“辨岳”。山上覆盖着茂密的灌木，山前有两根石柱，中间设置有二道栅栏，外边有木板建成的阁楼两座。稍靠左边，有一座小石塔，左右两边陈列石案五张。由此折向东，有数十级台阶一直通向山顶，有石制的放酒缸的台子两座：西边的祭祀山神；东边的祭祀海岳神，海岳叫做“祝”，祝就是传说中天孙氏的第二个女儿。国王接受册封，必定要斋戒亲自祭祀。正月、五月、九月，祭祀山海及护国神，祭坛都设在辨岳。

波上，雪崎，及龟山，余已游遍，而要以鹤头为最胜。随正副使往游，陟其巅，避日而坐。草色粘天，松阴匝地。东望辨岳，秀出天半，王宫历历如画。其南，则近水如湖，远山如岸，丰见城巍然突出，山南王之旧迹犹有存者。西望马齿、姑米，出没隐见，若近若远，封舟之来路也。北俯那霸、久米，人烟辐辏。举凡山川灵异，草木阴翳，鱼鸟沉浮，云烟变灭，莫不争奇献巧，毕集目前。乃知前日之游，殊为鲁莽。

梁大夫小具盘樽，席地而饮，余亦趣仆以酒肴至。未申之交，凉风乍生，微雨将洒，乃移樽登舟。时海潮正涨，沙岸弥漫，遂由奥山南麓，折而东北。山石嵌空欲落，海燕如鸥，渔舟似织。俄而返照入山，冰轮出水，文鳐无数，飞射潮头。与介山举觞弄月，击楫而歌。樽不空，客皆醉。越渡里村，漏已三下。却金亭前，列炬如昼，迎者倦矣。乃相与步月而归，为中山第一游焉。

译文

波上、雪崎、以及龟山，我已经游遍，而其中以鹤头的景色为最美。我随着正使、副使去游鹤头山，攀登上山巅，寻找太阳照不到的地方坐下眺望，见草色伸展开去与天连成了一体，松柏的浓荫铺满了大地。向东遥望辨岳，一峰独秀突出在半空中，山下王宫历历如画。向南望，只见近处海水平静如湖，远处山峦如堤岸；丰见城巍然屹立拔地而起，山南王王宫的旧址依稀还有存留。西望马齿山、姑米山，出没不定，时隐时现，时近时远，那里是授封使船到中山来所经过的路线。向北俯视那霸、久米，见人间烟火像车轮的辐条一样放射开去，一派繁华景象。凡是大自然中高山大川的神奇怪异，花草树木的阴晦翳明，游鱼飞鸟的起落沉浮，云霞烟雾的变幻明灭，都争奇献巧，全部聚集呈现在我的眼前。至此，才认识到以前的游历观览，实在是太鲁莽了。

梁大夫准备了简单杯盘酒菜，席地而坐，饮酒作乐。我也派仆人买来了酒菜。下午三时，突然刮起了凉风，小雨就要落下来。于是，我们收拾杯盘上了游船。这时海上正在涨潮，海水漫上了岸边的沙滩。我们就沿着奥山的南麓，折过来驶向东北。岸边的悬崖上，巨石临空悬挂摇摇欲坠，海燕像鸥鸟一样往来飞翔，渔船像织布的梭子一样在海面上穿行。过了一会儿，落日的光辉隐入山后，一轮明月跃出水面，无数条五颜六色的鳐鱼，在潮头上飞舞跳跃。我与正使赵介山举杯赏月，敲击着船桨引吭高歌。酒杯还没有喝空，喝酒的人却都醉了。经过渡里村的时候，已经过了三更。却金亭前，整齐排列的火炬把周围照得如白昼一般。迎接使臣的人们已经疲倦不堪。于是，我们相继上岸，在月下步行回到了天使馆。这是我在中山最惬意的一次游历。

泉崎桥桥下，为漫湖浒。每当晴夜，双门拱月，万象澄清，如玻璃世界，为中山八景之一。旺泉味甘，亦为中山八景之一。王城有亭，依城望远，因小憩亭中，品瑞泉，纵观中山八景。八景者，泉崎月夜，临海潮声，久米竹篱，龙洞松涛，笋崖夕照，长虹秋霁，城岳灵泉，中岛蕉园也。亭下多棕榈紫竹，竹丛生，高三尺余，叶如棕，狭而长，即所谓观音竹也。亭南有蚶壳，长八尺许，贮水以供盥，知大蚶不易得也。

国人浣漱不用汤，家竖石桩，置石盂或蚶壳其上，贮水，旁置一柄筒，晓起，以筒盛水，浇而盥漱之。客至亦然。地多草，细软如毯，有事则取新沙覆之。国人取玳瑁之甲，以为长簪，传到中国，率由闽粤商贩。球人不知贵，以为贱品。昆山之旁，以玉抵鹊，地使然也。

丰见山顶，有山南王第故城。涂葆光诗有"颓垣宫阙无全瓦，荒草牛羊似破村"之句。王之子孙，今为那姓，犹聚居于此。

译文

泉崎桥桥下是漫湖的水边，每逢晴朗的夜晚，双门捧着一轮明月，万象澄清，整个世界如玻璃做成，晶莹透明。这是中山八景之一。旺泉，水味甘甜，也是中山八景之一。王城内有一亭，可以依城眺望远处，因此曾在亭中短暂停留歇憩，品尝瑞泉的美水，一边纵观中山八景。中山八景有：泉崎夜月、临海潮声、久米竹篱、龙洞松涛、笋崖夕照、长虹秋霁、城岳灵泉和中岛蕉园。亭下有很多棕榈紫竹；竹子丛生，高三尺有余，叶片像棕榈，狭窄细长，就是所说的观音竹。亭子南边有蚶子壳，长度有八尺多，贮满水供用人们盥洗。至此方知巨大的蚶子是很难得到的。

中山国的人洗漱不用热水。在家里竖一根石桩，上面安置石盆或者蚶壳，用来贮水，旁边放一个带柄的水筒，早晨起来，用小筒盛水，浇着洗漱；客人来了也是这样。地上长着很多草，像地毯一样细软，有重要的事情就用新鲜的沙子铺在上面。中山国人取玳瑁的甲壳，做成长簪，最初通过福建、广东的商贩传到中国来；然而琉球人不知道它的贵重，以为是不值钱的东西。正如昆仑山旁边，用玉石交换喜鹊一样，是地域环境造成的。

丰见山顶上，有山南王府第的故城遗址。徐葆光游此所写的诗中，有“颓垣宫阙无全瓦，荒草牛羊似破村”的诗句。山南王的子孙，现今都姓那，仍然集中居住在此地。

辻山，国人读为“失山”。琉球字皆对音，十、失无别，疑迭之误也。副使辑球雅，谓一字作二三字读，二三字作一字读者，皆义而非音，即所谓寄语，国人尽知之。音则合百余字，或十余字为一音，与中国音迥异。国中惟读书通文理者，乃知对音，庶民皆不知也。久米官之子弟，能言，教以汉语，能书，教以汉文。十岁称若秀才，王给米一石。十五剃发，先谒孔圣，次谒国王；王籍其名，谓之秀才，给米三石。长则选为通事，为国中文物声名最，即明三十六姓后裔也。那霸人以商为业，多富室。明洪武初，赐闽人三十六姓善操舟者，往来朝贡。国中久米村，梁、蔡、毛、郑、陈、曾、阮、金等姓，乃三十六姓之裔，至今国人重之。与寄公谈玄理，颇有入悟处，遂与唱和成诗。法司蔡温，紫金大夫程顺则，蔡文溥，三人集诗，有作者气。顺则别著《航海指南》，言渡海事甚悉。蔡温尤肆力于古文，有《蓑翁语录》、《至言》等目，语根经学，有道学气。出入二氏之学，盖学朱子而未纯者。

译文

过山，中山国人读为“失山”。琉球的字都是对音，十、失读音没有差别，怀疑是“迭”字的误读。副使臣李鼎元辑录琉球语音，得出了规律：一个字当做二三个字来读，或者二三个字读作一个字的音，都是根据语义而不是根据语音，也就是所谓的“寄语”，中山国的人都知道。读音有时把一百多个字、或者十多个字合读为一个音，与中国的读音完全不同。全国只有精通文理的读书人，才知道对音，平民百姓都不知道。久米村官员家的子弟，刚会说话，就教他说汉语，会写字的，都教他写汉文。十岁称“若秀才”，国王供给他一石米。十五岁剃头发，先拜谒孔圣人，然后拜谒国王；国王记录他的名字，称他为“秀才”，供给他三石米。成人以后就选拔为“通事”。在琉球国文化界声名最显赫的，都是明代三十六姓的后裔。那霸人多以经商为业，因此富裕人家很多。明朝洪武初期，皇帝恩赐福建三十六姓氏中会驾船的人，在中国与琉球之间往来朝贡。中山国久米村的梁、蔡、毛、郑、陈、曾、阮、金等姓，就是三十六姓的后裔，至今受到国人的尊重。与琉球诸公谈论玄理，许多地方可以达到化悟的境界，于是与他们唱和赋诗。法司蔡温、紫金大夫程顺则、蔡文溥，三个人的诗集，很有大家的气概。程顺则还著有《航海指南》，叙述渡海事情十分全面。蔡温特别致力于古文创作，有《蓑翁语录》、《至言》等篇目，语言师法经学，有道家学术的气韵。仔细考究这二位的学问根底，都是学习朱熹，但未能达到炉火纯青的境界。

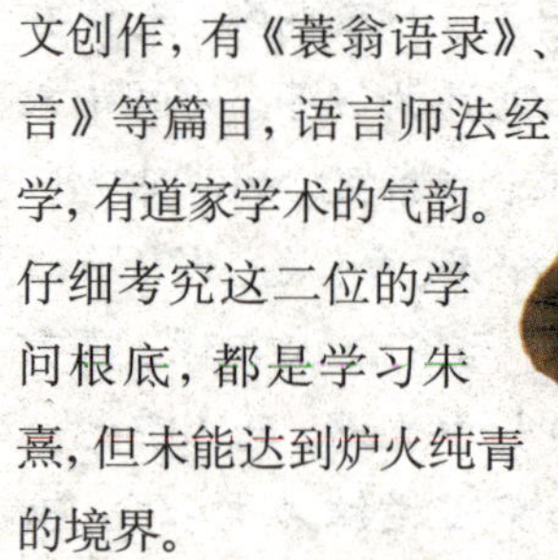

琉球山多瘠硗，独宜薯。父老相传，受封之岁，必有丰年。今岁五月稍旱，幸自后雨不愆期，卒获大丰，薯可四收。海邦臣民，倍觉欢欣。佥曰：“非受封岁，无此丰年也。”六月初旬，稻谷尽收。球阳地气温暖，稻常早熟，种以十一月，收以五六月。薯则四时皆种，三熟为丰，四熟则为大丰。稻田少，薯田多，国人以薯为命，米则王宫始得食。亦有麦豆，所产不多。五月二十日，国中祭稻神；此祭未行，稻虽登场，不敢入家也。

七月初旬，始见燕，不巢入室。中国燕以八月归，此燕疑未入中国者；其来以七月，巢必有地。别有所谓海燕，较紫燕稍大，而白其羽，有全白似鸥者。多巢岛中，间有至中国，人皆以为瑞。应潮鸡，雄纯黑，雌纯白，皆短足长尾，驯不避人。香崖购一小犬，而毛豹斑，性灵警，与饭不食，与薯乃食，知人皆食薯矣。鼠雀最多，而鼠尤虐。亦有猫，不知捕鼠，邦人以为玩。乃知物性亦随地而变。鹰、雁、鹅、鸭特少。

译文

琉球的山大多数坚硬贫瘠，只适宜种植薯类。老百姓传说，受册封的这一年，必定有大丰收年成。今年五月，琉球少雨有些旱，所幸从此以后雨再没有延误日期，终于获得大丰收，薯类一年可以收获四次。中山国的臣民，备感喜悦，都说：“要不是受册封的年岁，绝不会有这样的大丰收。”六月上旬，稻谷都已全部收获。琉球阳光充足，地气温暖，稻谷常常可以早熟，在十一月下种，到五六月就可以收获。薯类则四季都可种，一年三熟就是丰收，一年四熟就是大丰收。稻田较少，但薯田很多。老百姓用薯类糊口活命，米则只有国王、官员才能吃到。也有麦子、豆类，但出产不多。五月二十日，全国祭祀稻神。如果祭祀还没有举行，即使稻子已经登场，也不敢拿回家中去。

七月上旬，才见到燕子，不把窝垒在屋里。中国大陆的燕子到八月才归来，这可能是没有进入中国的燕子；它们在七月飞来，必定在别的地方有自己的窝。另外还有常说的海燕，体形比紫燕稍大，但羽毛是白的，有的全身纯白像海鸥一样。大部分在岛上筑窝，有的偶尔飞到中国，人们都把它当做吉祥的预兆。有一种应潮鸡，雄鸡全身纯黑色，雌鸡全身纯白色，都是腿短尾巴长，驯化以后也不避人。香崖买了一只小狗，毛皮像豹子的花斑，性情机灵警觉。给它饭不吃，给它薯块才吃；可以推知当地人吃的都是薯类。琉球老鼠、麻雀特别多，老鼠尤其肆虐成灾。也有猫，但不知道捕捉老鼠，当地人把它当做玩物。因此可知，动物的性情也会随着地域的不同而改变。鹰、雁、鹅、鸭特别少。

枕有方如圭者，有圆如轮而连以细轴者，有如文具藏数层者，制特精，皆以木为之。率宽三寸，高五寸；漆其外，或黑或朱。立而枕之，反侧则仆。按《礼记·少仪》注："颖，警枕也。谓之颖者，颖然警悟也。"又司马文正公，以圆木为警枕，少睡则转而觉，乃起读书。此殆警枕之遗。

衣制皆宽博交衽，袖广二尺，口皆不缉，特短袂，以便作事。襟率无钮带，总名衾。男束大带，长丈六尺、宽四寸以为度；腰围四五转，而收其垂于两胁间。烟包、纸袋、小刀、梳、篦之属，皆怀之，故胸前襟带挡起凸然。其胁下不缝者，惟幼童及僧衣为然。僧别有短衣如背心，谓之断俗。此其概也。

帽以薄木片为骨，叠帕而蒙之，前七层，后十一层。花锦帽，远望如屋漏痕者，品最贵，惟摄政王叔国相淂冠之。次品花紫帽，法司冠之。其次则纯紫。大略紫为贵，黄次之，红又次之，青绿斯下。各色又以绫为贵，绢为次。国王未受封时，戴乌纱帽。双翅侧冲上向，盘金，朱缨垂颔，下束五色绦。至是冠皮弁，状如中国梨园演王者便帽，前直列花瓣七，衣蟒腰玉。肩舆如中国饼桥，中置大椅，上施大盖，无帷幔，辕粗而长，无绊，无横木，以八人左右肩之而行。

译文

枕头有像圭一样的方枕，有像车轮一样用细轴相连的圆枕，有像文具盒一样有几层抽屉的，制作工艺特别精致。都用木头制成，大概三寸宽、五寸高，外表上漆，有的黑色、有的红色。竖立起来枕，反转或侧斜就会跌倒。根据《礼记·少仪》注："颖，警枕也。谓之颖者，颖然警悟也。"司马光又说："用圆木做成警枕，少睡一会枕头转动就会醒来，便起床读书。"此地留存的大概正是警枕的遗风。

衣服的制作，总是把衣襟做得又宽又大，袖子宽有二尺，袖口都不缉边，衣袖特别短，为了便于干活；大部分衣襟没有钮扣和带子，统称为衾。男子腰里系着一条大带子，以长一丈六尺、宽四寸为标准，在腰里围上四五圈，而把剩下的头垂在两胁之间。烟荷包、纸袋、小刀、梳子、篦子等一类的东西，都放在怀里，所以胸前的衣襟总是揽扣成凸起的样子。胁下不缝合的衣服，只有幼儿和僧侣的衣服才是这样。僧侣另外有短衣像背心一样，叫做"断俗"。这只是琉球人衣着的大概。

帽子以薄木片为骨架，折叠手帕蒙在上面，前边七层，后边十一层。花色锦缎做成的帽子，远处望去就像房屋漏水留下的痕迹，品种最为珍贵，只有摄政的王叔、宰相才能戴它；次一等的品种是花紫帽，执法官才能戴；再其次则是纯紫色的。大概是以紫色为贵，黄色次之，红色又次之，青色绿色更在其下。各种面料又以绫罗为贵，绢丝为次。国王在没有受封时，头戴乌纱帽，双翅侧斜向上伸展，盘着金丝，朱红的缨子直垂到颔下，下面系着五色的丝线。到了受封时戴皮帽，形状像中国戏剧中帝王戴的便帽，前面竖直排列七个花瓣，身穿蟒衣腰系玉带。坐的轿子像中国的饼桥，中间安置着大椅子，上面蓬上大盖子，四周没有帷幔，辕杆又粗又长，没有绳绊，没有横木，用八个人分左右抬着行走。

杜氏《通典》载琉球国俗，谓妇人产必食子衣，以火自炙，令汗出。余举以问杨文凤：“然乎？”对曰：“火炙诚有之，食衣则否。”即今中山已无火炙俗，惟北山犹未尽改。

嫁娶之礼，固陋已甚。世家亦有以酒肴珠贝为聘者。婚时即用本国轿，结彩鼓乐而迎；不计妆奁，父母送至夫家即返；不宴客，至亲具酒贺，不过数人。《隋书》云：琉球风俗，男女相悦，便相匹偶，盖其旧俗也。询之郑得功，郑得功曰：“三十六姓初来时，俗尚未改。后渐知婚礼，此俗遂革。今国中有夫之妇，犯奸即杀。”余始悟琉球所以号守礼之国者，亦由三十六姓教化之力也。

小民有丧，则邻里聚送，观者护丧，掩毕即归。官家则同官相知者，亦来送柩，出即归，大都不宴客。题主官率皆用僧，男书“圆寂大禅定”，女书“禅定尼”，无“考妣”称。近日官家亦有书官爵者。棺制三尺，屈身而殓之。近官家亦有长五六尺者，民则仍旧。

此邦之人，肘比华人稍短，《朝野佥载》亦谓人形短小似昆仑。余所见士大夫短小者固多，亦有修髯丰颐者，颀而长者，胖而腹腰十围者，前言似未足信。人体多狐臭，古所谓愠羝也。世禄之家皆赐姓。士庶率以田地为姓，更无名，其后裔则云：某氏之子孙几男。所谓“田”、“米”，私姓也。

国中兵刑惟三章：“杀人者死，伤人及重罪徒，轻罪罚日中晒之。”计罪而定其日，国中数年无斩犯；间有犯斩罪者，又率引刀自剖腹死。

七月十五夜，开窗，见人家门外，皆列火炬二。询之土人云：国俗于十五日盆祭，预期迎神，祭后乃去之。盆祭者，中国所谓盂兰会也。连日见市上小儿，各手一纸幡，对立招展，作迎神状。知国俗盆祭祀先，亦大祭矣。

龟山南岸有窑，国人取车螯大蚶之壳之煅，垩灰壁不及石灰，而黏过者。再东北有池，为国人煮盐处。

译文

据《杜氏通典》记载：琉球国有一种习俗，妇人生孩子以后必定吃掉胎衣；用火熏烤自己，让汗出来。我拿这个问题问杨文凤："是这样吗？"杨文凤回答说："用火熏烤确实是有的，吃胎衣却是没有的。现在的中山已经没有了用火熏烤的习俗，只有北山还没有完全改掉旧的习惯。"

娶妻嫁女的礼节，本来特别地简陋，不过名门望族也有用美酒佳肴、金银珠宝为聘礼的。结婚时就用本国的轿子，张灯结彩、笙鼓奏乐而迎娶。不讲究嫁妆财礼，父母将女儿送到丈夫家便立即返回。也不请客，至亲拿着酒来祝贺，也不过几个人而已。《隋书》说："琉球国的风俗，只要男女互相喜欢，便结合成为配偶。是旧时沿袭下来的习俗。"向郑得功请教这个问题，郑得功说："三十六姓初来琉球时，风俗还没有改变。后来逐渐知道了婚嫁的礼法，这个习俗便逐步被革除了。现在的中山国，有夫之妇如果犯了奸情，就会被杀头。"我这才领悟到，琉球之所以号称遵守礼仪的国家，也是得力于三十六姓的教化之功。

普通老百姓如有丧事，邻里们就聚集起来送葬，旁观者也来护送灵柩，掩埋完毕便各自回家。官宦人家有丧事，一起做官并且相交知心的人，也来护送灵柩，送出村就返回；大多数都不请客。都用僧侣来题写牌位，男人死了就写"圆寂大禅定"，女人死了则写"禅定尼"，没有"考"、"妣"的称谓。近来，官宦人家也有写官职爵位的。棺材的规格是三尺长，只能蜷屈着身体装殓。近来官宦人家也有用五六尺长的棺材，平民百姓仍然沿用旧的规格。

这个国家的人，胳膊比华人稍短，《朝野佥载》也有记载说：琉球人体形短小，好似昆仑人。我所见到的士大夫，身材短小的固然比较多，但也有留着长胡须、脸庞丰满的，身材高大修长的，肥胖而腰腹有十围的。可见前人的说法似乎并不可信。人的身上大多有狐臭，就是古人所说的"愠羝"。世代食皇家俸禄的人家，都是朝廷赐的姓氏。中产阶级和平民百姓大多以地名为姓，更没有名字，他们的后代被称为：某某氏的儿子、孙子、或第几男；所说的"田"、"米"，都是私姓。

中山国的《兵刑》只有三章："杀人者，死刑。伤人及重罪者，流放。犯轻罪者，罚在太阳下暴晒。"定期统计犯罪情况，因此，全国数年没有判斩死刑犯人。偶尔有犯了死罪的，又大多自己拔刀剖腹而死。

七月十五夜，打开窗户看见每户家的门外，都摆放了两把火炬。向当地人询问原由，回答说："本国风俗，于十五日举行盆祭，摆设火炬是为了迎接神灵，祭完神就去掉了。"盆祭，就是中国所谓的盂兰会（佛教徒为超度祖先亡灵所举行的仪式）。连日来，见市场上的小孩子每人手都拿着一个纸幡，对面站立摇动招展，做出迎神的样子。于是，得知中山国盆祭超度祖先的风俗，也是一个大的祭祀活动。

龟山的南岸有灰窑，中山人选取车螯、大蚶的甲壳为原料来烧灰，粉刷墙壁比不上石灰，但粘性超过石灰。再向东北有盐池，是中山人熬盐的地方。

七月二十五日，正副使行册封礼，途中观者益众。上万松岭，迤逦而东。衢道修广，有坊，榜曰“中山道”。又进一坊，榜曰“守礼之邦”。世孙戴皮弁，服蟒衣，腰玉带，垂裳结佩，率百官跪迎道左。更进为欢会门，踞山巅，叠礁石为城，削磨如壁，有鸟道，无雉堞，高五尺以上，远望如聚髑髅。始悟《隋书》所谓“王居多聚髑髅于其下”者，乃远望误于形似，实未至城下也。城外石崖，左镌“龙冈”字，右镌“虎崒”字。王宫西向，以中国在海西，表忠顺面向之意。后东向为继世门，左南向为水门，右北向为久庆门。再进层崖，有门西北向，曰瑞泉，左右甬道，有左掖、右掖二门。更进有漏西向，榜曰：“刻漏”，上设铜壶漏水。更进有门西北向，为奉神门，即王府门也。殿廷方广十数亩，分砌二道，由甬道进至阙廷，为王听政之所。壁悬伏羲画卦像，龙马负图立其前；绢色苍古，微有剥蚀，殆非近代物。北宫，殿屋固朴，屋举手可接，以处山风，且阻海飓。面对为南宫。此日正副使宴于北宫。大礼既成，通国欢忭。闻国王经行处，悉有彩饰。泉崎道旁，列盆花异卉，绕以朱栏，中刻木作麒麟形，题曰：“非龙非彪，非熊非罴，王者之瑞兽。”天妃宫前，植大松六，叠假山四，作白鹤二，生子母鹿三；池上结棚，覆以松枝，松子垂如葡萄；池中刻木鲤大小五，令浮水面。环池以竹，栏旁有坊，曰“偕乐坊”。柱悬一版，题曰：“鹿濯濯，鸟翯翯，物鱼跃。”归而述诸副使，副使曰：“此皆志略所载，事隔数十年。一字不易，可谓印板文字矣。”从客皆笑。

译文

七月二十五日，正使、副使主持进行册封典礼，沿途观看的中山人越来越多。使臣登上万松岭，曲折延绵向东而行。道路平整宽阔，有牌坊，匾额上写着“中山道”。又经过一座牌坊，匾额写着“守礼之邦”。世孙尚温头戴皮帽，身穿蟒衣，腰系玉带，垂下的衣襟上挂着玉佩，率领文武百官跪在道路左边迎接。再往里走是“欢会门”，国王的宫殿雄踞山巅，用礁石叠造成城墙，墙面切削打磨得就像绝壁一样，城上有小道，却没有雉堞，墙高五尺以上，远处望去好像是用髑髅堆积而成。亲历以后才明白，《隋书》所说的“中山国王宫城下聚集了很多髑髅”，是远望因形似而造成的错觉，其实并未到过城下。城外的石崖上，左边镌刻着“龙冈”二字，右边镌刻着“虎崒”二字。王宫面向西，因中国在大海的西边，是为了表示忠顺面向中国的意思。王城后边向东是“继世门”，左边向南是“水门”，右边向北是“久庆门”。再经过一层石崖，有门向西北开，叫做“瑞泉”。左右都有甬道，有左掖、右掖二道门。再往里走，面向西摆放着记时的滴漏，题写着“刻漏”，上面安放铜壶漏水以记时。继续向里进，有门向西北开，是“奉神门”，也就是王府的正门。王府占地面积有数十亩，院内铺设了两条道路。经过甬道进入宫廷，是国王处理政务的地方。壁上悬挂着伏羲画八卦的像，龙马驮着八卦图站在文王面前；画布的颜色苍老古旧，轻微有些剥蚀，大概不是近代的物品。北宫的房屋坚固而简朴，举手就可以摸到屋顶，是因为宫殿处于山冈之上，还要抵挡海上吹来的飓风。北宫的对面是南宫。这一天，正使、副使的宴席设在北宫。册封大礼顺利完

成，举国欢庆。听说凡是国王经过的地方，全都布置了彩色装饰。泉崎桥的道路两旁，陈列着各样的盆花和奇异的花卉，四周用红色的栏杆围起来，中间摆放着木头雕刻的麒麟模型，上面题写着："非龙非彪，非熊非罴，王者之瑞兽。"天妃宫的前方，栽植了六棵大松树，叠造了四座假山，制作了二只白鹤，有活的母鹿和小鹿三只。水池上绑扎起大棚，棚上覆盖着松枝，下垂的松子像葡萄串；水池中有五只木刻的大小不等的鲤鱼，浮在水面上。水池周围环绕着竹栏杆。栏杆旁有牌坊，叫做"偕乐坊"；柱子上悬挂着一块木版，上面写着："鹿濯濯（光秃），鸟翯翯（羽毛），牣（充满）鱼跃。"回到住处后，把见到的情景讲给副使听，副使说："这都是史书上所记载过的。事隔数十年，一个字也不改变，可以说是印版文字了。"随从的客人都笑了。

国俗男欲为僧者，听。既受戒有廪给；有犯戒者，饬令还俗，放之别岛。

女子愿为土妓者，亦听。接交外客，女之兄弟，仍与外客叙亲往来；然率皆贫民，故不以为耻，若已嫁夫而复敢犯奸者，许女之父兄自杀之，不以告王；即告王，王亦不赦。此国中良贱之大防，所以重廉耻也。

此邦有红衣妓，与之言不解。按拍清歌，皆方言也。然风韵亦正有佳者，殆不减憨园。近忽因事他迁，以扇索诗，因题二诗以赠之。诗云："芳龄二八最风流，楚楚腰身剪剪眸；手抱琵琶浑不语，似曾相识在苏州。""新愁旧恨感千端，再见真如隔世难。可惜今宵好明月，与谁共卷绣帘看？"

译文

按照琉球国的风俗，男人想当僧侣，就得尊重他的意愿，受戒以后国库就给他供应生活费用；如果犯了戒律，便勒令他还俗，流放到别的岛上。

女子愿意做妓女，也听从她自己的选择。妓女接交的嫖客，妓女的兄弟仍然以亲戚关系与嫖客来往；但他们都是贫民，因此不以为耻。假如是已嫁了丈夫，又胆敢犯奸情的女子，准许此女子的父亲、兄弟自行杀死她，不必向国王报告；即使报告给国王，国王也不会赦免。这是琉球国中良民与贱人的根本界限，用它来教育人民看重廉耻。

这里有一位红衣妓女，与她说话一句也听不懂；按照节拍清唱，用的都是方言。然而，她的风韵确实有佳妙之处，几乎与憨园不差上下。近日忽然因事要迁到别的地方去，拿着扇子来要我题诗，因此写了两首诗赠给她。诗云：“芳龄二八最风流，楚楚腰身剪剪眸；手抱琵琶浑不语，似曾相识在苏州。”“新愁旧恨感千端，再见真如隔世难。可惜今宵好明月，与谁共卷绣帘看？”

国人率恭谨，有所受，必高举为礼。有所敬，则俯身搓手，而后膜拜。劝尊者酒，酌而置杯于指尖以为敬；平等则置手心。

此邦屋俱不高，瓦必瓴，以避飓也。地板必去地三尺，以避湿也。屋脊四出，如八角亭。四面接修，更无重构复室，以省材也。屋无门户，上限刻双沟，设方格，糊以纸，左右推移。更不设暗闩，利省便，特无盗也；临街则设矣。神龛置青石于炉，实以砂，祀祖神也。国以石为神，无传真也。瓦上瓦狮，《隋书》所谓兽头骨角也。壁无粉墁，示朴也。贵家间有糊研粉花笺，习华风，渐奢也。

译文

琉球国的人都谦恭有礼。凡要接受什么东西，必定是高举双手表示礼貌。遇到所尊敬的人，就先俯下身去搓手，然后跪在地上高举双手虔诚地行礼。劝尊贵的人喝酒，把斟满的酒杯放在指尖上，表示尊敬；地位平等的人，则把酒杯放在手心。

这里的房屋都不高，必须盖上筒瓦避免被飓风吹走。地板必须离开地面三尺，以避免潮湿。屋脊向四面伸出，像八角亭。四面连接修筑，更没有重复的结构和套室，以节省材料。屋子都没有门户，上沿刻出双沟，安上方格框子，用纸糊起来，左右推拉移动。也没有门闩，以利于节省方便，全赖没有盗贼；临街的房子则设有门闩。神龛是把青石放在火炉上，用砂添满，供祀着祖宗的神位。琉球国把石头当做神，没有相传的真神。房梁安置用瓦塑的狮子，就像《隋书》所说的“兽头骨角”。墙壁不加粉刷，表示简朴。富贵人家偶尔也有涂砑粉、糊花笺的，是学习中国的风气，渐有奢华的迹象。

龟山有峰独出，与众山绝。前附小峰，离约二丈许。邦人驾石为洞，连二山，高十丈余，结布幔于洞东。不憩，拾级而登，行洞上；又十余级，乃陟巅。巅恰容一楼，楼无名，四面轩豁，无户牖。副使谓余曰：“兹楼俯中山之全势，不可无名。”因名之曰“蜀楼”，并为之跋曰：“蜀者何?独也。楼何以蜀名，以其踞独山也。不曰独而曰蜀者，以副使为蜀人。楼构已百年，而副使乃名之，若有待也。”楼左瞰青畴，右扶苍石，后临大海，前揖中山，坐其中以望，若建瓴焉。余又请于副使曰：“额不可无联。”副使因书前四语付之。归路，循海而西，崖洞溪壑，皆奇峭，是又一胜游矣。

越南山，度丝满村，人家皆面海，奇石林立。遵海而西，有山，翠色攒空，石骨穿海，曰砂岳。时午潮初退，白石粼粼，群马争驰，飞溅如雨。再西，度大岭村，丛棘为篱，渔网数百晒其上。村外水田漠漠，泥淖陷马，有牛放于风。汪录谓马耕无牛，今不尽然也。

译文

龟山上有一山峰兀然突起，与众山隔绝开来，前面依附着一个小山峰，离开主峰约有二丈多的距离。中山人用石块架成洞，连接在二山之间，洞高有十丈多，洞的东面挽着布幔。我们不休息，沿着台阶向上攀登，从洞上经过，又上了十余级台阶，才到达了峰顶。

峰顶恰好能容纳一座楼，楼却没有名字，四面高大敞开，没有窗户。副使李鼎元对我说："此楼能俯视中山的全貌，不可以没有名字。"因此为它取名"蜀楼"，并为蜀楼作了跋："蜀是什么意思呢？就是独。楼为什么用蜀命名呢？因为它雄踞独山之上。不说独而说蜀，是因为副使是蜀人。此楼建成已有百年的历史，但由副使给它命名，好像是有意等待着一样。"蜀楼的左边鸟瞰青色的田野，右边依靠苍劲的岩石，后边濒临大海，前边正对着中山，坐在其中放眼望去，确有高屋建瓴的气概。我又向副使请求说："楼有了额，但不可以无对联。"副使于是写了前边引用的四句话当做对联挂在楼上。回来的路上，沿着海岸向西，悬崖、山洞、溪流、沟壑，都奇异峻峭，又是一次尽兴的游历。

翻越南山，穿过丝满村，经过之处人家都面向大海居住，奇石林立。顺着海岸向西，有一座山，苍翠的山峰钻进半空中，山石的骨脉一直伸进海水里，山的名字叫砂岳。此时，正午的海潮刚刚退去，白色的石头粼粼闪光，群马争先恐后急驰而过，溅起的水花如雨在飞扬。再向西，经过大岭村。丛生的荆棘做成篱笆，数百张渔网晒在上面。村外的水田一望无边，泥淖陷住了飞奔的马匹，有牛在山冈上放牧。汪楫的游记中说"马耕无牛"，现在看来不尽然。

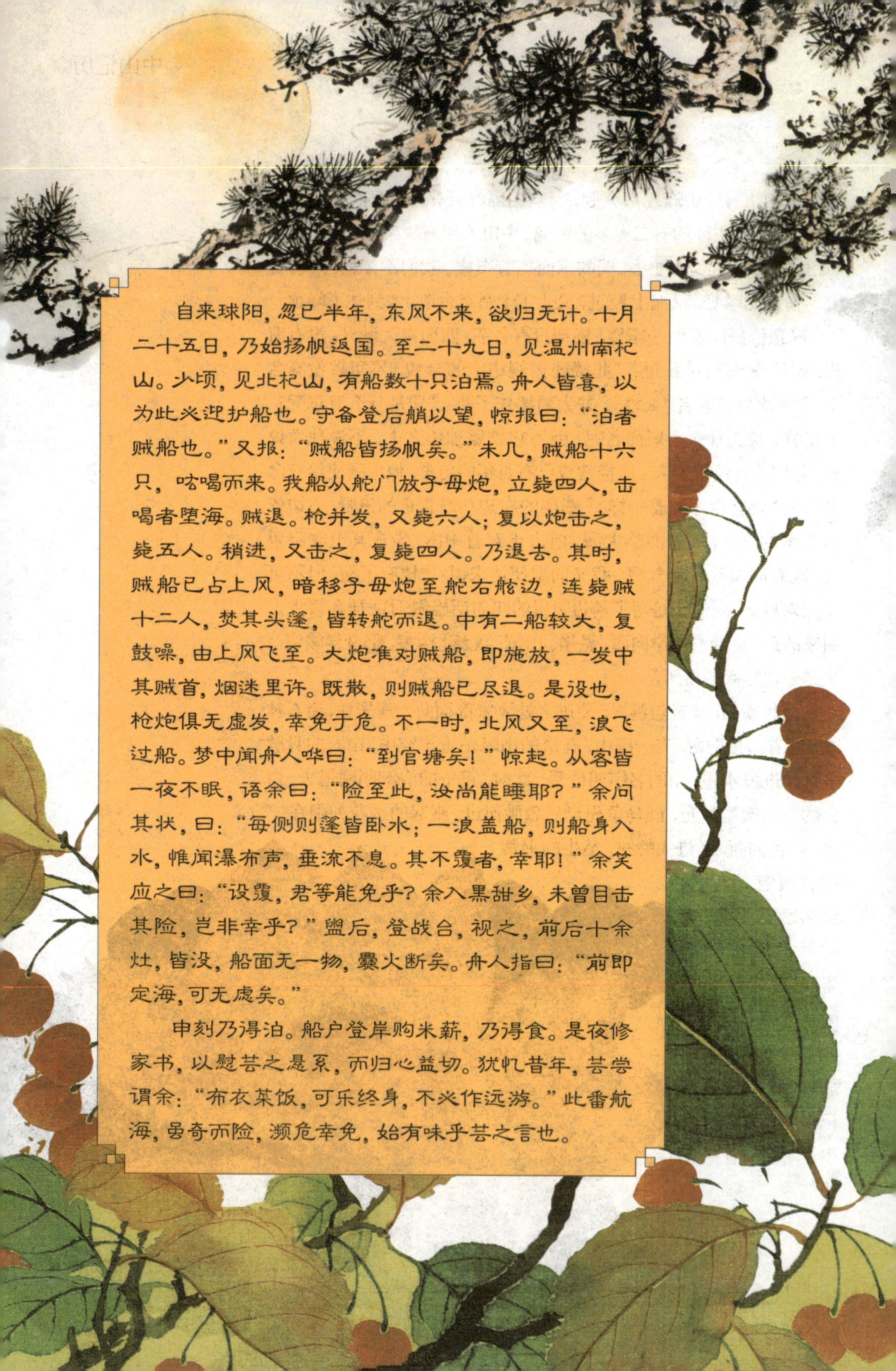

自来球阳，忽已半年，东风不来，欲归无计。十月二十五日，乃始扬帆返国。至二十九日，见温州南杞山。少顷，见北杞山，有船数十只泊焉。舟人皆喜，以为此必迎护船也。守备登后艄以望，惊报曰：“泊者贼船也。”又报：“贼船皆扬帆矣。”未几，贼船十六只，呼喝而来。我船从舵门放子母炮，立毙四人，击喝者堕海。贼退。枪并发，又毙六人；复以炮击之，毙五人。稍进，又击之，复毙四人。乃退去。其时，贼船已占上风，暗移子母炮至舵右舷边，连毙贼十二人，焚其头篷，皆转舵而退。中有二船较大，复鼓噪，由上风飞至。大炮准对贼船，即施放，一发中其贼首，烟迷里许。既散，则贼船已尽退。是役也，枪炮俱无虚发，幸免于危。不一时，北风又至，浪飞过船。梦中闻舟人哗曰：“到官塘矣！”惊起。从客皆一夜不眠，语余曰：“险至此，汝尚能睡耶？”余问其状，曰：“每侧则篷皆卧水；一浪盖船，则船身入水，惟闻瀑布声，垂流不息。其不覆者，幸耶！”余笑应之曰：“设覆，君等能免乎？余入黑甜乡，未曾目击其险，岂非幸乎？”盥后，登战台，视之，前后十余灶，皆没，船面无一物，爨火断矣。舟人指曰：“前即定海，可无虑矣。”

申刻乃得泊。船户登岸购米薪，乃得食。是夜修家书，以慰芸之悬系，而归心益切。犹忆昔年，芸尝谓余：“布衣菜饭，可乐终身，不必作远游。”此番航海，虽奇而险，濒危幸免，始有味乎芸之言也。

译文

自从来到琉球，倏忽已有半年。东风不来，想回国也没有办法。十月二十五日，才开始扬帆返国。到二十九日，看见了温州的南杞山，不多一会儿，又看见了北杞山，有数十只船停泊在那里。船上的人都十分欢喜，以为这些必定是前来迎接护卫的船只。守备登上后艄瞭望，吃惊地报告说：“停泊的都是贼船。”又报告：“贼船都已扬起了帆。”没过多少时间，十六只贼船，大声呐喝着开了过来。我们的船从舵舱门发射子母炮，立刻击毙海盗四人，把呐喝的人击中坠入海里。海盗被迫后退，我们的枪一起开火，又击毙海盗六人；再用炮击海盗，打死五人。稍微向前开进，再用炮攻击海盗，又打死四人。海盗这才退去。这时，贼船已处在上风头。我船暗中把子母炮移至舵舱的右舷，连毙海盗十二人，领头的贼船帆篷中弹起火，贼船都转舵撤退。其中有两只贼船较大，又鼓噪呐喊，由上风处飞驶而至。我们的大炮及时对准贼船，立即发射，一发就命中了海盗的领头船，烟雾弥漫方圆一里多。烟雾散去以后，贼船早已全部退走了。这一仗，我船的枪炮俱无虚发，船上的人才幸免于危难。不到一个时辰，又刮起了北风，海浪飞起越过了船顶。我在梦中听到船上的人喧哗高叫：“到官塘了。”被惊醒起了床。随行的人都一夜不眠，对我说：“危险到如此地步，你怎么还能睡得着？”我问当时的状况，他们说：“每次倾侧，帆篷都卧到了水面上。一浪盖过船头，全部船身就没入了水中，只听见瀑布的声响，向下流个不停。这样的情况没有翻船，真是万幸啊！”我笑着应答说：“如果船沉没了，你们能幸免于难吗？我进黑暗甜蜜的梦乡，未曾目睹当时的险情，难道不是幸运吗？”洗漱后，登上战台，环视周围，见前后的十余个炉灶都没有了，船面上没有任何东西，炊火早已断了。船夫指着前方说：“前面就是定海，可以不用担心了。”下午六点，才得以停泊。船夫登岸买来了米和柴，才算吃上了饭。这天夜里写了家书，为了安慰陈芸牵肠挂肚的悬念。然而，归心更加迫切。还记得当年，陈芸曾经对我说：“穿布衣吃粗茶淡饭，也可以快乐终身，没有必要去远游。”此番航海，虽然历经奇险，濒临危难却总能幸免于难，开始对陈芸的话有了深切的体味。

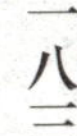

评点

中山国是明清时期琉球岛上的一个自立小国。琉球岛自隋朝开始便与大陆有了直接往来，后来更成为年年向中国朝廷进贡的属国，明清两代中山国的国王都要经过中华皇帝的册封授命。光绪五年，琉球岛被日本国占领，不久便划归冲绳县管辖。公元1799年，清朝嘉庆四年，作者跟随册封中山国王尚温的使臣到了琉球，从夏至到冬至在琉球游历了半年，生性爱好游山玩水搜奇掠怪的沈复，把他在中山国的经历“凡所目击，咸登掌录”，“志山水之丽崎，记物产之瑰怪，载官司之典章，嘉士女之风节”，便有了我们现在看到的《中山记历》。《中山记历》明显可以分成三部分，即出使渡海、琉球游历和返航归国。出使渡海一节虽相当短小，却有不少地方写得十分精彩。启航时对五彩祥云的描写，连用十个比喻然后举屠隆的赋类比印证，极其充分地渲染了美妙的景色，读者虽不能通过沈复的文字清楚看到出现在西方的庆云，却可以真切感受到当时祥云笼罩观者惊叹的氛围，得其神而忘其形；大鱼护航的情景则写得奇幻莫测，突如其来不见首尾的神秘大鱼，突如其来又顿然而止的霹雳暴雨，简约中有某些令人心动情移的韵味。

琉球游历是本卷的主体，其中山水园林花鸟鱼虫衣食住行风俗人情天文地理典籍掌故，可谓无所不包应有尽有，涉及的内容相当广泛异常驳杂，几乎就是琉球中山国的一部百科全书。“此邦颇多特产，为中国之少见”、“与中国不同”、“与中国异称”，是沈复介绍物产时取舍的标准和突出的重点。如海味之石鮔、海蛇、海胆、寄生螺、沙蟹、蚶、海马，布料之蕉布、苎布、丝布、麻布，瓜果花草之蕉实、樫木、福木、禅菊、凤尾蕉、凤梨、月橘、凤兰、护兰、粟兰、棒兰、西表松兰等等，皆如是。文中还多次提到琉球的气候特征，不仅解释了某些物产的特殊性，而且引出了农作物的品种房屋建设的规格以及动物的习性（如深秋蚊蝇不死、七月燕子始至）和风习的特别（如九月放风筝）。看来，沈复的确是下了一番功夫做过深入研究的。占篇幅最大的内容依然是沈复最钟情的山水园林，半年间的游踪所至，从王宫、使馆到郊野、农居，从人工建筑到自然景色，从楼台亭阁到海滩阡陌，所经所见不厌其烦一一道来，其间除对海滩海潮的描写之外大多无太多新意，更没有与《浪游记快》中的境界水准可以相提并论的东西，在《浪游记快》中擅长的概括点化和发乎性情的独抒己见、超凡脱俗的幽情雅趣、超越现实的寻幽搜奇，到了《中山记历》中则完全不见了，剩下的只有流水账般的行程记录，表现的似乎不是沈复这样一位旅行家艺术家（沈复精通绘画插花盆景制作）丰富的见识和善感的灵魂，而仅仅是丈量了琉球群岛每一寸土地的脚板的记忆。空灵变成了凿实，感悟蜕化为铺叙，已经没有了让读者怦然心动随之超脱的艺术力量。于是，有人指伪，便十分自然。

值得一读且颇有情趣的是关于当地风俗人情的记述。婚丧嫁娶的礼仪，宴客待人的规矩，衣着服饰的风格等，确有异国风情能令人耳目一新。但是，吸引读者的仅仅是内容自身的新鲜别致，是琉球岛新奇怪异的风情满足了人们探究猎奇的心理需求；读者的喜欢其实都与沈复的文笔无关。

返航归国一节集中记叙了将入国门时的一次海战：使船与海盗在温州南杞山附近海面遭遇交火，终因使船装备精良火力强大而有惊无险安然抵岸。战斗经过纯属道听途说（其实连道听途说也够不上，当时沈复正在梦中，消息的来源是同行者后来的转述），虽然热闹异常却近乎于呓语梦话。倒是沈复清醒以后的一段话颇有意味，也符合沈复一贯的性格："没覆，君等能免乎？余入黑甜乡，未曾目击其险，岂非幸乎？"枪炮齐鸣，舟船倾侧，众人皆深怀恐惧坐立不安，而唯独沈复一人能够酣然入睡不见不闻不知不觉，确有其特立独行之处，究其根由，盖源于内心的超然物外闲适恬静和随遇而安不作杞人之忧。

尽管我们对《中山记历》并不满意，但是它并非一无是处糟糕透顶。说不满意，是因为从中看不到在前四卷中弥漫扩散愈积愈浓的那种美的意蕴，也不能获得沁人心脾摄人魂魄的美的情感体验和注重性情超然物外的心灵升华。说它尚可一读，是因为《中山记历》包容的内容的确丰富，可以从中了解清朝时期琉球群岛上的物产人情风俗掌故，增加一定的知识，读来有益无害。因而，对《中山记历》似乎应采取一种与前四卷有所区别的阅读角度评判标准，至少应该大大降低审美的期望值而侧重于对知识的关注，这样做或许可以在一定程度上缓解我们的失望情绪。

养生记道

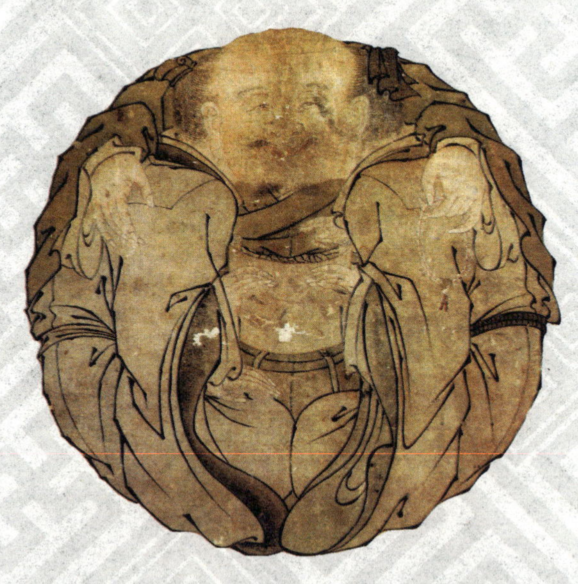

自芸娘之逝，戚戚无欢。春朝秋夕，登山临水，极目伤心，非悲则恨。读"坎坷记愁"，而余所遭之拂逆可知也。

静念解脱之法，行将辞家远出，求赤松子于世外。嗣以淡安、揖山两昆季之劝，遂乃栖身苦庵，惟以《南华经》自遣。乃知蒙庄鼓盆而歌，岂真忘情哉?无可奈何，而翻作达耳。余读其书，渐有所悟。读《养生主》而悟达观之士，无时而不安，无顺而不处，冥然与造化为一。将何得而何失，孰死而孰生耶？故任其所受，而哀乐无所措其间矣。又读《逍遥游》，而悟养生之要，惟在闲放不拘，怡适自得而已。始悔前此之一段痴情，得勿作茧自缚矣乎！此《养生记道》之所以为作也。亦或采前贤之说以自广，扫除种种烦恼，惟以有益身心为主，即蒙庄之旨也。庶几可以全生，可以尽年。

余年才四十，渐呈衰象。盖以百忧摧撼，历年郁抑，不无闷损。淡安劝余每日静坐数息，仿子瞻《养生颂》之法，余将遵而行之。调息之法，不拘时候，兀身端坐。子瞻所谓摄身使如木偶也。解衣缓带，务令适然。口中舌搅数次，微微吐出浊气，不令有声，鼻中微微纳之。或三五遍。二七遍，有津咽下，叩齿数通。舌抵上腭，唇齿相著，两目垂帘，令胧胧然渐次调息，不喘不粗。或数息出，或数息入，从一至十，从十至百，摄心在数，勿令散乱。子瞻所谓"寂然、兀然、与虚空等"也。如心息相依，杂念不生，则止勿数，任其自然。子瞻所谓随也。坐久愈妙。若欲起身，须徐徐舒放手足，勿得遽起。能勤行之，静中光景，种种奇特。子瞻所谓定能生慧。自然明悟，譬如盲人忽然有眼也。直可明心见性，不但养身全生而已。出入绵绵，若存若亡，神气相依，是为真息。息息归根，自能夺天地之造化，长生不死之妙道也。

译文

自从陈芸逝世以后，我时常悲戚没有欢乐。无论春秋朝夕，还是登山临水，满眼都是伤心情景，不是悲伤难耐，就是恨恨不已。读了《坎坷记愁》，就可知道我的遭遇是何等的不顺心。

静静地思考解脱的办法，准备离开家乡远远出走，在尘世以外寻求神仙的生活。后来因为夏淡安、夏揖山两兄弟的劝说，才依然栖身于凄苦的庵寺之中，靠一部《南华经》排遣忧愁。于是知道庄子的妻子死了以后，以盆当鼓击节而歌，哪里是真的达到了忘情的境界，不过是无可奈何，反过来故作旷达罢了！我读庄子的书，渐渐有了一些体悟。读《养生主》，我悟到了凡是达观的人，没有什么时候是不安宁的，没有不顺利的处境是不能生存的，好像冥冥之中与造物主化为了一体。将要得到什么，又会失去什么？什么时候死，什么时候生？一切都任其自然，受其所遇，所以，悲哀或者欢乐都在心中没有了存在的位置。读《逍遥游》，悟到了养生的要诀，只在于闲情放达、不拘世俗，怡情适性、自得其乐而已。这才悔悟到从前的一段痴情，岂不是作茧自缚吗！这正是我之所以写《养生记道》的动机。其中有些是采用前代贤哲的学说，然后自己扩充发挥，以期扫除种种烦恼，达到有益身心的目的，也就是庄子学说的旨义。或许，因此可以成全生命，可以尽享天年。

我的年纪才刚刚四十岁，却渐渐现出了衰老的迹象。都是因为百种忧伤摧残身心，多年来情绪郁抑，必然因苦闷损害了健康。夏淡安劝我每天静坐数息，效仿苏轼《养生颂》的办法，我将遵照实行。调息的办法，不受时候限制，挺直身子端坐。就像苏轼所说的“调整身体，使之如木偶一样”。解开衣扣，放松衣带，务必使全身舒适。舌头在口中搅动数次，慢慢吐出肺中的浊气，吐气时不要有声音，用鼻子慢慢地吸气，或者十五遍，或者十四遍。有了唾液就咽下，再叩齿数下。舌尖轻轻抵住上腭，嘴唇与牙齿稍稍接触，两眼帘下垂，使目光朦胧，渐渐地调整呼吸。呼吸要匀称细微，不喘不粗。或者数呼出的次数，或者数吸入的次数，从一至十，从十至百，把注意力集中在数数上，不要让神情散乱。这就是苏轼所说的“寂然、兀然、与虚空等”。如果达到了心境与呼吸的统一，心中没有杂念产生，就可以停止不要再数数，任其自然。也就是苏子瞻所说的“随”。坐得愈久效果愈美妙。如果想站起身来，必须慢慢舒展放开手足，千万不可猛然而起。假如能够经常进行静坐调息，入静之后，会出现种种奇异特别的情景。子瞻把这种情景叫做“定能生慧”。如此，自然可以清明警悟，譬如盲人忽然有了眼睛，确实可以明心见性，不只是可以保养身体、保全生命而已。呼出吸入绵绵不绝，若有若无，神情与气息互相依存，这才是真息。息息归根，自然能夺天地之造化，是追求长生不死的绝妙途径。

人大言，我小语。人多烦，我少记。人悸怖，我不怒。澹然无为，神气自满。此长生之药。《秋声赋》云："奈何思其力之所不及，忧其智之所不能。宜其渥然丹者为槁木，黟然黑者为星星。"此士大夫通患也。又曰："百忧感其心，万事劳其形。有动于中，必摇其精。"人常有多忧多思之患，方壮遽老，方老遽衰。反此亦长生之法。舞衫歌扇，转眼皆非。红粉青楼，当场即幻。秉灵烛以照迷情，持慧剑以割爱欲，殆非大勇不能也。

译文

别人大声说话，我则小声言语。别人多烦扰，我则少记苦恼。别人惊悸恐怖，我则不动怒气。淡然无为，神气自然充满肌体。这是长生的良药。欧阳修《秋声赋》说："没办法啊！偏要思谋自己能力达不到的地方，忧虑自己的才智不能办到的事情。难怪颜色红润的脸庞变得像枯木一样，乌黑的头发变成了白发。"这是士大夫的通病。又说："百忧撼动他的心灵，万事劳损他的形体。心中有了波动，必定摇荡他的精神。"人如果常有多忧多思的毛病，那么，正当壮年就会很快变老，刚进入老年就会很快衰亡。与此相反，也是长生的法则。长衫起舞、羽扇轻歌，转眼都变了模样；红粉佳人、青楼知音，当场就是幻梦。秉灵性的烛火照破迷魂的痴情，持智慧的利剑割断情爱的欲望，不是大智大勇者，大概是办不到的。

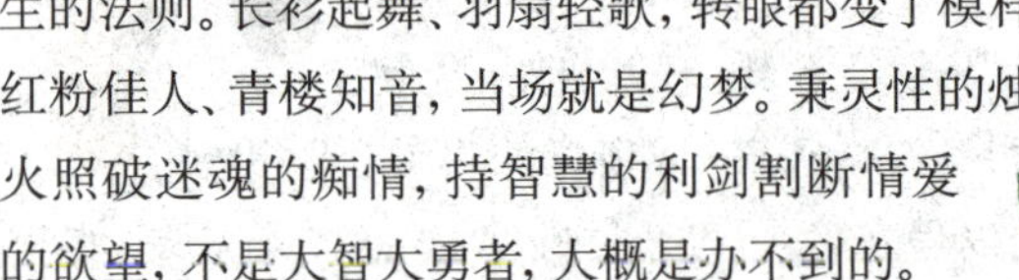

然情必有所寄。不如寄其情于卉木，不如寄其情于书画。与对艳妆美人何异？可省却许多烦恼。范文正有云：“千古贤贤，不能免生死，不能管后事。一身从无中来，却归无中去。谁是亲疏？谁能主宰？既无奈何，即放心逍遥，任委来往。如此断了，既心气渐顺，五脏亦和，药方有效，食方有味也。只如安乐人，忽有忧事。便吃食不下，何况久病，更忧身死，更忧身后，乃在大怖中，饮食安可得下？请宽心将息。”云云。乃劝其中舍三哥之帖。余近日多忧多虑，正宜读此一段。

放翁胸次广大，盖与渊明、乐天、尧夫、子瞻等，同其旷逸。其于养生之道，千言万语，真可谓有道之士。此后当玩索陆诗，正可疗余之病。

译文

然而，感情必须有所寄托。那么，不如把感情寄托在花卉草木上，不如寄托在书画中。这样与面对艳妆美人有什么区别呢？可以省去许多烦恼。范仲淹曾经说过：“千古贤哲，不能避免生与死，不能管后世的事情。孤独一身从虚无中来，却又要回到虚无中去。谁是亲谁是疏？谁又能主宰万物？既然无可奈何，就应该放任心智，逍遥自在，任凭它该来的来、该去的去。如此斩断烦扰，既可以使心气渐渐平顺，也可以使五脏和谐，服药才能有效果，吃东西才能有滋味。只像安康欢乐的人一样，心中不要有烦忧的事。心有烦事，就会吃不下饭，何况长期生病，还要担心会死去，更要忧虑身后的事，于是困陷在巨大的恐怖之中，怎么可能吃喝得下呢？请放宽心胸将养生息吧。”这是范仲淹劝他的中舍三哥的信。我近日多忧多虑，正适宜于读这一段话。

陆游的胸怀宽广博大，与陶渊明、白居易、邵雍、苏轼等人，一样地旷达飘逸。他对养生之道的论述，千言万语，真正可以称得上是有道之士。从此以后定当时常欣赏研究陆游的诗词，正好可以治疗我的病。

灑浴极有益。余近制一大盆，盛水极多。灑浴后，至为畅适。东坡诗所谓“淤槽漆斛江河倾，本来无垢洗更轻”。颇领略淂一二。

治有病，不若治于无病。疗身，不若疗心。使人疗，尤不若先自疗也。林鉴堂诗曰：“自家心病自家知，起念还当把念医。只是心生心作病，心安那有病来时。”此之谓自疗之药。游心于虚静，结志于微妙，委虑于无欲，指归于无为，故能达生延命，与道为久。

仙经以精、气、神为内三宝；耳、目、口为外三宝。常令内三宝不逐物而流，外三宝不诱中而扰。重阳祖师于十二时中，行住坐卧，一切动中，要把心似泰山，不摇不动；谨守四门，眼、耳、鼻、口，不令内入外出。此名养寿紧要。外无劳形之事，内无思想之患，以恬愉为务，以自淂为功，形体不敝，精神不散。

译文

洗澡极其有益。我最近做了一个大盆，能盛很多水。沐浴以后，十分畅快舒适。苏东坡诗中所说的“淤槽漆斛江河倾，本来无垢洗更轻”，已经领略到了洗澡的一些好处。

有了病再治疗，不如在没有病时就治疗。治疗身体，不如治疗心理。让别人给自己治疗，更不如事先自己治疗。林鉴堂的诗说：“自家心病自家知，起念还当把念医。只是心生心作病，心安哪有病来时。”这说的是自己治疗的药方。让心智在虚静之处自由游荡，让神志在微妙之中凝聚，把忧虑化解在没有欲望的心态中，把生命意义归于无为的境界，因此能够彻悟人生、延长寿命，与天道永久为伴。

养生之道，以精、气、神为内在的三宝，以耳、目、口为外在的三宝。应该时常让内三宝不追逐物欲而外流，外三宝不引诱心中产生忧虑。重阳祖师在一天的十二时辰中，无论行走坐卧，在一切活动中，一定让心像泰山一样安稳，不摇不动，严谨把守眼、耳、鼻、口四个门户，不让邪气入内、真气外出。这叫“养寿紧要”。外，没有劳形的事情，内，没有思想的忧患，把安恬愉悦当做生活的正务，把自得其乐当做修炼的功夫，就可以做到形体不破败，精神不散乱。

益州老人尝言：“凡欲身之无病，必须先正其心。使其心不乱求，心不狂思，不贪嗜欲，不著迷惑，则心君泰然矣。心君泰然，则百骸四体，虽有病，不难治疗。独此心一动，百患为招，即扁鹊华陀在旁，亦无所措手矣。”

林鉴堂先生有《安心诗》六首。真长生之要诀也。诗云：

我有灵丹一小锭，能医四海群迷病。
些儿吞下体安然，管取延年兼接命。

安心心法有谁知，却把无形妙药医。
医得此心能不病，翻身跳入太虚时。

念杂由来业障多，憧憧扰扰竟如何。
驱魔自有玄微诀，引入尧夫安乐窝。

人有二心方显念，念无二心始为人。
人心无二浑无念，念绝悠然见太清。

这也了时那也了，纷纷攘攘皆分晓。
云开万里见清光，明月一轮圆皎皎。

四海遨游养浩然，心连碧水水连天。
津头自有渔郎问，洞里桃花日日鲜。

译文

益州老人曾经说过："凡是希望身体没有病的人，必须先端正自己的心态。做到心里不胡乱企求，不狂妄思谋，不贪图一时嗜好欲望的享受，不受各种各样的诱惑，心神自然就能够泰然。心神泰然了，即使四肢百骸有了病，也不难治疗。唯独这心神一旦动摇了，便会招来百种病患，那时，即使扁鹊、华陀在你身旁，也没有办法下手治疗。"

林鉴堂先生有《安心诗》六首，是真正的长生要诀。诗云：

我有灵丹一小锭，能医四海群迷病。
些儿吞下体安然，管取延年兼接命。

安心心法有谁知，却把无形妙药医。
医得此心能不病，翻身跳入太虚时。

念杂由来业障多，憧憧扰扰竟如何。
驱魔自有玄微诀，引入尧夫安乐窝。

人有二心方显念，念无二心始为人。
人心无二浑无念，念绝悠然见太清。

这也了时那也了，纷纷攘攘皆分晓。
云开万里见清光，明月一轮圆皎皎。

四海遨游养浩然，心连碧水水连天。
津头自有渔郎问，洞里桃花日日鲜。

禅师与余谈养心之法，谓："心如明镜，不可以尘之也。又如止水，不可以波之也。"此与晦庵所言"学者，常要提醒此心，惺惺不寐，如日中天，群邪自息"，其旨正同。又言："目毋妄视，耳毋妄听，口毋妄言，心毋妄动，贪嗔痴爱，是非人我，一切放下。未事不可先迎，遇事不宜过扰，既事不可留住；听其自来，应以自然，信其自去。忿懥恐惧，好乐忧患，皆得其正。"此养心之要也。

王华子曰："斋者，齐也。齐其心而洁其体也，岂仅茹素而已。"所谓齐其心者，澹志寡营，轻得失，勤内省，远荤酒。洁其体者，不履邪径，不视恶色，不听淫声，不为物诱。入室闭户，烧香静坐，方可谓之斋也。诚能如是，则身中之神明自安，升降不碍，可以却病，可以长生。

余所居室，四边皆窗户；遇风即阖，风息即开。余所居室，前帘后屏，太明即下帘，以和其内映；太暗则卷帘，以通其外耀。内以安心，外以安目，心目俱安，则身安矣。

禅师称二语告我曰："未死先学死；有生即杀生。"有生，谓妄念初生。杀生，谓立予铲除也。此与孟子勿忘勿助之功相通。

译文

有一位禅师与我谈论养心的方法，说："心如明亮的镜子，不可以让它蒙上尘埃。又如静止的水，不可以让它扬起波澜。"这话与朱熹所说的"做学问的人，时常要提醒这颗心，保持机灵而不睡觉，就像太阳升起在当空中，所有的邪恶都自然停息了"，它们的旨义正好相同。又说："眼睛不要乱看，耳朵不要乱听，口不要乱说，心不要乱动，把那些贪婪、嗔怪、痴迷、爱恋，是非曲直、他人自我，一切都放下。没有发生的事没必要预先迎候，遇到事情不应该过分烦扰，已经过去的事不可以强行挽留；听任事情自己来，顺其自然，相信它会自己过去。那么，忿怒、恐惧、好乐、忧患（泛指七情六欲），都能够得到它自己的正确位置。"这是颐养心智的要诀。

王华子说："斋，就是齐。齐平人心、清洁人的肌体，何止于仅仅是吃素食。"所谓齐其心，说的是淡泊情志，少钻营，轻视得失，勤于内心省悟，远离荤腥美酒；洁其体，就是不走邪恶的路径，不看丑恶的颜色，不听淫秽的声音，不被物欲引诱。进入室内，闭上窗户，点上香，静静地打坐，才可以称得上真正的斋戒。确实能像这样做，那么，身体中的神明就能自我安宁，提升降落不受阻碍，可以抵御疾病，可以长生不老。

我的居室，四边都是窗户；有风时就关上，风停息了就打开。我的居室，前面挂帘子，后面设屏风。太亮了就放下帘子，使室内的光线柔和；太暗了就卷起帘子，让外面的光线透进来。内，使心安稳，外，使眼安逸，心眼都安宁了，全身也就安宁了。

禅师告诉我两句偈语："未死先学死；有生即杀生。""有生"，是说邪念刚刚产生；"杀生"，是说立即予以铲除。这与孟子"勿忘、勿助"的功法一脉相通。

孙真人《卫生歌》云：

卫生切要知三戒，大怒大欲并大醉。

三者若还有一焉，须防损失真元气。

又云：

世人欲知卫生道，喜乐有常嗔怒少。

心诚意正思虑除，理顺修身去烦恼。

又云：

醉后强饮饱强食，未有此生不成疾。

入资饮食以养身，去其甚者自安适。

又蔡西山《卫生歌》云：

何必餐霞饵大药，妄意延龄等龟鹤。

但于饮食嗜欲间，去其甚者将安乐。

食后徐行百步多，两手摩胁并胸腹。

又云：

醉眠饱卧俱无益，渴饮饥餐尤戒多。

食不欲粗并欲速，宁可少餐相接续。

若教一顿饱充肠，损气伤脾非尔福。

又云：

饮酒莫教令大醉，大醉伤神损心志。

酒渴饮水并啜茶，腰脚自兹成重坠。

又云：

视听行坐不可久，五劳七伤从此有。

四肢亦欲得小劳，譬如户枢终不朽。

又云：

道家更有颐生旨，第一戒人少嗔恚。

凡此数言，果能遵行，功臻旦夕，勿谓老生常谈也。

孙真人的《卫生歌》说：

卫生切要知三戒，大怒大欲并大醉。

三者若还有一焉，须防损失真元气。

又说：

世人欲知卫生道，喜乐有常嗔怒少。
心诚意正思虑除，理顺修身去烦恼。

又说：

醉后强饮饱强食，未有此生不成疾。
入资饮食以养身，去其甚者自安适。

又有蔡西山的《卫生歌》说：

何必餐霞饵大药，妄意延龄等龟鹤。
但于饮食嗜欲间，去其甚者将安乐。
食后徐行百步多，两手摩胁并胸腹。

又说：

醉眠饱卧俱无益，渴饮饥餐尤戒多。
食不欲粗并欲速，宁可少餐相接续。
若教一顿饱充肠，损气伤脾非尔福。

又说：

饮酒莫教令大醉，大醉伤神损心志。
酒渴饮水并啜茶，腰脚自兹成重坠。

又说：

视听行坐不可久，五劳七伤从此有。
四肢亦欲得小劳，譬如户枢终不朽。

又说：

道家更有颐生旨，第一戒人少嗔恚。

以上这几句话，真的能够遵照实行，早晚习练使功力达到圆满，千万不要以为是老生常谈。

洁一室，开南牖，八窗通明。勿多陈列玩器，引乱心目。设广榻、长几各一，笔砚楚楚，旁设小几一。挂字画一幅，频换；几上置得意书一二部，古帖一本，古琴一张。心目间，常要一尘不染。

晨入园林，种植蔬果，芟草，灌花，莳药。归来入室，闭目定神。时读快书，怡悦神气。时吟好诗，畅发幽情。临古帖，抚古琴，倦即止。知己聚谈，勿及时事，勿及权势，勿臧否人物，勿争辩是非。或约闲行，不衫不履，勿以劳苦徇礼节。小饮勿醉，陶然而已。诚然如是，亦堪乐志。以视夫蹩足入泮，申脰就羁，游卿相之门，有簪佩之累，岂不霄壤之悬哉！

打扫干净一间房子，在南边开窗户，八扇窗子采光。不要过多地陈列古玩玉器，以免引诱扰乱心思眼目。安放大床、长几各一张，笔、砚摆放整齐，旁边设小几一个，挂字画一幅，频繁更换字画，几上放喜欢的书一二部、古人字帖一本、古琴一张。心眼之间，常要一尘不染。

早晨进入园林，种植蔬菜瓜果，锄草，浇花，栽药。回来进入净室，闭上眼睛安定神情。时而读愉快的书，使神气快乐愉悦；时而吟好诗，使幽情得以畅达抒发。临摹古人字帖，弹奏古琴，疲倦了就停止。知己朋友聚会，谈话的内容不涉及时事权势，不褒贬人物，不争辩是非。偶尔相约结伴出行，不着意打扮讲究穿戴，不因为遵循礼节而劳心苦力。少喝点酒但不要喝醉，舒畅快乐就够了。假如确实能这样做，也可以娱乐志趣。由此而观，那些缩脚陷入绳绊，伸脖子进入圈套，出入于卿相的门庭，受簪佩装饰累赘的人，与此相比岂不是有天上地下的悬殊差别！

太极拳非他种拳术可及。太极二字，已完全包括此种拳术之意义。太极，乃一圆圈。太极拳即由无数圆圈联贯而成之一种拳术。无论一举手，一投足，皆不能离此圆圈；离此圆圈，便违太极拳之原理。四肢百骸不动则已，动则皆不能离此圆圈，处处成圆，随虚随实。练习以前，先须存神纳气，静坐数刻；并非道家之守窍也，只须屏绝思虑，务使万缘俱静。以缓慢为原则，以毫不使力为要义，自首至尾，联绵不断。相传为辽阳张通，于洪武初奉召入都，路阻武当，夜梦异人，授以此种拳术。余近年从事练习，果觉身体较健，寒暑不侵。用以卫生，诚有益而无损者也。

太极拳是别的拳术不可以比及的。太极二字，已经完全包括了这种拳术的意义。太极，就是一个圆圈。太极拳就是由无数圆圈联贯

而成的一种拳术。无论一举手，一投足，都不能离开这个圆圈；离开这个圆圈，便违背了太极拳的原理。四肢百骸不动作倒还罢了，一旦动作就都不能离开这个圆圈，处处成圆，有时虚有时实。练习太极拳以前，先必须凝神吸气，静坐片刻；并不是道家的守窍，只需要停止思虑，务必使万种思绪都归于寂静。练习时，以缓慢为原则，以毫不用力为要领，从头至尾，联绵不断。相传，辽阳人张通，在明朝洪武初起奉召进京，路上被武当派阻拦，夜里梦见异人，教给他这种拳术。我近年来从事太极拳的练习，果然觉得身体较以前强健，无论寒冷暑热都不能侵入肌体，用以防病健身，确实只有好处而没有损害。

省多言，省笔札，省交游，省妄想，所一息不可省者，居敬养心耳。

杨廉夫有《路逢三叟词》云：

上叟前致词，大道抱天全。
中叟前致词，寒暑每节宣。
下叟前致词，百岁半单眠。

尝见后山诗中一词，亦此意。盖出应璩，璩诗曰：

昔有行道人，陌上见三叟。
年各百岁余，相与锄禾麦。
往前问三叟，何以得此寿？
上叟前致词，室内姬粗丑。
二叟前致词，量腹节所受。
下叟前致词，夜卧不覆首。
要哉三叟言，所以能长久。

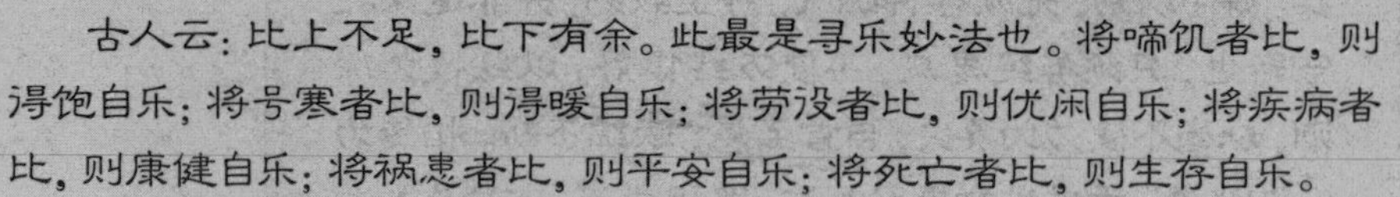

古人云：比上不足，比下有余。此最是寻乐妙法也。将啼饥者比，则得饱自乐；将号寒者比，则得暖自乐；将劳役者比，则优闲自乐；将疾病者比，则康健自乐；将祸患者比，则平安自乐；将死亡者比，则生存自乐。

白乐天诗有云：

蜗牛角内争何事，石火光中寄此身。
随富随贫且欢喜，不开口笑是痴人。

近人诗有云：

人生世间一大梦，梦里胡为苦认真？
梦短梦长俱是梦，忽然一觉梦何存！

与乐天同一旷达也！

译文

尽量少说话，减少书信往来，少交友游玩，免去痴心妄想。一息尚存，不可以省略的，唯有积累德行修养心田而已。

杨廉夫有《路逢三叟词》说：

上叟前致词，大道抱天全。

中叟前致词，寒暑每节宣。

下叟前致词，百岁半单眠。

曾经见过《后山诗》中有一首词，也是这个意思。它们都来源于应璩的诗。应璩的诗写道：

昔有行道人，陌上见三叟。

年各百岁余，相与锄禾麦。

往前问三叟，何以得此寿？

上叟前致词，室内姬粗丑。

二叟前致词，量腹节所受。

下叟前致词，夜卧不覆首。

要哉三叟言，所以能长久。

古人说："比上不足，比下有余。"这是最妙的寻求快乐的方法。与因饥饿而哭泣的人相比，能吃得饱的人就应该自己感到快乐；与因寒冷而呼号的人相比，能穿得暖的人就应该自己感到快乐；与被迫劳动的人相比，悠闲的人就应该自己感到快乐；与患有疾病的人相比，身体健康的人就应该自己感到快乐；与遭遇灾祸的人相比，平安无事的人就应该自己感到快乐；与已经死了的人相比，活在世上的人就应该自己感到快乐。

白居易的诗中有这样的话：

蜗牛角内争何事，石火光中寄此身。

随富随贫且欢喜，不开口笑是痴人。

近来有人写诗说：

人生世间一大梦，梦里胡为苦认真？

梦短梦长俱是梦，忽然一觉梦何存？

与白居易的情怀一样的旷达！

"世事茫茫，光阴有限，算来何必奔忙？人生碌碌，竞短论长，却不道荣枯有数，得失难量。看那秋风金谷，夜月乌江，阿房宫冷，铜雀台荒，荣华花上露，富贵草头霜。机关参透，万虑皆忘，夸什么龙楼凤阁，说什么利锁名缰。闲来静处，且将诗酒猖狂，唱一曲归来未晚，歌一调湖海茫茫。逢时遇景，拾翠寻芳。约几个知心密友，到野外溪旁，或琴棋适性，或曲水流觞；或说些善因果报，或论些今古兴亡；看花枝堆锦绣，听鸟语弄笙簧。一任他人情反复，世态炎凉，优游闲岁月，潇洒度时光。"

此不知为谁氏所作，读之而若大梦之得醒，热火世界一贴清凉散也。

程明道先生曰："吾受气甚薄，因厚为保生。至三十而浸盛，四十五十而浸盛，四十五十而后完。今生七十二年矣，较其筋骨，于盛年无损也。若人待老而保生，是犹贫而后蓄积，虽勤亦无补矣。"

译文

"世事茫茫，光阴有限，细细想来何必奔波忙碌？人生平庸辛苦，争论长短高下，却不知道万物兴亡都有定数，得失难以估量。看那金谷秋风萧瑟，乌江夜月凄凉，阿房宫化作冷灰，铜雀台一片草荒；荣华就像花上露，富贵恰如草头霜。看破了机巧关节，万种思虑都被遗忘；何必夸什么龙楼凤阁，说什么利锁名缰，轻闲常到安静处，姑且吟诗喝酒故作猖狂；唱一曲'归来未晚'，歌一调'湖海茫茫'。适逢好时光，偶遇佳风景，收拾翠叶，寻觅群芳，约几个知心密友，来到野外溪水旁。或者弹琴下棋舒适情性，或者推杯换盏曲水流觞；或说些善恶因果，或论些今古兴亡；看枝头花开似堆满锦绣，听鸟儿歌唱像吹奏笙簧。一任他人情反复，世态炎凉，优游闲岁月，潇洒度时光。"

这不知道是谁作的。读了它，就像从大梦中惊醒，为燥热的世界贴了一贴清凉散。

程颢先生（字明道）说："我受的先天之气特别薄，因此特别注重保养生息。到三十岁逐渐强盛，四十岁五十岁更为强盛；到四十岁五十岁以后达到了完满。今天已经活了七十二年，就其筋骨而言，与盛年时相比毫无损伤。如果人们等到衰老了，再来保养生息，就像是已经贫穷了然后才开始储蓄积累，即使特别勤劳，但也是于事无补了。"

口中言少，心头事少，肚里食少。有此三少，神仙可到。

酒宜节饮，忿宜速惩，欲宜力制。依此三宜，疾病自稀。

病有十可却：静坐观空，觉四大原从假合，一也。烦恼现前，以死譬之，二也。常将不如我者，巧自宽解，三也。造物劳我以生，遇病少闲，反生庆幸，四也。宿孽现逢，不可逃避，欢喜领受，五也。家庭和睦，无交谪之言，六也。众生各有病根，常自观察克治，七也。风寒谨访，嗜欲淡薄，八也。饮食宁节毋多，起居务适毋强，九也。觅高明亲友，讲开怀出世之谈，十也。

邵康节居安乐窝中，自吟曰：

老年肢体索温存，安乐窝中别有春。
万事去心闲偃仰，四肢由我任舒伸。
炎天傍竹凉铺簟，寒雪围炉软布衵。
昼数落花聆鸟语，夜邀明月操琴音。
食防难化常思节，衣必宜温莫懒增。
谁道山翁拙于用，也能康济自家身。

养生之道，只“清净明了”四字。内觉身心空，外觉万物空，破诸妄想，一无执著，是曰“清净明了”。

万病之毒，皆生于浓。浓于声色，生虚怯病。浓于货利，生食饕病。浓于功业，生造作病。浓于名誉，生矫激病。噫，浓之为毒甚矣！樊尚默先生以一味药解之曰：“淡。”云白山青，川行石立，花迎鸟笑，谷答樵讴，万境自闲，人心自闲。

译文

口中的言语少，心头的事情少，肚里的食物少。有了这“三少”，就可以像神仙一样长生不老。

饮酒宜有所节制，忿恨宜迅速清除，情欲宜努力控制。遵照这“三宜”，疾病自然少。

预防疾病有十种方法：一、静坐观察宇宙，觉得四大（地、水、火、风）原来都是虚假的组合；二、烦恼出现在眼前，用死来做比较；三、时常把不如我意的事情，巧妙地自我宽慰解脱；四、老天爷让我一生劳累，遇上病才得片刻轻闲，反而觉得庆幸；五、旧有的冤孽现在碰上了，既然不可逃避，就欢欢喜喜去接受；六、家庭和睦，没有言语的争吵；七、各种疾病都有病根，时常自我观察克服预防；八、风寒要谨慎防范，嗜欲要使之淡薄；九、饮食宁可减缩不可过多，起居务必舒适不要勉强；十、寻找高明的亲友，谈论些开心、出世的话题。

邵康节住在安乐窝中，自我吟唱道：

老年肢体索温存，安乐窝中别有春。
万事去心闲偃仰，四肢由我任舒伸。
炎天傍竹凉铺簟，寒雪围炉软布裀。
昼数落花聆鸟语，夜邀明月操琴音。
食防难化常思节，衣必宜温莫懒增。
谁道山翁拙于用，也能康济自家身。

养生之道，只在于“清净明了”四个字。内，觉得自己的身心是空的，外，觉得世界万物是空的，打破一切痴心妄想，没有任何执迷不悟，这就叫做“清净明了”。

所有疾病的毒素，都是从“浓”产生的。对歌舞女色兴趣浓厚，产生虚弱怯懦的病症。对物质利益欲望浓烈，产生贪食饕餮的病症。对功名事业用心浓重，产生娇柔造作的病症。对声名荣誉意气浓郁，产生矫情激愤的病症。噫，浓是毒性十分厉害的东西。樊尚默先生用一味药来解“浓”的毒，就是：“淡。”云白山青翠，河流石不动，百花迎着飞鸟笑，山谷唱答有樵夫；大千世界本来自然而闻，一切喧闹都是人心自造的。

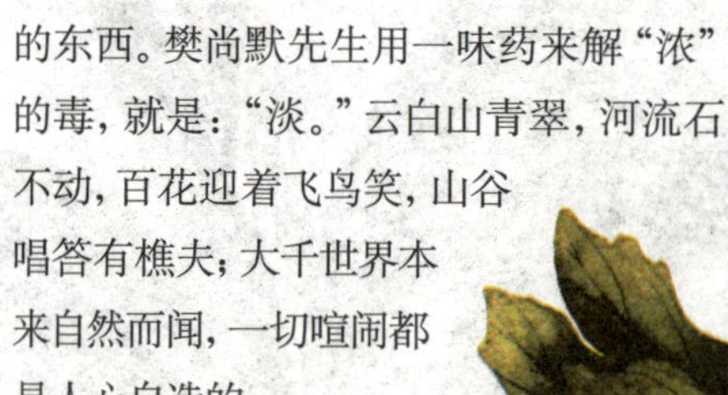

岁暮访淡安，见其凝尘满室，泊然处之。叹曰："所居，必洒扫涓洁，虚室以居，尘嚣不杂。斋前杂树花木，时观万物生意。深夜独坐，或启扉以漏月光，至昧爽，但觉天地万物，清气自远而届，此心与相流通，更无窒碍。今室中芜秽不治，弗以累心，但恐于神爽，未必有助也。"

余年来静坐枯庵，迅扫夙习。或浩歌长林，或孤啸幽谷，或弄艇投竿于溪涯湖曲，捐耳目，去心智，久之似有所得。

陈白沙曰："不累于外物，不累于耳目，不累于造次颠沛。鸢飞鱼跃，其机在我。"知此者谓之善学，抑亦养寿之真诀也。

圣贤皆无不乐之理。孔子曰："乐在其中。"颜子不改其乐。孟子以不愧、不怍为乐。《论语》开首说乐。《中庸》言"无入而不自得"。程朱教寻孔颜乐趣，皆是此意。圣贤之乐，余何敢望，窃欲仿白傅之"有叟在中，白须飘然；妻孥熙熙，鸡犬闲闲"之乐云耳。

译文

年底我去访问夏淡安，见他的房间了积满了厚厚的灰尘，而他却淡然处之。我感叹地说："居住的地方，必须洒扫得整洁干净，让房室虚空便于居住，不要让尘世的喧嚣混杂进来。屋前夹杂种植些花草树木，时常观察万物生长的意趣；深夜独自坐着，偶尔开启窗扉让月光射进来，达到神清气爽的境界，只觉得天地万物之间，清气自远处而来。这时，心就能与自然清气沟通，更不会有一点堵塞障碍。现在房间里杂乱污秽，不加整治，不要以为只是累心，更对于神情的爽快，恐怕未必会有什么帮助。"

我近年来平静地居住在破败的寺院里，很快除掉了过去的习气。有时在树林里放声歌唱，有时独自在幽静的山谷中大声呼啸，有时驾着小船艇在溪畔湖湾钓鱼。捐弃了声色的扰烦，除去了心智的劳累，久而久之，似乎有了可喜的收获。

陈白沙说："不被身外之物所累，不被声音美色所累，不被鲁莽仓促和颠沛流离所累。鹰高飞，鱼潜游，重要的问题都在我心里。"能够知道这个道理，可以称得上是善于学习。或许，这也是养生长寿的真正秘诀。

凡圣贤之人，都没有不快乐的道理。孔子说："乐在其中。"颜回不改其乐。孟子以不愧、不怍为乐。《论语》开头就说乐。《中庸》说："没有进入境界而不能自得其乐的。"程朱理学遵循孔子、颜回的乐趣，都是这个用意。圣贤的乐趣，我哪里敢于奢望；只是心中暗想，效仿白居易那样"有老翁在家中，白须飘飘；妻子儿女欢天喜地，鸡犬自在悠闲"的快乐。

冬夏皆当以日出而起，于夏尤宜。天地清旭之气，最为爽神，失之甚为可惜。余居山寺之中，暑月日出则起，收水草清香之味。莲方敛而未开，竹含露而犹滴，可谓至快。日长漏永，午睡数刻，焚香垂幕，净展桃笙，睡足而起，神清气爽。真不啻天际真人也。

乐即是苦，苦即是乐。带些不足，安知非福?举家事事如意，一身件件自在，热光景，即是冷消息。圣贤不能免厄，仙佛不能免劫；厄以铸圣贤，劫以炼仙佛也。

牛喘月，雁随阳，总成忙世界；蜂采香，蝇逐臭，同是苦生涯。劳生扰扰，惟利惟名。牿旦昼，蹶寒暑，促生死，皆此两字误之。以名为炭而灼心，心之液涸矣；以利为虿而螫心，心之神损矣。今欲安心而却病，非将名利两字，涤除净尽不可。

余读柴桑翁《闲情赋》，而叹其钟情；读《归去来辞》，而叹其忘情；读《五柳先生传》，而叹其非有情、非无情，钟之忘之而妙焉者也。余友淡公，最慕柴桑翁，书不求解而能解，酒不期醉而能醉。且语余曰："诗何必五言？官何必五斗？子何必五男？宅何必五柳？"可谓逸矣！余梦中有句云："五百年谪在红尘，略成游戏；三千里击开沧海，便是逍遥。"醒而述诸琢堂，琢堂以为飘逸可诵。然而谁能会此意乎？

真定梁公每语人：每晚家居，必寻可喜笑之事，与客纵谈，掀髯大笑，以发舒一日劳顿郁结之气。此真得养生要诀也。

译文

无论冬夏，都应当在日出时起床，在夏天更应如此。清晨旭日东升，天地间的空气最能使人神气清爽，失去它实在是太可惜了。我居住在山中寺院里，夏天总是日出就起床，吸收水草的清香气味。莲花收敛的花瓣还没有绽开，竹子含着露珠好像要滴下来，可以说是最快乐的时候。夏季白天时间长，午睡片刻，室内焚香垂帘，净展桃笙，睡够了就起来，神清气爽。真是超过了天上的神仙。

乐就是苦，苦就是乐。生活中有些不足，怎么就知道不是福分呢？全家人事事都遂心如意，自身的各方面都舒坦自在，其实这热闹的光景，正是冷清的预兆。圣贤不能避免厄运，仙佛不能避免劫难；然而，正是厄运铸就了圣贤，劫难修炼成了仙佛。

吴牛看见月亮也气喘，大雁随着太阳南北迁徙，构成了忙忙乱乱的世界；蜜蜂采集花香，苍蝇追逐臭味，同样是辛辛苦苦的生命历程。劳苦一生忙忙碌碌，只是为了名和利。旦夕被捆绑，寒暑常摔倒，生死紧相逼，都是名、利两个字误导的结果。把名当做炭来烤灼心灵，心灵之水就会干涸；把利当做毒虫来螫心灵，心灵之神就会伤损。如果你希望心灵安定、远离疾病，非得把名利二字消灭得干净彻底不可。

我读陶渊明的《闲情赋》，赞叹他特别钟情；读《归去来辞》，赞叹他能够忘情；读《五柳先生传》，感慨他既不是有情，也不是无情，钟爱某种东西又能忘掉这种东西。实在是太精妙了。我的朋友夏淡安，最羡慕陶渊明读书不求甚解而能尽解，酒不期望醉而能自醉。并且对我说："作诗何必是五言，做官何必是五斗，生子何必是五男，住宅何必种五柳？"真可谓潇洒飘逸啊！我在梦中得一联句："五百年谪在红尘，略成游戏；三千里击开沧海，便是逍遥。"醒来后讲给石琢堂听，琢堂以为飘逸值得吟诵。然而，谁又能体会到其中的深意呢？

真定人梁公经常向人们说：每天夜晚在家中，必定寻找些可喜可笑的事，与客人敞开胸怀高谈阔论，抖动着胡须放声大笑，来发散一天中因辛劳困顿郁结的秽气。这是真正领会到了养生的要诀。

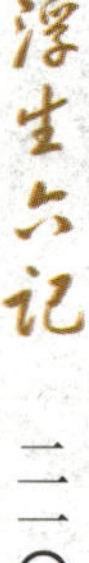

曾有乡人过百岁，余扣其术。答曰："余乡村人，无所知。但一生只是喜欢，从不知忧恼。"此岂名利中人所能哉。

昔王右军云："吾笃嗜种果，此中有至乐存焉。我种之树，开一花，结一实，玩之偏爱，食之益甘。"右军可谓自得其乐矣。

放翁梦至仙馆，得诗云："长廊下瞰碧莲沼，小阁正对青萝峰。"便以为极胜之景。余居禅房，颇擅此胜，可傲放翁矣。

余昔在球阳，日则步屧于空潭、碧涧、长松、茂竹之侧；夕则挑灯读白香山、陆放翁之诗。焚香煮茶，延两君子于坐，与之相对，如见其襟怀之澹宕，几欲弃万事而从之游。亦愉悦身心之一助也。

译文

曾有乡下人过百岁生日，我问他养生的方法。老人笑着说："我是乡村人，不知道什么养生的方法。但是，一生中只知道喜欢，从不知道忧愁烦恼。"这岂是名利场中的人所能做到的。

过去王羲之说过："我特别爱好种果树，其中有着特别的乐趣。我种的树，每开一朵花，每结一颗果实，赏玩的时候特别偏爱，吃的时候更加香甜。"王右军可以说是自得其乐了。

陆游梦见到了神仙住的地方，写了这样的诗句："长廊下瞰碧莲沼，小阁正对青萝峰。"便以为是极其美妙的景色。我居住的禅房，这样的美景特别突出，可以傲视陆放翁。

我过去在琉球的时候，白日在空阔的水潭、青翠的山涧、高大的松柏、茂盛的竹林旁边散步；夜晚在灯下读白居易、陆放翁的诗歌。点燃香烛，烹煮香茶，请两位君子（指白、陆）就座，与他们相对，好像看见了他们淡泊坦荡的襟怀，几乎想抛弃一切事情跟随他们而去。这也是有助于身心愉悦的一种方法。

余自四十五岁以后，讲求安心之法。方寸之地，空空洞洞，朗朗惺惺，凡喜怒哀乐，劳苦恐惧之事，决不令之入。譬如制为一城，将城门紧闭，时加防守，惟恐此数者阑入。近来渐觉阑入之时少，主人居其中，乃有安适之象矣。养身之道，一在慎嗜欲，一在慎饮食，一在慎忿怒，一在慎寒暑，一在慎思索，一在慎烦劳。有一于此，足以致病，安得不时时谨慎耶！张敦复先生尝言："古之读《文选》而悟养生之理，得力于两句。曰：'石蕴玉而山辉，水含珠而川媚。'"此真是至言。尝见兰蕙芍药之蒂者，必有露珠一点，若此一点为蚁虫所食，则花萎矣。又见笋初出，当晓，则必有露珠数颗在其末，日出，则露复敛而归根，夕则复上。田闲有诗云"夕看露颗上梢行"是也。若侵晓入园，笋上无露珠，则不成竹，遂取而食之。稻上亦有露，夕现而朝敛，人之元气全在乎此。故《文选》二语，不可不时时体察。得诀固不在多也。

译文

我自四十五岁以后，讲求安心养性的方法。使方寸之地（指心脏），空空洞洞，明朗清醒；凡是喜怒哀乐、劳苦恐惧的事情，决不让它们进入。好比建造了一座城池，将城门紧紧闭上，时时严加防守，唯恐那几种东西擅自进入。近来，逐渐觉得它们擅自进入的时间越来越少，主人居住在城中，就有了安稳舒适的气象。养身之道，一是对贪欲要警惕，一是对饮食要谨慎，一是对忿怒要小心，一是对寒暑要警觉，一是对妄想要谨防，一是对烦劳要注意。有其中某一种在心中，就足以导致疾病，怎么能不时时谨慎呢！张英（字敦复）先生曾经说："古人读《文选》而悟出养生的道理，得力于两句话，就是：'石蕴玉而山辉，水含珠而川媚。'"这真是至理明言。曾见兰蕙、芍药的花蒂上，必定有一点露珠；如果这一点露珠蚁虫吃掉，花朵就枯萎了。又见竹笋刚长出来，每当清晨，在它的末梢一定也有几颗露珠；太阳一出，露珠就收敛回到了根底，到了傍晚又上到笋梢。正如田闲老人（钱澄之）的诗句"夕看露颗上梢行"说的

那样。假如拂晓进入竹园，见竹笋上没有露珠，那么，它就成不了材，于是把它挖出来当菜吃。稻子上也有露珠，晚上出现而早晨收敛，人的元气全都包含在这中间。所以，《文选》中的两句话，不可不时时深加体察。得养生的秘诀，其实并不在数量的多少。

余之所居，仅可容膝，寒则温室拥杂花，暑则垂帘对高槐。所自适于天壤间者，止此耳。然退一步想，我所得于天者已多，因此心平气和，无歆羡，亦无怨尤。此余晚年自得之乐也。圃翁曰："人心至灵至动，不可过劳，亦不可过逸，惟读书可以养之。"闲适无事之人，镇日不观书，则起居出入，身心无所栖泊，耳目无所安顿，势必心意颠倒，妄想生嗔，处逆境不乐，处顺境亦不乐也。古人有言：扫地焚香，清福已具。其有福者，佐以读书；其无福者，便生他想。旨哉斯言。且从来拂意之事，自不读书者见之，似为我所独遭，极其难堪。不知古人拂意之事，有百倍于此者，特不细心体验耳！即如东坡，先生殁后，遭逢高孝，文字始出，而当时之忧谗畏讥，困顿转徙潮惠之间，且遭跣足涉水，居近牛栏，是何如境界？又如白香山之无嗣，陆放翁之忍饥，皆载在书卷。彼独非千载闻人？而所遇皆如此。诚一平心静观，则人间拂意之事，可以涣然冰释。若不读书，则但见我所遭甚苦，而无穷怨尤嗔忿之心，烧灼不静，其苦为何如耶？故读书为颐养第一事也。

我的居室，仅仅可以容我伸开腿，冬天，温暖的房间里挤满了各种盆花，夏天，垂挂着的窗帘面对高大的古槐。我在天地之间所享受的，仅止这些东西。然而，退一步想，我从老天那里得到的已经很多，因此心平气和，没有其他的羡慕，也没有什么怨尤。这是我晚年自己体会到的快乐。圃翁说："人心特别灵动，不能让它过于劳累，也不能让它过于安逸，只有读书可以养心。”悠闲舒适、无所事事的人，整天不读书，那么，无论起居出入，身心都没有栖息停泊的地方，耳目没有安稳停歇的时候，势必会心神不宁，无端生出些妄想和嗔怪。于是，处于逆境自然不可能快乐，处于顺境也不可能快乐。古人曾经说过：“扫地焚香，清净福分已经齐备了。那些有福的人，用读书来与此相伴；而无福的人，就会生出别的想法。”这话说得十分深刻。况且，从来那些不如意的事情，在不读书的人看来，就好像只是我一个人的不幸遭遇，因此极其难以忍受。却不知道古人也有不如意的事情，甚至比你的遭遇更百倍地不幸，只是你没有细心去体验罢了！比如苏东坡，其父苏洵先生逝世后，正在守孝，他的改革文章一出来，就引起当时掌权者的怀疑惊慌，受到指责讥讽，很快被贬斥，辗转于潮州、惠州之间，并且沦落到光着脚涉水过河，居住在牛圈旁边，那是一种什么样的境界？又比如白居易没有子嗣，陆放翁忍饥受饿，这些都记载在书卷之中。他们一个个都不是千百年闻名的人吗？但是遭遇都是如此。如果确实能平心静气地看待人生，那么，人间不如意的事情，就可以涣然冰消云散。假如不读书，就会只看自己的遭遇是最痛苦的，心里就会有无穷无尽的怨忿嗔怪，被痛苦烧灼得不得宁静。他们的痛苦为什么会这样呢？所以说，读书是颐养天年的第一重要的事情。

吴下有石琢堂先生之城南老屋。屋有五柳园，颇具泉石之胜，城市之中，而有郊野之观，诚养神之胜地也。有天然之声籁，抑扬顿挫，荡漾余之耳边：群鸟嘤鸣林间时，所发之断断续续声；微风振动树叶时，所发之沙沙簌簌声；和清溪细流流出时，所发之潺潺淙淙声。余泰然仰卧于青葱可爱之草地上，眼望蔚蓝澄澈之穹苍，真是一幅绝妙画图也。以视拙政园，一喧一静，真远胜之。

吾人须于不快乐之中，寻一快乐之方法。先须认清快乐与不快乐之造成。固由于处境之如何，但其主要根苗，还从己心发长耳。同是一人，同处一样之境，甲却能战胜劣境，乙反为劣境所征服。能战胜劣境之人，视劣境所征服之人，较为快乐。所以不必歆羡他人之福，怨恨自己之命。是何异雪上加霜，愈以毁灭人生之一切也。无论如何处境之中，可以不必郁郁；须从郁郁之中，生出希望和快乐之精神。偶与琢堂道及，琢堂亦以为然。

译文

苏州城南有石琢堂先生的老宅子。宅院有“五柳园”，颇具有山水般的美妙情致，虽然地处城市之中，却有郊外旷野的景观，的确是修身养神的好地方。其间有天籁般的声音，抑扬顿挫，在我的耳边荡漾：群鸟在林间鸣唱的时候，所发出的断断续续的叫声；微风振动树叶的时候，所发出的沙沙簌簌的响声；和清澈细小的溪水流出的时候，所发出的潺潺淙淙的声音。我泰然仰卧在青葱可爱的草地上，眼望蔚蓝澄澈的苍穹，真是一幅绝妙的图画啊！以此处与拙政园对比，一个喧嚣一个幽静，真的远远胜过了拙政园。

我们应该在不快乐之中，寻找一种使自己快乐的方法。首先，必须认清快乐与不快乐是如何造成的。所处境地怎么样，固然是引起不同情绪的一种原因，但是，其中最主要的原因，还是从自己心中发生成长的。同是一样的人，同时处于一样的境地，甲却能战胜劣境，乙反而被劣境所征服。能战胜劣境的人，看那些被劣境所征服的人，就会觉得比较快乐。所以，不必羡慕他人的福分，怨恨自己的命苦。怨天尤人无异于雪上加霜，是走向极端，会毁了人生的一切。无论在什么样的处境之中，都应该不必郁郁不乐，而应该从郁闷苦恼之中，生发出希望和快乐的精神来。偶然与石琢堂说到我的这种体会，石琢堂也认为应该如此。

家如残秋，身如昃晚，情如剩烟，才如遣电，余不得已而游于画，而狎于诗，竖笔横墨，以自鸣其所喜。亦犹小草无聊，自矜其花；小鸟无奈，自矜其舌。小春之月，一霞始晴，一峰始明，一禽始清，一梅始生，而一诗一画始成。与梅相悦，与禽相得，与峰相立，与霞相揖，画虽拙而或以为工，诗虽苦而自以为甘。四壁已倾，一瓢已敝，无以损其愉悦之胸襟也。圃翁拟一联，将悬之草堂中：“富贵贫贱，总难称意，知足即为称意；山水花竹，无恒主人，得闲便是主人。”其语虽俚，却有至理。天下佳山胜水、名花美竹无限，大约富贵人没于名利，贫贱人没于饥寒，总鲜领略及此者。能知足，能得闲，斯为自得其乐，斯为善于摄生也。

译文

家庭如残败的秋天，身体如太阳西斜的傍晚，感情如即将消失的烟雾，才气如闪过了的电光，我不得已而于画中游乐，在诗里戏玩，笔墨横竖，信手涂抹，用以抒发自己心中的喜悦。也就像小草无所事事，自己怜惜自己的花朵；小鸟无可奈何，自己夸耀自己的喉舌。初春的时候，一片云霞开始变得晴亮，一座山峰开始变得明丽，一只飞禽开始变得清爽，一朵梅花开始绽放，我的诗、画也就做成了。与梅花互相取悦，与飞鸟互相启发，与山峰相对而立，与云霞朝夕迎送；画虽然笨拙但自以为工巧，诗虽然苦涩但自以为甘甜。四面墙壁已经倾倒，一只水瓢已经破烂，没有什么可以损害这种愉悦的胸襟了。圃翁为我拟了一付对联，准备把它悬挂在草堂中：“富贵贫贱，总难称意，知足即为称意；山水花竹，无恒主人，得闲便是主人。”语言虽然通俗平易，却包含着深刻的道理。天下的佳山胜水、名花美竹不知有多少，但是，大概富贵人被名利所驱使，贫贱人被饥寒所逼迫，都很少能领略到这些美妙的东西。能知道满足，能有空闲，这就是自得其乐，这更是善于保养自己的生命。

心无止息。百忧以感之，众虑以扰之，若风之吹水，使之时起波澜，非所以养寿也。大约从事静坐，初不能妄念尽捐。宜注一念，由一念至于无念，如水之不起波澜。寂定之余，觉有无穷恬淡之意味，愿与世人共之。

阳明先生曰：“只要良知真切，虽做举业，不为心累。且如读书时，知强记之心不是，即克去之；有欲速之心不是，即克去之；有夸多斗靡之心不是，即克去之。如此，亦只是终日与圣贤印对，是个纯乎天理之心。任他读书，亦只调摄此心而已，何累之有？”录此以为读书之法。

汤文正公抚吴时，日给惟韭菜。其公子偶市一鸡，公知之，责之曰：“恶有士不嚼菜根，而能作百事者哉？”即遣去。奈何世之肉食者流，竭其脂膏，供其口腹，以为分所应尔；不知甘脆肥腊，乃腐肠之药也。大概受病之始，必由饮食不节。俭以养廉，澹以寡欲。安贫之道在是，却疾之方亦在是。余喜食蒜，素不贪屠门之嚼，食物素从省俭。自芸娘之逝，梅花盒亦不复用矣。庶不为汤公所呵乎。

留侯、邺侯之隐于白云乡，刘、阮、陶、李之隐于醉乡，司马长卿以温柔乡隐，希夷先生以睡乡隐。殆有所托而逃焉者也。余谓，白云乡，则近于渺茫；醉乡、温柔乡，抑非所以却病而延年；而睡乡为胜矣。妄言息躬，辄造逍遥之境；静寐成梦，旋臻甜适之乡。余时时税驾，咀嚼其味，但不从邯郸道上，向道人借黄粱枕耳。

养生之道，莫大于眠食。菜根粗粝，但食之甘美，即胜于珍馔也。眠亦不在多寝，但实得神凝梦甜，即片刻，亦足摄生也。放翁每以美睡为乐。然睡亦有诀。孙真人云：“能息心，自瞑目。”蔡西山云：“先睡心，后睡眼。”此真未发之妙。禅师告余，伏气，有三种眠法：病龙眠，屈其膝也；寒猿眠，抱其膝也；龟鹤眠，踵其膝也。余少时，见先君子于午餐之后，小睡片刻，灯后治事，精神焕发。余近日亦思法之，午餐后，于竹床小睡，入夜果觉清爽。益信吾父之所为，一一皆可为法。

译文

人心永远没有静止安息的时候。这是因为有许多的烦恼忧虑在感动它干扰它！就像风吹动水面，使它时常掀起波澜，这是不能颐养天年的。大体上说，练习静坐的人，最初都不能把狂思妄想完全抛弃。这时应该把注意力集中在一个念头上，由一个念头逐渐达到没有任何念头，像水面不起一点波澜一样。寂静入定以后，就会觉得有无穷恬淡的意味，愿意与所有的人共同享受。

王守仁先生说："只要良知真切，虽然追求功名事业，也可以不用劳累身心。比如读书的时候，知道勉强记忆的想法不对，就立即克服；有了走捷径的错误想法，就立即克服；有了夸耀知识丰富的虚荣心理，就立即克服。果真这样做，也只是整天与圣贤们印证对话，才是一种纯粹的、合乎天理的心态，任凭他读多少书，也只是调养保护心田而已，哪里会有什么劳累呢？"摘录这段话，当做读书的法则。

汤斌任吴州巡抚时，每日的食物只有韭菜。他的儿子偶而买得一只鸡，让汤斌知道了，斥责说："没有见过不嚼烂菜根，而能做成大事业的人啊！"随即打发他把鸡退回去。奈何世上那些肉食者之流，恨不得搜刮尽所有的脂膏，供他们口腹享受，以为是他们份中应该得到的。却不知甘甜香脆、肥美味浓的东西，正是腐蚀肠胃的毒药。大部分得病的起始原因，一定是由于饮食不节制。节俭可以培养廉洁的品德，澹泊可以减少欲望的膨胀。安贫乐道的道理就在于此，不想得病的办法也在于此。我喜欢吃蒜，从不吃屠夫们提供的东西，食物从来讲究节省俭朴。自陈芸逝世以后，昔日的梅花盒也不再使用了。应该不会被汤文正公呵斥吧。

留侯张良、邺侯李泌隐居在白云飘渺的地方；刘伶、阮籍、陶渊明、李白隐居在沉沉的醉意之中；司马相如在温柔的爱情中隐居；陈抟先生在甜美的睡梦中隐居。他们大多是有所寄托而逃避到红尘以外的。我认为，白云乡近似于渺茫，醉乡、温柔乡肯定不能用来祛病延年，而睡乡则是最好的。停止一切妄思狂言，总是营造逍遥的处境，静静睡去进入梦乡，很快就到达了甜蜜舒适的境界。我常常在醒来之后，细细咀嚼梦中的滋味，但是不学邯郸道上的书生，向道人借游仙枕而做黄粱之梦。

养生之道，没有比睡眠、饮食更重要的了。菜根粗糙，只要吃得甜美，就胜过珍馔佳肴。睡眠也不是睡得多就好，只要确实能够神凝梦甜，即使只睡片刻，也足以颐养生息。陆游经常以美妙的睡眠为乐事。但是睡眠也有诀窍。孙真人说："如果能使心休息，自然就能合上眼。"蔡西山说："先睡心，后睡眼。"这的确是别人没有发现的妙法。禅师告诉我要达到心平气顺，有三种睡眠的方法：病龙眠，睡时弯屈膝盖；寒猿眠，睡时抱着膝盖；龟鹤眠，睡时膝盖挨着膝盖。我小的时候，见先父在午饭之后，经常小睡片刻，上灯后办理事务，精神焕发。我近日也效仿父亲的做法，午餐后在竹床上睡一会儿，到了晚上果然觉得神清气爽。越发相信我父亲的所作所为，每一样都可以作为学习的法则。

余不为僧，而有僧意。自芸之殁，一切世味，皆生厌心；一切世缘，皆生悲想。奈何颠倒不自痛悔耶！近年与老僧共话无生，而生趣始得。稽首世尊，少忏宿愆。献佛以诗，餐僧以画。画性宜静，诗性宜孤，即诗与画，必悟禅机，始臻超脱也。

译文

我不做和尚，但有僧侣的意境。自从陈芸去世以后，对一切世间的趣味，都产生了厌倦心理；对一切世间的情缘，都产生了悲观的想法。但历史不可倒转，无法不自感痛苦悔恨啊！近年来，我常常与老僧人一起探讨"无生"，然而生的乐趣却真正体会到了。稽首跪拜佛祖，稍微忏悔从前的罪过。用诗来敬献佛爷，用画给僧侣当饭吃。画画，性情应该平静，作诗，性格应该孤傲。即使是作诗、画画，也一定要悟得禅机，才能达到超脱的境界。

评点

《养生记道》在有的版本中为《养生记逍》(如世界书局之《美化文学名著丛刊》)，是专门谈论养生之道的。

养生，在中国的传统文化中和中国的传统文人那里，历来是一个备受关注的问题和长说长新的话题。养生之道是中国传统文化中一份相当重要别开生面的遗产。从庄子作《逍遥游》、《养生主》以来，历代都有不少或隐或显或穷或达的文人学者政客僧侣议论着养生，有关养生的文章学说便与时俱长延绵不绝，越积越多直至汗牛充栋浩若烟海。

养生的目的是为了健康长寿，终极的目标是长生不死或者羽化成仙，使生命的过程成为永恒的存在获得最大的价值。养生之道在中国畅行，与中国哲学以人为本重视生命的传统、中国文人追求自我完美善养性情的生命意识密切相关，也与中国传统的医学、气功、拳术有着直接的联系。

中国人的养生之道，讲究摄心、固性、修身、养气。心，在中国文化中指的是思维的器官或者思谋考虑思想情绪一类的心理活动；所谓“摄心”，即指放松心理收缩心思停止思考直至心如止水无欲无求，因此可以不受功名利禄的吸引不受荣辱沉浮的干扰，使生命在自由自在的状态下自然而然地得以延续。性，指人与生俱来的某些本质特征包括性格个性及生理特点等；“固性”，就是在尊重天性的基础上发挥其优势修补其不足，不矫情不粉饰不虚妄不强求，一切都顺其自然。身，指自身行止更指肌体本身；“修身”的要旨在于端正行为清洁肌体，不沉湎声色犬马不混迹污秽小人，节制物欲保养肌体，为长生准备必要的物质基础。气，指的是生命在物质以上的某种存在状态，是统领心理和生理诸方面的一种不可捉摸的东西；所谓“养气”，就是追求一种血脉贯通和谐自然形神俱佳周体通泰的整体效果，使生命在理想的境界中获得良好的发展机遇和无限延伸的可能。它源于传统的中医理论，融会了气功、武术、道学、佛教的多种因素，形成了庞大的体系，其中有某些与现代健身理论和生命科学暗合的成分，科学地运用的确可以收到颐养性情保全生命的功效，达到延年益寿的目的。

沈复对于养生之道的研习，是中年以后尤其是陈芸去世之后才开始的，而且是在半生放浪形骸之后的痛改前非幡然醒悟，并非与生俱来的大彻大悟，没有深厚的根基，属于地道的半路出家。文中有关养生的方法理论，都是从别人的书本上直接抄录而来，大部分没有经过亲身实践缺乏真切的体验，因而沈复道不出其中的门窍与优劣高下，内容上也有不少地方显得散乱无序重叠复沓，语言表达更是平铺直叙缺少灵气，读来已没有了沈复一贯的潇洒飘逸文采飞扬，与前四卷形成了鲜明的对比。

沈复对养生之道的介绍，从读《庄子》开始写起，以“达观”强调“闲放不拘，怡适自得”为起点，然后次第介绍了众多的养生方法，包括调息养气、摄心无为、寄情山水书画、正心修身、节制嗜欲、亲和自然以及某些功法等方面。其中对读书的强调占据了突出的位置，也成为本卷最有价值的内容。

读《庄子》使沈复终有醒悟，也引发了《养生记道》的写作；于读书间，沈复获得了大量的养生知识，似乎也有了不少的收获得以健康愉快地活着。寄情书画，不仅可以陶冶性情而且可以提升境界，读古书，如同与前代贤哲对面而坐、促膝谈心印证事理，可以化解自己心中的块垒参透人生的要义，实现长生不老的愿望。沈复“读书为颐养第一事”的观点，是值得肯定的。

节制饮食、注重睡眠、力戒痴妄、规律生活、巩固元气以及适当的锻炼，都是养生益寿的有效方法，也符合现代卫生科学的基本原则，合理运用可以收到良好的效果。但是，我们必须注意到，传统的养生理论往往容易走向极端，把合理控制饮食节制性欲、尊重自我顺应天性导向绝对化的禁欲或者任情放浪，客观上违背了科学规律，不仅不能达到延年益寿的理想，反而走向了事物的反面，结果扭曲了生命正常发展的轨道，使养生成为一个美丽的神话。这是之所以有众多的普通民众将养生视为虚幻，将传说中的长寿之人视为神仙的重要原因，也是历史悠久的养生之道不能大行其道的根本原因。